„Ich habe herausgefunden,
dass es keinen sichereren Weg gibt herauszufinden,
ob man Menschen mag oder hasst,
als mit ihnen zu reisen"

Mark Twain
Amerikanischer Schriftsteller

„Die Menschen und die Pyramiden
sind nicht dafür gemacht,
um auf dem Kopf zu stehen"

Gottlieb Konrad Pfeffel
Deutscher Dichter

„In Ägypten haben früher 150.000 Menschen 35 Jahre lang an einer Pyramide gearbeitet, aber bei uns arbeiten doppelt so viele Leute doppelt so lange an einer Baugenehmigung"

Dieter Nuhr
Deutscher Kabarettist

Bibliografische Information der Deutschen Nationalbibliothek: Die Deutsche Nationalbibliothek verzeichnet
diese Publikation in der Deutschen Nationalbibliografie;
detaillierte bibliografische Daten sind im Internet über
dnb.d-nb.de abrufbar.

TWENTYSIX
Eine Marke der Books on Demand GmbH

Herstellung und Verlag:
BoD – Books on Demand, Norderstedt

© Oktober 2022 Markus Zang
www.markuszang.de/kreativ

ISBN: 9783740714451

Götter, Gräber und Geliebte

Seine Eltern haben ihn vor dieser Art zu Reisen gewarnt, aber Sebastian wollte nicht hören. Seine Kumpels haben nicht aufgehört über Pauschal-Touristen in Reisebussen zu lästern, aber Sebastian hat sie ignoriert. Wer nicht hören will, muss fühlen!

Der alleinlebende Endzwanziger Sebastian bucht eine Bus-Rundreise, die ihn nicht nur zu den schönsten Sehenswürdigkeiten Ägyptens, sondern auch in die tiefsten Abgründe der menschlichen Natur führen wird. Was ihn in diesen zwei Wochen emotional erwartet, bringt ihn an den Rand des Wahnsinns.

Setzen Sie sich mit in den Bus und halten Sie sich gut fest. Die turbulenten Abenteuer dieser skurrilen Fahrgemeinschaft werden nicht nur ihre Lachmuskeln strapazieren, sondern Sie mit allem verzaubern, was dieses Land zu bieten hat...

1.

Prolog

Angefangen hat alles mit einem Asterix-Heftchen in meiner Kindheit: „Asterix und Cleopatra". Ich habe mich wie Obelix sofort in Cleopatra verliebt und mir als kleiner Knirps geschworen, dass ich zu den Pyramiden nach Gizeh reisen werde, sobald ich mein eigenes Geld verdiene. Naja, als Jugendlicher verschieben sich die Prioritäten und irgendwie kamen immer eine kostspielige Freundin, ein klammer Kumpel oder ein kaputter Auspuff dazwischen und als ich dann tatsächlich etwas Geld zusammengespart hatte, ging alles für die erste eigene Wohnung drauf. So verging Jahr um Jahr und ich fand immer einen plausiblen Grund, es nicht zu tun. Bis jetzt.

Jetzt sitze ich auf der Couch bei meinen Eltern und muss mir anhören, ich sei verrückt. „Junge, wie kannst du nur?", ist einer der harmlosesten Sprüche meines Vaters. Als meine Mutter mit ängstlichem Blick dann noch ein: „Bist du dir sicher, dass du dir das antun willst?" hinterherschiebt, bin ich vollends verunsichert. Ich bin es gewohnt, dass meine Eltern meine Lebenspläne nicht immer gutheißen und meine Begeisterung teilen, aber so engagiert wie heute, habe ich sie selten erlebt. Sie könnten sich doch auch darüber freuen, dass ich meine Urlaubskasse nicht für eine „Kumpel-Sauftour auf Malle" plündere, sondern eine 14-tägige Rundreise durch Ägypten gebucht habe, aber nein, ich stehe schon seit über einer Stunde unter einem verbalen Dauerbeschuss, der mich langsam aber sicher verzweifeln lässt.

Dass mich ausgerechnet meine Eltern, die selbst kurz vor der Rente stehen, vor Rentnern in Reisebussen warnen, lässt mich aufschrecken. Normalerweise schimpfen die Beiden unentwegt über die Jugend von heute, aber das hier hat eine Qualität, die mir regelrecht Angst macht. Wenn ich mir solche Sprüche gegenüber älteren Menschen erlauben würde, dann wäre hier der Teufel los und meine Eltern würden mich ganz schnell zur Haustür begleiten. Nachdem ich allerdings auf keine ihrer gut gemeinten Ratschläge eingehen will und sie zwischenzeitlich begriffen haben, dass ich diese Rundreise schon längst gebucht und bezahlt habe, lenken sie wieder etwas ein.

Natürlich lässt sich meine Mutter nicht davon abhalten, mir ungefragt alles über Durchfallerkrankungen, Mückenschutz, Sonnenbrand und eine gut gefüllte Reise-Apotheke zu erklären, aber als mir mein Vater dann noch mit Kondomen und Geschlechtskrankheiten kommt, ist das Fass übergelaufen. Ihr könnt mich mal! Ich bin 29 Jahre alt, kann auf mich selbst aufpassen und auch wenn meine letzte Freundin nicht müde wurde mir zu unterstellen, ich wäre unreif, so fühle ich mich dieser Herausforderung durchaus gewachsen. Am Samstag sitze ich im Flieger nach Kairo. Basta!

2.

Abflug

Ich bin aufgeregt, wie bei meinem ersten Rendezvous. Ein einziges Blinddate kann mich schon überfordern, aber gleich werde ich über 20 Menschen gegenüberstehen, die ich noch nie zuvor in meinem Leben gesehen habe. Warum tragen die nicht eine rote Rose am Knopfloch oder irgend so ein markantes Erkennungszeichen, damit man wenigstens aus der Ferne schon mal gucken kann, was einen erwartet? Bei jeder kleinen Gruppierung von älteren Menschen, die sich um ihre überdimensionierten Rollenkoffer scharen, überfällt mich ein Fluchtreflex. Ich kann nichts dafür, aber wenn du sowas zum ersten Mal machst, bist du total hibbelig und keiner ist bei dir, der dir die Hand tätschelt oder dich beruhigt.

Mein Vater hat mir vor der Fahrt zum Flughafen erzählt, bei solchen Kultur-Rundreisen wären immer mehr Frauen als Männer dabei und irgendwie hatte ich den Eindruck, er ist ein wenig neidisch auf mich. Also halte ich Ausschau nach den "Golden Girls", wie ich die älteren, lebens-lustigen Witwen gerne nenne, aber bei dem Gewimmel am Flughafen verliere ich die Orientierung und gebe es auf. So wie es aussieht, werde ich die Gruppe sowieso erst am Flughafen in Kairo treffen, wenn uns der Reiseleiter in Empfang nimmt. Bis dahin werde ich die Spannung wohl ertragen müssen. Ich hoffe inbrünstig, dass wenigstens ein paar nette Leute dabei sind, von mir aus auch solche wie meine Eltern. Es gibt Schlimmeres.

Ich sehe mich schon als das Küken, das von den Omas bemuttert und gefüttert wird und ein paar alte Säcke erzählen mir von damals und dass man mit den jungen Männern heutzutage keinen Krieg mehr gewinnen könnte. Wenn ich dann erwidere, dass sie und ihre Väter den Krieg auch nicht gewonnen haben, bin ich bestimmt gleich untendurch. Warum mache ich mir überhaupt jetzt schon Sorgen? Vielleicht kommt alles ganz anders und die Leute sind echt nett. Warum auch nicht? Vielleicht hat sich ja auch eine allein reisende junge Frau in diese Gruppe verirrt, die ihren Opa betreut und jeden Abend mit mir zusammen am Tisch sitzt? Eine schöne Vorstellung.

Nachdem ich mein Gepäck eingecheckt habe, beginnt die Tortur mit den Leibesvisitationen und natürlich muss ich meinen Rucksack komplett auskippen, weil ich Trottel tatsächlich mein Taschenmesser ins Handgepäck gepackt habe. Jeder, wirklich jeder hat mich davor gewarnt, dass ich darauf achten soll, aber nein, ich war so sehr mit meiner Medikamentenliste beschäftigt, dass ich es tatsächlich vergessen habe. Ausgerechnet mein nagelneues Schweizer-Armee-Taschenmesser, das ich mir extra für diese Reise gekauft habe. Manchmal glaube ich, dass dieses Schweizer Unternehmen Deals mit allen Flughäfen auf dieser Welt vereinbart hat und nur deswegen so groß und reich geworden ist. Wenn jedes zweite, meistens noch originalverpackte Taschenmesser, blöderweise im Rucksack mitgeführt wird, beträgt die Haltedauer des Besitzes in der Regel nur wenige Tage, dann landet es irgendwann in einer Sammelkiste der Flughafen-Kontrolleure.

Die liefern die Teile in großen Kisten wieder zurück in die Schweiz und kassieren dafür eine fette Prämie. Die Schweizer verkaufen die Taschenmesser dann ein zweites oder sogar ein drittes Mal und verdienen sich dabei dumm und dämlich. Das nennt sich dann Warenkreislauf. Ich könnte kotzen und ärgere mich über meine Dummheit.

Als ich als verhaltensauffälliger Langhaariger dann auch noch meine Schuhe ausziehen soll, damit so ein uniformierter Wichtigtuer überprüfen kann, ob ich Kokain in meinen Schuhsohlen schmuggle, kommt mir der eine oder andere bösartige Kommentar über die Lippen. Das hätte ich besser nicht tun sollen. Jetzt stehe ich aufgewühlt und schwitzend in einem abgelegenen, verdunkelten Zimmer, nackt bis auf die Unterhose und behandschuhte Hände fahren mir durch alle Ritzen und Körperöffnungen. Wenn ich jetzt nicht meine Klappe halte, lande ich noch im Knast und das war es dann mit der ersehnten Reise. Nur weil diese unterbezahlten Kreaturen eine Uniform tragen, dürfen die ihren ganzen Lebensfrust an mir auslassen und ich kann nichts dagegen tun. Meine beiden Kumpels fahren demnächst an den Chiemsee und die Einreise nach Bayern dürfte sich deutlich leichter gestalten, aber ich habe es mir ja selbst ausgesucht. Vor lauter Hektik und Eile habe ich meine Unterhose falschherum angezogen und bei jedem Schritt kneift es ziemlich unangenehm, aber was willst du machen, wenn du halb nackt im Verhörraum stehst und über die Lautsprecher dein Name aufgerufen wird.

"Letzter Aufruf für Sebastian Knotenbock. Bitte kommen sie umgehend zum Schalter 24 B". Das erinnert mich irgendwie an einen Sketch von Loriot, nur dass diesmal die anderen über mich lachen. Knotenbock. Verdammt nochmal, ich habe mir diesen Namen nicht ausgesucht. Warum kann mein Vater nicht Müller oder Schuster heißen, da weiß wenigstens jeder, was seine Urahnen beruflich gemacht haben, aber versuch das mal bei einem "Knotenbock" zu ergründen.

Als ich vollkommen verschwitzt und außer Atem am Schalter 24 B ankomme, fühle ich mich wie ein 16-jähriger, den man zufällig beim onanieren erwischt hat. Vom vorwurfsvollen Kopfschütteln, über hämisches Grinsen, bis hin zu nicht jugendfreien Kommentaren, war alles dabei. Die zwanzig Meter bis zu meinem Sitzplatz im Flieger sind ein einziges Spießrutenlaufen, denn jeder Passagier glotzt mich an, als ob er wegen mir die Hälfte seines Urlaubes verpasst hätte, dabei bin ich auf die Minute pünktlich. Der ganze Flieger kennt jetzt meinen Namen und wahrscheinlich sitzen auch alle meine Mitreisenden unter ihnen und denken sich ihren Teil. Das fängt ja schon mal „gut" an, aber es sollte natürlich noch schlimmer kommen. Ich traue mich nicht mein Handgepäck noch schnell in den überfüllten Stauraum über mir zu pressen, weil ich erstens nicht noch länger im Mittelgang stehen will und zweitens bereits das Anschnallzeichen ertönt. Also presse ich den kleinen Rucksack schnell zwischen meine Beine und hoffe, dass es die Flugbegleiterin durchgehen lässt. Lässt sie natürlich nicht und jetzt stehe ich zum zweiten Mal im Fokus.

Nachdem sie wegen meinem Rucksack rund zwei Dutzend Stauraumklappen auf und zu machen muss, um noch einen passenden Platz zu finden, fühle ich plötzlich einen Schwall "Bad Vibrations" über mich kommen. Rund 300 Passagiere haben endlich einen Schuldigen gefunden, den sie in diesem Moment für alles verantwortlich machen können, was sie gerade an Frust in sich tragen. Ich rutsche tief in meinen Sitz und würde mir am liebsten eine Decke über den Kopf ziehen. Wenigstens das kleine Mädchen auf dem Platz neben mir lächelt mich an, was man von ihrer Mutter nicht behaupten kann. Endlich rollen wir über das Flugfeld und die Maschine hebt die Schnauze Richtung Himmel. Kairo, wir kommen.

3.
Ankunft in Kairo

Nachdem der Flugkapitän eine butterweiche Landung hingelegt hat, fangen ein paar Leute im Flieger an zu klatschen. Der Großteil der Passagiere schüttelt darüber den Kopf und selbst das kleine Mädchen neben mir rollt mit den Augen. Sie scheint mit ihren höchsten zehn Jahren bereits eine Vielfliegerin zu sein, denn sie erklärt mir ziemlich altklug, dass es offensichtlich immer noch ein paar Ahnungslose gibt, die nicht mitbekommen haben, dass man das seit den 90er Jahren nicht mehr macht und das wäre total peinlich. Wenn die Kleine schon so daherredet, will ich erst gar nicht wissen, wie ihre Mutter so drauf ist.

Irgendwie ist das aber schon komisch. Bei der Deutsche Bahn klatschen die Leute im Zug nicht, wenn der Schaffner butterweich in den Bahnhof einbremst, aber jeder regt sich darüber auf, wenn der Zug nur zwei Minuten Verspätung hat. Beim Fliegen ist das anders, da habe ich noch nie jemanden meckern hören, dass der Flieger zwei Minuten später ankommt. Ich frage mich auch, warum die Leute früher applaudiert haben? Die Männer und Frauen im Cockpit machen doch einfach nur ihren Job und haben selbst das größte Interesse, möglichst heil runterzukommen. Reiner Eigennutz! Ich nehme mir vor, beim nächsten Sonntagsbraten, den mir meine Mutter nach meiner Reise auftischt, einfach mal zu klatschen. Wahrscheinlich fühlt sie sich dann von mir verarscht und rollt mit den Augen, wie das kleine Mädchen neben mir, aber das ist dann ihr Problem.

Das mit dem Klatschen nach der Landung ist ein Ritual, das offensichtlich langsam ausgedient hat. Das hektische Aufspringen direkt nach dem Erlöschen des Anschnallzeichen nicht. Ich werde das nie kapieren. Da springen alle Leute gleichzeitig auf und zerren wie blöde ihr Handgepäck aus den Staufächern über ihren Köpfen. Dabei werden in der Regel ein Dutzend Passagiere leicht verletzt, weil irgendwelche Trottel ihre kleinen, aber schweren Rollenkoffer auf die Köpfe anderer Mitreisenden klatschen lassen und anstatt sich zu entschuldigen, kommt noch ein "Warum musst du hier auch rumstehen?" hinterher. Wie sollen sich die Leute denn in diesem Gedränge aus dem Weg gehen?

In dem Moment, in dem die Maschine zum Stehen kommt, komme ich mir vor wie in einer U-Bahn im schlimmsten Berufsverkehr, nur dass von oben keine Koffer oder andere Utensilien auf mich drauffallen. Dann stehen alle mit eingezogenen Köpfen und krummer Wirbelsäule zwischen ihren Sitzen oder im Gang und warten darauf, bis der Pferch endlich seine Schleuse öffnet. Kein Wunder, dass es so viele Bandscheibenvorfälle gibt, so krumm, wie die hier rumstehen. Ohne Flugreisen hätten die Orthopäden vermutlich nur halb so viele Patienten. Jeder weiß, dass alle nur durch diesen einen Ausgang ganz vorne rauskönnen und könnte vollkommen entspannt sitzen bleiben, aber in solchen Momenten zweifle ich immer daran, ob wir Menschen wirklich die Krönung der Evolution sind. Egal, natürlich stehe ich auch mit gekrümmten Rücken und verdrehter Wirbelsäule vor meinem Sitz, denn das kleine Mädchen neben mir drängelt schon.

Ständig stößt sie mir ihren rosafarbenen Prinzessinnen-Rucksack in die Seite und meckert vor sich hin, warum das denn schon wieder so lange dauert. Mein Gott, da sitzen wir über fünf Stunden im Flieger und dann ticken die Leute aus, wenn es zwei Minuten länger dauert als normal. Im Moment will bei mir nicht so richtig Urlaubsstimmung aufkommen. Ich nutze die Wartezeit, um mir ein paar Passagiere anzuschauen, die mit schmerzverzerrten Gesichtern in meinem Blickfeld stehen. Alle unter fünfzig Lebensjahren finden keine Beachtung. Ich halte Ausschau nach beigefarbener Outdoor-Kleidung. Diesen Tipp habe ich von meiner Mutter bekommen, ist wohl so ein Erkennungszeichen dieser Generation. Nach wenigen Minuten gebe ich auf. Ungefähr die Hälfte aller Passagiere könnten Mitreisende von mir sein. Ich werde es wohl erst herausfinden, wenn wir uns als Gruppe in der Ankunftshalle sammeln.

Jetzt stehe ich am Gepäckband und halte nicht nur Ausschau nach meinem großen Wanderrucksack, sondern schiele auch hin und wieder nach den Kofferanhängern der anderen Leute. Immerhin hat unser Reiseveranstalter seine auffälligen Adressanhänger mitgeschickt und vielleicht entdecke ich doch schon den einen oder anderen. So langsam überkommt mich das Gefühl, dass auch ich beobachtet werde. Ich komme mir gerade vor, wie bei einer Safari, wo jeder Teilnehmer neugierig Ausschau hält um was zu entdecken. Vermutlich wissen alle Mitreisenden sowieso schon wer ich bin, denn nach dem Fiasko mit der Durchsage am Flughafen, kennt jeder Trottel Sebastian Knotenbock.

Ich fühle mich gerade ziemlich nackt, aber da muss ich jetzt durch. Den Großteil der Passagiere sehe ich vermutlich nie wieder in meinem Leben, also konzentriere ich mich auf mein Gepäck und wie es danach weitergeht. Gottseidank sehe ich meinen roten Wanderrucksack auf dem Gepäckband auf mich zukommen. Ich habe mal gelesen, dass rund drei Prozent aller Gepäckstücke nicht dort ankommen, wo sie hinsollen und bei 300 Passagieren könnte es rein statistisch einen aus dem Flieger treffen. So wie aussieht, habe ich nicht zweimal am gleichen Tag Pech. Die Spannung steigt. Nur noch wenige Minuten und ich werde die Menschen treffen, mit denen ich die nächsten zwei Wochen auf engstem Raum verbringen werde. Ich bin total hibbelig und verstehe nicht warum. Es ist doch kein Rendezvous mit einer paarungswilligen Frau, die sich mit mir die nächsten Wochen ein Doppelzimmer teilen will, sondern einfach nur eine Gruppe von ganz normalen Menschen, die offensichtlich das gleiche Fernweh plagt wie mich. Viellicht sind sogar ein paar Leute dabei, die sich auch von Asterix und Cleopatra haben inspirieren lassen? Dieser Gedanke bringt mich wieder etwas runter.

So, jetzt bin ich in der Ankunftshalle und halte Ausschau nach irgendeinem Menschen, der ein Schild hochhält, auf dem der Name unserer Reisegesellschaft steht. Gar nicht so einfach, denn im Moment werden mehr als zwei Dutzend Schilder hochgehalten und die angekommenen Reisenden laufen wie aufgescheuchte Hühner hin und her um sich zu sortieren. Endlich entdecke ich meine Gruppe und traue meinen Augen nicht. Von wegen, nur Rentner.

Entweder meine Eltern wollten mich verarschen oder sie haben keine Ahnung. Mindestens die Hälfte der Gruppe ist jünger als Fünfzig und so wie es auf den ersten Blick aussieht, könnten ein paar davon sogar in meinem Alter oder sogar deutlich jünger sein. Da stehen sogar ein paar ganz ansehnliche Frauen im Pulk. Verdammt, ich hätte mir besser noch die Haare kämmen sollen. Ich weiß doch aus eigener Erfahrung, wie wichtig der erste Eindruck ist. Mensch Basti, reiß dich am Riemen, du bist hier um Tempel anzuschauen und nicht um Frauen anzubaggern, obwohl mir diese Kombination gerade sehr reizvoll erscheint. Ich kann nichts dafür. Ich bin ein geschlechts-reifer Endzwanziger und wenn ich schon nicht mit Cleopatra anbandeln kann, dann vielleicht mit einer anderen Frau. Verdammt, ich kenne diese Frauen nicht einmal und schon geht mit mir die Phantasie durch. Ich stehe immer noch in weitem Abstand und sondiere die Lage aus der Entfernung. Okay, ich sehe mehr Frauen als Männer, da hatten meine Eltern recht. Ja, es sind überwiegend ältere Pärchen mit den üblichen sandbeigen Outdoor-Klamotten. Da scheinen sogar eine oder zwei Familien mit Kindern dabei zu sein. Außerdem stehen da noch mindestens fünf Frauen ziemlich vereinsamt am Rand und versuchen gerade den Kontakt zur Gruppe zu finden. Okay, sondieren, herantasten, sich vorstellen, die ersten Blickkontakte, hier und da ein Spruch, ein bisschen Gekicher und schon ist der Bann gebrochen. So macht man das, hat mir mein Vater erklärt. Der konnte aber nicht ahnen, dass hier mindestens drei "Zuckerschnecken" dabei sind, wie er junge hübsche Frauen manchmal nennt, wenn meine Mutter nicht in Hörweite ist. Ich bin total nervös.

"Da isser ja, der Herr Knotenbock!" schallt es mir in übelstem rheinländischen Dialekt entgegen. "Bist du schon wieder der Letzte!" Herzliches Gelächter schallt durch die Ankunftshalle. Die ganze Gruppe dreht sich zu mir um und in diesem Moment würde ich am liebsten im Boden versinken. "Komm her mein Jong, ich bin der Robert, kannst mich Robbie nennen!"

Wenn ich etwas nicht leiden kann, dann sind es Menschen ohne Feingefühl, die mich vor anderen bloßstellen und mich behandeln wie ein kleines Kind. Volltreffer! Natürlich lacht jeder mit und alle winken mir wie einstudiert zu, ich solle doch in ihre Mitte kommen. Gruppenzwang ist auch so eine psychologische Unsitte, mit der ich so meine Probleme habe. In diesem Moment frage ich mich, warum ich dann überhaupt eine Gruppenreise gebucht habe? Egal, jetzt bin ich hier und ich werde das Beste daraus machen, also lache ich ebenfalls, auch wenn es sicherlich etwas gequält wirkt. Kurz darauf setze ich mein Sonntagsgesicht auf und begrüße die Runde mit den Worten: "Ich glaube, ich muss mich nicht vorstellen, oder?" Bevor ich noch etwas sagen kann, tritt ein Reiseleiter vor uns und begrüßt unsere Gruppe offiziell. "Liebe Gäste, ich freue mich sehr, dass ihr da seid. Mein Name ist Mustafa und ich bin der Führer!" Der „Führer"! Mustafa! Nur gut, dass mein Opa nicht mitgeflogen ist, der hätte jetzt bestimmt was Peinliches gesagt. Es folgen die üblichen Informationen, wohin wir jetzt fahren, wie lange die Fahrt dauert und wann es heute Abendessen im Hotel gibt. Jetzt trotten wir Mustafa wie bei einer Polonäse hinterher und ich bin der Einzige, der sein Gepäck auf den Schultern trägt.

Alle anderen ziehen schwarze oder graue Rollenkoffer hinter sich her und ich trage einen knallroten Wanderrucksack. Es sollte nicht das erste Mal sein, dass ich aus der Reihe tanze. Nachdem sich jeder im Bus seinen Platz erobert hat, fahren wir Richtung Hotel und diese Fahrt gibt uns den ersten Eindruck dieses Hexenkessels, in dem derzeit rund 26 Millionen versuchen ihren Lebensunterhalt zu verdienen. Ich habe schon so einige Städte im Berufsverkehr erlebt, aber Kairo ist anders. Kairo ist lauter, Kairo ist hektischer, kurzum: Kairo ist das pure Chaos!

Ich war vor einigen Jahren mit einem Kumpel zusammen in Rom, aber das hatte ausnahmsweise nichts mit Asterix zu tun. Die Oma meines Kumpels ist Italienerin oder besser Römerin. Darauf haben alle bestanden, denn die Römer haben sich schon immer für etwas Besonderes gehalten und das nicht nur zu Cäsars Zeiten. Auf jeden Fall haben wir seine Oma besucht und waren für drei volle Tage in der Stadt unterwegs. Dieses Gehupe auf den Straßen war ohrenbetäubend und hat mich nach wenigen Stunden ziemlich aggressiv gemacht, aber Rom ist im Vergleich zu Kairo die reinste Oase der Stille. Unser Reiseleiter meint, dass jeden Tag rund acht Millionen Autos in Kairo unterwegs sind und so wie sich das gerade anhört, scheint es doppelt so viele Hupen zu geben. Mein Gott, warum hupen die ständig? Es geht deswegen doch nicht schneller voran. Erst auf den zweiten Blick bemerke ich, dass es keine Fahrbahnmarkierungen auf den Straßen gibt. Rechts vor links kennen die offensichtlich auch nicht. Ampeln? Fehlanzeige! Hier gilt offensichtlich das Recht des Stärkeren, bzw. der lauteren Hupe.

Jeder versucht den Anderen aus der Spur zu drängen und wer zögert, verliert. Kein Wunder, dass jedes Auto dutzende Dellen oder Lackkratzer hat. Als ob es nicht so schon chaotisch genug wäre, rennen auch noch ständig Menschen über die Straße, als ob sie sich den Tod herbeisehnen würden.

Ist das bei den Moslems vielleicht auch so wie bei den Hindus? Glauben die etwa an die Wiederauferstehung nach dem Verkehrstod? Sich dreimal am Tag überfahren lassen bringt gutes Karma oder sowas in der Art? Es gibt hier nicht nur so gut wie keine Ampeln, sondern auch keine Fußgängerüberwege. Dafür gibt es überladene Eselkarren und Mopeds, auf denen teilweise eine fünfköpfige Familie mit dem Einkauf für die ganze Woche draufsitzt. Ich brauche nicht zu erwähnen, dass keiner auf den Mopeds einen Helm aufhat. Normalerweise müssten hier alle paar Meter matschige Leichen auf der Straße liegen, aber offensichtlich scheinen auch in diesem Chaos irgendwelche Regeln zu gelten, denn ansonsten würde das nicht funktionieren. Für einen Mitteleuropäer ist das unbegreiflich. Wenn hier im Bus ein deutscher TÜV-Ingenieur sitzen würde, wäre der in der halbstündigen Fahrt zum Hotel wohl schon beim zweiten Herzinfarkt angelangt. Irgendeiner muss Mustafa wohl auf dieses Verkehrschaos angesprochen haben, denn er erzählt uns gerade, dass die Menschen in Ägypten ihren Führerschein für umgerechnet 100 Euro machen können. Soviel kostet die Ausstellung des Ausweispapieres und die Fahrprüfung, die wohl aus knapp fünf Minuten vorwärtsfahren und eine Minute rückwärtsfahren besteht.

Wer das überlebt, bekommt seinen „Lappen" ausgehändigt, darf damit aber nur in Ägypten fahren, nirgendwo sonst. Die letzte Information beruhigt mich. Ich nehme mir vor, in den nächsten beiden Wochen in der Nähe einer Straße ganz besonders vorsichtig zu sein.

Während ich mir vom Busfenster aus dieses Chaos von oben betrachte, fällt mit auf, dass ganz viele Autos unter ihrem ägyptischen Nummernschild noch ein deutsches Auto-Kennzeichen angeschraubt haben. Ist das möglichweise ein Statussymbol oder waren die Jungs einfach nur zu faul es abzuschrauben? Das mit den Jungs meine ich übrigens wörtlich. Ich habe noch keine einzige Frau am Steuer eines Autos gesehen. Meine Mutter hatte mir so eine Andeutung gemacht, dass ich mir in Ägypten nicht so viel von den Arabern abschauen sollte, es könnte mich auf dumme Gedanken bringen. Naja, dass es in Nordafrika mit der Gleichberechtigung noch etwas hakt, wusste ich bereits, aber wenn du dich hier umschaust, ist das echt krass. Die Männer sitzen am Steuer ihrer Autos oder in Straßencafés und schlürfen Tee oder Mokka, während die Frauen hinten auf dem Moped sitzen oder teilweise komplett verschleiert und mit unzähligen Plastiktüten und diversen Kindern im Schlepptau, den Einkauf vom Markt zu Fuß nach Hause schleppen. Ich glaube ich brauche bestimmt noch ein paar Tage, um mich an dieses Stadtbild zu gewöhnen. Ich will nicht wissen, was die Frauen in unserer Gruppe gerade denken, wenn sie aus dem Fenster schauen. Mustafa hat uns gerade darüber aufgeklärt, dass es in Kairo offiziell nur knapp 50 Ampeln geben soll und dass er selbst das richtig gut findet.

Naja, er hat eben eine andere Mentalität als die sicherheits- und disziplinverliebten Deutschen. Früher dachte ich, dass die schrottreifen Autos, die bei dem rumänischen Autohändler in unserem Industriegebiet stehen, bestenfalls noch ausgeschlachtet werden, aber nein, schnell ein ägyptisches Kennzeichen angeschraubt und weiter gehts. Wenn das unser Straßenverkehrsamt wüsste. Unbewusst halte ich Ausschau nach meinem ersten Auto, einen Opel Corsa, für den ich vor acht Jahren keinen TÜV mehr bekommen habe.

Irgendwie überfällt mich gerade so ein beklemmendes Gefühl, wenn ich an die Feinstaubbelastung denke, die mich auf der anderen Seite meines Busfensters erwartet. Na toll, Feinstaub bis zum Abwinken und ohrenbetäubender Lärm. Das klingt nach echter Erholung. Offensichtlich sind wir gerade beim Hotel angekommen, denn Mustafa fängt an, uns das Procedere in der Lobby zu erklären. Dass man in Afrika alles hinterhergetragen bekommt, wusste ich aus Erzählungen, also überlasse ich meinen Rucksack seinem Schicksal und hoffe inbrünstig, dass er am gleichen Abend auch in mein Zimmer findet. Bisher hat mir in meinem Leben keiner etwas hintergetragen, sehen wir mal von dem ab, wofür sich meine Mutter immer verantwortlich fühlte. Ich fühle mich nicht sehr wohl bei diesem Gedanken und komme mir gerade vor, wie so ein reicher weißer Sack aus der Kolonialzeit. Es gehört wohl zum ganz alltäglichen Service und den Trägern scheint es nichts auszumachen, einige lächeln sogar dabei. Ägypten ist nicht unbedingt für eine gutverdienende Mittelschicht und für gewerkschaftlich ausgehandelte Lohntarife bekannt.

Sofort plagt mich der Gedanke, ob und wieviel Trinkgeld ich meinem Gepäckträger nachher zustecken soll, wenn ich meinen Rucksack im Zimmer übernehme? Gott sei Dank oder besser „Allah sei Dank", lässt uns Mustafa gerade über Mikrofon wissen, dass wir kein Trinkgeld geben brauchen, weil er morgen im Bus von uns 50 Euro pro Person einsammeln wird, um alle Trinkgelder in den nächsten beiden Wochen so zu verteilen, wie es angemessen ist. Okay, eine Belastung weniger und das ist mir die 50 Euro wert. Mustafa sammelt noch schnell die Reisepässe ein und alle springen auf, um möglichst schnell auf ihr Zimmer zu kommen.

Wenn du in Nordafrika unterwegs bist, musst du als typisch Deutscher hin und wieder Abstriche machen. Die Ägypter haben ein anderes Verständnis vom organisierten und strukturierten Arbeiten als der klassische Mitteleuropäer und mit den Zeitangaben oder der Pünktlichkeit halten sie es auch nicht so penibel. Es heißt nicht umsonst: "Inshallah", was so viel bedeutet, wie: "So Gott will" und wenn Gott gerade nicht will, dann dauern ägyptische fünf Minuten auch schnell mal zwanzig Minuten, was eine deutsche Seele durchaus mal sauer werden lassen kann. Auf jeden Fall hatten „Gott" und die Leute an der Rezeption keinen guten Tag, denn die Hälfte der Mitreisenden haben Zimmerpartner zugewiesen bekommen, die so nicht vorgesehen waren. Da wurden Paare mit unterschiedlichen Nachnamen plötzlich getrennt und einige Männer wurden versehentlich anderen allein reisenden Frauen zugeordnet und sollten sich mit ihnen ein Doppelzimmer teilen.

Was für ein Chaos, fast schon wie der Berufsverkehr auf den Straßen Kairos. Nicht nur, dass sich fast jeder in diesem Tumult gegenseitig anrempelte und darauf pochte, als erster seinen korrekten Zimmerschlüssel zu erhalten, nein, es gab sogar schon die ersten Beziehungskrisen, weil es einigen Männern offensichtlich sehr recht gewesen wäre, wenn sie sich mit einer der allein reisenden Frauen ein Doppelzimmer hätten teilen dürfen. Gottseidank bin ich als Single unterwegs und habe ein Einzelzimmer gebucht. Als dann endlich mein Name aufgerufen wird und mich eine rüstige Mittsechzigerin panisch anschaut, werde ich etwas unruhig. Tatsächlich haben sie auch mich falsch zugeordnet und meine potentielle Bettnachbarin findet ganz offensichtlich keinen Gefallen daran, sich mit mir ein Doppelbett teilen so sollen. Ich nehme es mit Humor, sie nicht! Trotz dieser peinlichen Situation nutzen wir Beide die Gelegenheit uns gegenseitig vorzustellen.

Johanna erklärt mir ziemlich kühl und distanziert, sie sei trotz ihres Alters immer noch Lehrerin, seit fünf Jahren Witwe und sie hatte einfach keine Lust mehr, zuhause auf der Couch zu hocken und auf ihren Tod zu warten. Okay, die Dame gehört ganz sicher nicht zu der Zielgruppe, bei der ich einen meiner üblichen Sprüche loswerden kann, also beschränke ich mich auf meinen Namen und mein Lebensalter und behalte den Rest für mich. Am Ende hat es zwar fast eine halbe Stunde gedauert, bis jeder sein richtiges Zimmer zugewiesen bekommen hat, aber irgendwann sind dann doch alle einigermaßen zufrieden in ihren Zimmern verschwunden. Wir treffen uns um Punkt 20 Uhr im Speisesaal.

Da war er wieder, der Gruppenzwang. Ich werde mich wohl oder übel damit abfinden müssen.

4.
Abendessen im Hotel

Als wir uns zum Abendessen im Speisesaal einfinden, wirken die meisten von uns ziemlich müde und platt. Einige hatten eine anstrengende Anreise und wollen einfach nur schnell ins Bett, doch das Abendessenbuffet will keiner verpassen. Mustafa hatte uns im Bus davor gewarnt Salat zu essen, weil man eben nie weiß, mit welchem Wasser er gewaschen wurde. Das mit den Keimen im Wasser und dem Durchfall hatte mir meine Mutter schon vor der Reise gesteckt, ich war also doppelt gewarnt. Jetzt stehe ich erwartungsvoll am Buffet und spüre einen Anflug von Glücksgefühl. Endlich darf ich zwei Wochen lang Fleisch und Kohlenhydrate reinschaufeln bis zum Abwinken, ohne auch nur einen Funken schlechtes Gewissen zu haben, weil ich keinen Salat und kein Gemüse esse. Vor dem Gemüse hatte Mustafa zwar nicht eindeutig gewarnt, aber das kommt bestimmt auch mit Wasser in Berührung und somit bin ich als bekennender Fleischfresser in meinem Element.

Das Buffet ist rein optisch zwar sehr üppig, hat nüchtern betrachtet aber nur wenige Höhepunkte zu bieten. Öliges Gemüse, Reis, nochmal öliges Gemüse, ein wenig Hühnchen, nochmal öliges Gemüse, ein bisschen überzuckerter Kuchen zum Nachtisch und das wars. Nachdem ich mir dreimal nacheinander den Teller mit Hühnchen vollgeladen habe, ernte ich die ersten bösen Blicke von zwei Endvierzigerinnen an unserem Tisch, deren Namen ich mir noch nicht gemerkt habe.

Ich will nicht behaupten, dass man das jederzeit im Gesichtsausdruck erkennen kann, aber so, wie die Beiden mich anschauen, sind sie vermutlich Veganerinnen. Diese unterschwellige Strenge bezüglich meiner puren Fleischeslust und dieser wissende Blick, dass ich von dem vielen Cholesterin sehr bald sterben werde. Wenn sich die beiden Frauen die nächsten zwei Wochen nur von dem öligen Gemüse und Salat ernähren wollen, kommen die bestimmt nicht mehr vom Klo runter. So gesehen brauche ich mir ihre Namen vermutlich erst gar nicht zu merken.

Während ich genüsslich an meinem zwanzigsten Hähnchenschenkel knabbere, spüre ich eine deutlich wahrnehmbare Unruhe bei meiner Tischnachbarin, die sich ganz bestimmt gleich entladen wird. "Sag mal, weißt du überhaupt, wie ungesund du dich ernährst?" raunzt sie mich an und in diesem Moment wächst in mir die Überzeugung, dass wir beide auf dieser Reise bestimmt nicht die besten Freunde werden. Ich hoffe sehr, dass ihr grüner Salat mit verunreinigtem Leitungswasser gewaschen wurde. Nach ihrer Bemerkung hätte ich am liebsten "Ja, Mama" erwidert, aber ich kaue erst einmal seelenruhig zu Ende und frage sie höflich nach ihrem Namen. Ich will es mir nicht schon am ersten Tag mit den Leuten verscherzen. Sie stellt sich als Maria vor und ja, sie ist Veganerin, was mich nicht wirklich überrascht. Da ich gerade keine Lust habe mir einen Vortrag über gesunde Ernährung anzuhören, stelle ich ihr als Ablenkungsmanöver schnell ein paar dieser üblichen, belanglosen Fragen in der Kennenlernphase. Sie selbst heißt Maria und hat diese Reise mit Elvira zusammen gebucht, weil sie sich so sehr für Historie und Kulturen interessieren.

Die Beiden sind offensichtlich Freundinnen und verbringen jedes zweite Wochenende in Museen, auf Vernissagen oder gehen zu Lesungen. Das klingt für mich nach purer Lebensfreude. Ich traue mich nicht danach zu fragen, ob die beiden in einer Partnerschaft leben oder ob zuhause ein Mann auf sie wartet. Naja, auf mich wartet ja auch keine Frau und somit steht es zumindest hier unentschieden. Wenn die beiden so wissbegierig und kulturbeflissen sind, werden sie sich bestimmt sehr gründlich auf diese Reise vorbereitet haben. Vermutlich werden sie viel mehr wissen als unser Reiseleiter Mustafa, der allerdings schon im Bus erwähnte, dass er Ägyptologie studiert hat. Ich wusste nicht, dass es so ein Studienfach gibt, aber wir sind hier schließlich in Ägypten.

Elvira ist mir vom ersten Moment an sympathischer und das liegt nicht nur daran, dass sie deutlich zurückhaltender und weniger belehrend ist als ihre Freundin, sondern sie schaut mich auch die ganze Zeit regelrecht sanftmütig an, sodass ich mich irgendwie „wohlig" fühle. Wenn ich 15 oder 20 Jahre älter wäre, könnte ich bei diesem Blick sogar auf dumme Gedanken kommen. Ich habe den Eindruck, dass Maria das Alphatier ist und Elvira ist das scheue Reh, das ihr treu auf dem Weg hinterher trottet, den Maria kämpferisch freiräumt. So hat jeder seine Aufgabe im Leben. Die emotionale Quersumme der beiden Frauen scheint für mich erträglich und ich muss mich im Bus ja nicht unbedingt neben dieses Alphatier setzen. Maria erzählt ganz offen über die Lebensverhältnisse ihrer Freundin und so erfahre ich, dass sie geschieden ist und einen 17-jährigen Sohn zuhause hat.

Elviras Sohn sei darüber sehr froh, dass er endlich mal 14 Tage sturmfreie Bude hat und ihn seine Mutter nicht ständig nervt, wenn seine Freunde da sind. So, wie Elvira jetzt schaut, scheint sie über die Offenheit ihrer Freundin nicht besonders glücklich zu sein und dass anstatt mit ihr, nur über sie gesprochen wird. Ich empfinde es auch als unpassend, aber Maria ist dermaßen aufgedreht, als ob sie erst gestern ihr Schweigegelübde abgelegt hat und jetzt alles nachholen muss. Also mache ich noch zehn Minuten gute Miene zum bösen Spiel und verabschiede mich unter dem Vorwand, ich hätte Bauchschmerzen Richtung Zimmer. Maria ruft mir noch hinterher, dass das ganz bestimmt an meinem Fleischkonsum liegt und sie mir morgen ausführlich erklären wird, worauf ich bei meiner Ernährung zukünftig achten muss. Ich kann es kaum erwarten. Hoffentlich sind die anderen Mitreisenden nicht ähnlich drauf wie diese Maria.

Morgen früh fahren wir nach dem Frühstück mit dem Bus direkt zum Ägyptischen Museum, anschließend zu einer alten Moschee und dann noch zu einer Koptischen Kirche, was immer das auch sein mag.

5.
Das erste Frühstück

Was war das für eine beschissene Nacht. Die brettharte Matratze hat mich fast an den Rand eines Bandscheibenvorfalls gebracht, die Klimaanlage hat geröhrt, als ob sie jeden Moment explodieren würde und als mir dann nach Mitternacht vor totaler Erschöpfung endlich die Augen zufallen, tönen kurz darauf aus einem krächzenden Lautsprecher, direkt vor meinem Fenster und in einer extremen Lautstärke, arabische Sprechgesänge in meinen Ohrmuscheln und rauben mir die letzte Hoffnung auf ein paar Stunden Schlaf.

Mein Vater hatte mich gewarnt, ich solle nicht nach Ägypten reisen, wenn Ramadan ist. Für mich hatte das Beten bisher etwas Beruhigendes, in sich gekehrtes, etwas, was man mit sich selbst ausmacht. Dieses lautstarke Getöse mitten in der Nacht ist für einen Christen nicht nur befremdlich, sondern irgendwie sogar beängstigend. Ich kann mir nicht vorstellen, dass ich der Einzige bin, der gerade total genervt aufrecht in seinem Bett sitzt und stinksauer ist, dass er um den Schlaf gebracht wird. Können die sich nicht wie alle anderen Menschen auf der Welt einen Wecker stellen und sich einfach ganz in Ruhe neben ihrem Bett Richtung Mekka verneigen und nach Herzenslust leise vor sich hin beten? Nein, da muss der „Imam vom Tonband" aus hunderten Lautsprechern die ganze Stadt aufschrecken, damit es auch bloß keiner vergisst. Ich habe überhaupt nichts gegen einzelne Religionen und stehe den unterschiedlichen Glaubensüberzeugungen sehr liberal gegenüber.

Ich stelle mir nur gerade vor wie es wäre, wenn im Kölner Dom um drei Uhr nachts die Glocken geläutet werden und alle 200 Meter aus krächzenden Lautsprechern in Extremlautstärke das „Vater unser" vorgebetet wird. Spätestens dann wäre der Rheinländer keine Frohnatur mehr. Aber was willst du machen, wenn du in ein Land reist, in dem diese Art zu beten Tradition hat? Ich hätte ja auch, wie meine Kumpels, ins deutsche Mittelgebirge oder an die Nordsee fahren können.

Etwas später habe ich von Mustafa erfahren, dass immer vor dem Sonnenaufgang gebetet wird und hier geht die Sonne morgens verdammt früh auf. Während des Ramadans wird nicht nur unkonventionell gebetet, sondern es gelten auch harte Regeln für den Umgang mit Mahlzeiten. Da ich in einem christlichen Haushalt groß geworden bin, kenne ich natürlich die Fastenregeln und als Kind musste ich das auch öfters mit meinen Eltern zusammen durchziehen, wenn auch nicht freiwillig. Keine Chance auf Schokolade oder sonstigen Süßkram. Wenigstens hat mir meine Mutter während der Fastenzeit weiterhin Fleischwurst und Salami auf mein Pausenbrot gepackt, denn sie glaubte damals an die Werbebotschaft „Fleisch ist ein Stück Lebenskraft" aus den 70er Jahren. Das sollte sich heute mal einer aus der Lebensmittelbranche trauen. Auf jeden Fall ist unsere christliche Fastenzeit Kindergarten gegen die Ramadan-Regeln des Islam. Die armen Moslems dürfen nach Sonnenaufgang weder was essen, noch was trinken und erst wieder nach dem Sonnenuntergang was futtern, was sie dann allerdings auch heftig nachholen.

So ein Moslem kann über unser Intervallfasten nur müde lächeln. Allah sei Dank, dauert der Ramadan nur 30 Tage und nicht länger. Jetzt, im April, ist es in Ägypten schon ganz schön heiß und manchmal geht`s hier locker über 40 Grad. Bei diesen Temperaturen nichts trinken zu dürfen, erfordert nicht nur einen starken Glauben, sondern auch einen ziemlich strapazierfähigen und leidensfähigen Körper.

Nachdem die nächtlichen Gebete vom Band in meinen Gehörgängen langsam verklingen, startet vor meinem Schlafzimmerfenster wie auf Knopfdruck und ohne Übergang, der Verkehrslärm mit den üblichen Hup-Orgien. Normalerweise stehe ich niemals vor sechs Uhr morgens auf, aber jetzt sitze ich um kurz nach vier Uhr auf dem Rand meines Bettes und grübele darüber nach, was ich die nächsten zwei Stunden tun soll, bis das Frühstücksbuffet im Hotel eröffnet. Vor lauter Verzweiflung ziehe ich mich an und gehe schon mal runter in die Hotellobby. In der Hotelbeschreibung stand großspurig was von WLAN, aber Empfang hast du nur im Umkreis von zehn Metern und der Router steht offensichtlich an der Rezeption. Jetzt sitze ich mit müden Augen auf einem viel zu weichen Sessel in der Lobby und schaue mir in Dauerschleife die Bundesliga-Ergebnisse vom Vortag an, nur damit die Zeit bis zum Frühstück schneller vorbei geht. Wenn ich mich in der Lobby so umschaue, bin ich nicht der Einzige, der die Hoffnung auf weiteren Schlaf aufgegeben hat. Ich bin gespannt, wie ich das anstrengende Programm heute mit weniger als drei Stunden Schlaf durchstehen soll.

Nach dem Frühstück geht`s planmäßig direkt ins Ägyptische Nationalmuseum mit all den Sarkophagen, Mumien und den vielen Grabschätzen aus dem Tal der Könige oder aus anderen Palästen. Anschließend fahren wir zu der angeblich ältesten Moschee in Ägypten, die wohl rund 2000 Jahre alt ist. Dann noch in die älteste Kirche der Koptischen Christen, die natürlich auch was ganz Besonderes ist, wie alles, was im Reiseprospekt steht. Die älteste, die größte, die schönste, die prächtigste und so weiter, immer nur Superlative. Naja, wenn der Reiseveranstalter damit werben würde, uns nur die jeweilige Nummer zwei oder drei auf der Siegerliste zu zeigen, wäre er vermutlich längst pleite.

Während ich noch über das Marketing der Reiseveranstalter grüble, öffnen sich endlich die Türen zum Frühstückraum und ich eile erwartungsfroh und ziemlich hungrig hinein. Am liebsten hätte ich mir gleich etwas auf den Teller geschaufelt, denn nachdem ich schon vier Stunden wach bin, habe ich einen Bärenhunger. Doch zuerst einmal verschaffe ich mir einen Überblick, was am Buffet alles so angeboten wird, denn mir klingen noch die warnenden Worte meiner Mutter im Ohr, was ich auf keinen Fall essen soll. Neugierig hebe ich jeden silbernen Deckel hoch und schaue drunter, was das warme Buffet alles bietet, doch gleich der erste Anblick lässt mich erschaudern. Dort wabert eine klebrig braune Masse in einer Warmhaltewanne und mein erster Gedanke ist, dass sich da offensichtlich schon vorher einer erbrochen hat. Ein kurzer Blick auf einen verschmierten Zettel vor der Wanne verrät mir, dass es sich hier um Bohnenpüree handeln soll.

Meine Oma hat immer gesagt „Jedes Böhnchen gibt ein Tönchen" und genau dieses Szenario will ich am ersten Tag vermeiden. Wenn ich nachher mit den anderen im Bus sitze oder im Museum mitten in der Gruppe stehe und mich überkommt plötzlich die Flatulenz, dann habe ich es sprichwörtlich gleich verschissen.

Mein Vater hat mich gewarnt, ich solle möglichst erst gegen Ende der Reise mein wahres Ich zeigen, was immer er damit auch gemeint hat. Besonders positiv klang das für mich auf jeden Fall nicht. Dieser Bohnenbrei sieht dermaßen gruselig aus, dass ich ihn nicht einmal probieren will, also weiter zum nächsten Trog. Auf dem Zettel steht was von Würstchen und als bekennender Häuptling der Karnivoren kennt meine Vorfreude keine Grenzen. Nachdem ich den Deckel angehoben habe, folgt der emotionale Absturz. Das sollen Würstchen sein? Wenn schon die Würstchen so eine grelle, total ungesunde rot-lila Färbung haben, will ich erst gar nicht wissen, wie die Tiere aussehen, aus denen sie gemacht wurden. Wenn sich mir in den nächsten zwei Wochen die Gelegenheit bietet, werde ich mal in einen Stall reinschauen und gucken, ob die Rinder, Schweine oder was immer auch dafür herhalten musste, auch so bunt sind. Essen die Muslime überhaupt Schweinefleisch? Ich glaube nicht, oder verwechsle ich da was mit anderen Religionen? Seit die Pescetarier, Vegetarier, Veganer und Frutarier ihre eigenen Glaubensgemeinschaften gegründet haben, verliere ich etwas den Überblick. Möglicherweise sind diese komischen knallbunten „Pseudo-Wurst-Röllchen" aus Kamelfleisch gemacht?

Ich will es ehrlich gesagt nicht wirklich wissen und greife schon zum nächsten Deckel. Endlich mal etwas, was ich auf den ersten Blick erkenne und was mir auch schmeckt, zumindest sieht es lecker aus. Bratkartoffeln, richtig kross angebratene Kartoffelstücke mit goldbrauner Kruste und einigen scharfen Gewürzen drauf, genauso wie ich sie mir zuhause gerne selbst zubereite. Wanne Nr. 3 ist als Favorit abgespeichert und ich schaue weiter. Gebackenes Gemüse steht auf dem Zettel, aber so wie es aussieht, wurde das Gemüse eher in fünf Litern Speiseöl gekocht. Da sollten sie besser „Öl-Suppe mit Gemüseeinlage" draufschreiben. Wenn ich davon einen Löffel esse, komme ich heute ganz bestimmt nicht mehr vom Klo runter. Okay, einen Versuch habe ich noch und da sind bestimmt Rühreier drunter. Was ich dann aufdecke, sieht nicht nach Ei aus, sondern ist schon wieder so eine undefinierbare, beigefarbene Masse, die als Couscous „Irgendwas" beschrieben wird. Ich habe mir die genaue Bezeichnung nicht gemerkt, weil ich nach der ersten Schnupperprobe den Deckel gleich wieder draufgemacht habe.

Gottseidank hat mich am Ende des Buffets ein netter Mann mit einer weißen Mütze auf dem Kopf angelächelt und mich in gebrochenem Englisch gefragt, ob ich denn ein Omelett haben wollte. Das ist ja geil! Ich habe schon von Hotels gehört, die ihren Gästen am Buffet frische Speisen zubereiten, aber erstens habe ich das selbst noch nicht erlebt und zweitens hätte ich es nach meinen vorherigen Eindrücken definitiv nicht hier erwartet.

„Yes, yes, all together please, put all the good things in the pan, I`m very hungry!" sage ich in einem Englisch, das eher nach Grundschule statt nach Oberstufe klingt, aber egal, denn der nette Kerl lächelt immer noch und er bereitet mir ein Omelett, wie es frischer und leckerer nicht sein könnte. Jetzt noch einen Teller voll mit Bratkartoffeln und mein Frühstück ist gerettet. Während ich mir alles gierig in meinem Mund schaufele, sehe ich schon die ersten Mitreisenden mit blutunterlaufenen Augen und hängenden Schultern in den Frühstücksraum trotten. So wie die aussehen, haben sie auch alles andere als gut geschlafen. Bei diesem Krach nutzen auch die besten Ohrstöpsel nichts und ich hoffe nur, dass sich die schlechte Stimmung der am schlimmsten Gebeutelten nicht auf die ganze Gruppe überträgt.

Da kommen auch die beiden jüngeren Frauen, die mir bereits am Flughafen aufgefallen sind. Gestern beim Abendessen saßen sie am anderen Ende des großen Tisches und wie gerne wäre ich mehr in ihrer Nähe gewesen, aber ich musste ja ausgerechnet zwischen Maria der Veganerin und dem kumpelhaften Robert sitzen. Ich habe mich geweigert, ihn Robbie zu nennen, auch wenn er mehrmals am Abend darauf bestanden hatte. Ich mag mit solchen aufdringlichen Menschen nicht gleich „dicke Freunde" spielen und gehe daher etwas auf Abstand. Maria werde ich besser auch aus dem Weg gehen, aber vielleicht tue ich den Beiden auch unrecht und sie entpuppen sich in den nächsten Tagen als supersympathische Typen.

Die beiden jüngeren Frauen habe ich sofort in die Kategorie Sympathieträger eingestuft, aber das liegt vermutlich an ihrem sehr netten Äußeren und meinem aktuellen Testosteronspiegel. Ich war auf so junge weibliche Reisebegleiter gedanklich nicht vorbereitet und ich ärgere mich jetzt schon, dass ich so wenige Klamotten eingepackt habe, in denen ich vorteilhaft aussehe. Meine Mutter meinte, Ägypten sei erstens überall staubig und zweitens würden die mitreisenden Rentner nicht auf mein Äußeres achten. Deswegen bräuchte ich nur meine alten Sachen mitnehmen. Das habe ich jetzt davon. Wenn ich weiterhin auf meine Mutter höre, braucht sie sich nicht zu wundern, wenn sie in diesem Leben keine Enkelkinder mehr präsentiert bekommt. Ich traue mich nicht die beiden Frauen an meinen Tisch zu winken. Ich traue mich noch nicht einmal, sie mit einem offenen Blick und einem freundlichen „Guten Morgen" zu begrüßen. Ich muss den Beiden wie ein verklemmter Pubertärer vorkommen, aber ich kann im Moment nicht über meinen Schatten springen. Noch nicht!

Natürlich setzen sie sich an einen anderen Tisch, weil Horst nicht so schüchtern ist und die beiden mit lautem Geschrei an seinen Tisch manövriert hat. Horst ist der Typ, der sich gestern Abend versehentlich ein alkoholfreies Bier bestellt hatte und mit seinen lautstarken Kommentaren bezüglich dieser „Piss-Plörre" minutenlang im Mittelpunkt stand. Normalerweise hätte man wissen können, dass die Ägypter nicht für ihre Braukunst und ihren Alkoholkonsum bekannt sind, und schon gar nicht während des Ramadans.

Wenn ich mir den Gesichtsausdruck seiner Frau anschaue, scheint sie sein Verhalten wohl schon jahrzehntelang schweigsam zu erdulden. Sie scheint dennoch nicht unbedingt glücklich darüber zu sein, dass sich gleich am ersten Tag die beiden hübschesten Frauen der ganzen Gruppe ihrem Mann gegenüber platzieren und er natürlich nur noch Augen für sie hat. So, wie beiden jungen Frauen schauen, scheinen die auch nicht gerade glücklich über ihre Platzwahl zu sein, aber du kannst ja nicht gleich am ersten Tag den Mitreisenden die kalte Schulter zeigen. Vermutlich stammen die Beiden aus einem Elternhaus, in dem Anstand und Höflichkeit ganz oben auf der Liste steht. Jetzt sitzen sie brav und um höfliche Kommunikation bemüht am Tisch und müssen sich in Dauerschleife dumme Sprüche von Horst anhören. Tja, die Beiden hätten sich ja auch zu mir setzen können, selbst dran schuld. Ich werde die nächsten Tage schon noch meine Chancen bekommen und wenn die Beiden überall so schlechte Erfahrungen machen wie bei Horst, dann treiben mir die anderen die Mädels schon in meine Arme. Das ist zumindest meine stille Hoffnung.

So langsam füllt sich der Speisesaal und während ich nach und nach die restlichen Mitreisenden mit einem Kopfnicken begrüße, sehe ich unseren Reiseführer Mustafa die Tür reinkommen. Er blickt ein wenig traurig in Richtung Buffet, denn für ihn sind die Speisen tabu. Wegen des Ramadans muss der arme Kerl noch über zehn Stunden auf seine nächste Mahlzeit warten. Mustafa schlendert gemächlich von Tisch zu Tisch und begrüßt freundlich seine Schäfchen.

Überall folgt der gleiche Spruch: „Liebe Gäste, wir treffen uns um 8 Uhr in der Lobby und fahren dann zum Museum. Bitte seien sie pünktlich." Ich hoffe sehr, dass sich meine Mitreisenden als zuverlässig und pünktlich präsentieren.

Mein Vater hatte mir mal von einem Arbeitskollegen erzählt, der während einer Gruppenreise zwei chronische Zuspätkommer dabeihatte und die Spannungen bereits am dritten Tag zu üblen Anschuldigungen und einem heftigen Streit führten. Ich kann mir vorstellen, dass es Menschen ziemlich aggressiv macht, wenn mehr oder weniger alle pünktlich bereitstehen und jedes Mal auf einen oder eine warten müssen. Bei Pünktlichkeit und Ordnung kennen die meisten Deutschen keine Gnade. Ich bin gespannt, wie unsere Gruppe untereinander klarkommt. Außerdem bin ich gespannt, wie wir Deutschen auf die doch allseits bekannte nord-afrikanische „Komm ich heut nicht, komm ich morgen"-Mentalität reagieren. Mein Vater meinte, dass in Ägypten 5 Minuten auch mal 30 Minuten dauern können oder dass manchmal was ganz vergessen geht und ich solle mich darüber bloß nicht zu sehr aufregen. Ein kurzer Blick auf meine Uhr verrät mir, dass es Zeit ist aufzubrechen. Ich gehe nochmal schnell in mein Zimmer, creme mir meine Haut mit Sonnenschutzmittel ein, packe mir meine Fotokamera und eine Flasche Wasser in den Rucksack und los geht's.

6.
Im Museum

Das nenne ich einen guten Start in den Tag. Alle sind pünktlich und sitzen erwartungsvoll im Bus. Natürlich gibt es die üblichen Rangeleien um den besten Platz hinter dem Fahrer, aber wenigstens laufen sie weitestgehend friedlich ab, zumindest höre ich nur ein paar bissige, kleinlaute Kommentare von den hinteren Reihen. Wahrscheinlich wird nachher beim Rausgehen irgendeiner ein paar persönliche Utensilien auf dem begehrten Platz liegen lassen, nur damit er schon mal seinen Besitzanspruch anmeldet. Mich würde es nicht wundern, wenn da nachher ein Badetuch liegt, das hat bei uns Deutschen bekanntlich Tradition. Egal, die Wogen haben sich bereits wieder geglättet und es kann losgehen. Mustafa schnappt sich das Mikrofon und informiert uns über den geplanten Tagesablauf. 30 Minuten Fahrt zum Ägyptischen National-Museum stehen uns bevor, natürlich nur, wenn es keinen Stau gibt, was bei rund 4 Millionen Fahrzeugen in dieser Metropole allerdings keine Seltenheit sein soll.

Mustafa will von allen Reisenden vorher Geld für die Eintrittskarten einsammeln und gibt uns hiermit schon mal einen Vorgeschmack auf das, was uns die nächsten Tage mehrmals täglich erwarten wird. Da sich keiner im Bus beschwert, wird mir wieder einmal klar, dass ich den Reiseprospekt hätte besser vorher lesen sollen, denn ich dachte tatsächlich, die Eintrittspreise wären inklusive. Wie war nochmal der Wechselkurs?

Die Eintrittskarte kostet umgerechnet ca. 8 Euro und wenn wir die nächsten 14 Tage schätzungsweise 10 bis 15 Museen, Paläste oder andere kostenpflichtige Sehenswürdigkeiten besuchen, kommen da ganz schnell zusätzliche 100 Euro zusammen. Naja, das hält sich in Grenzen, aber ich hoffe inbrünstig, dass nicht noch mehr solche Überraschungen auf mich warten.

Ich habe vor meiner Reise gelesen, dass Ägypten fast ein Drittel seines Brutto-Inlands-Produkt dem Tourismus zu verdanken hat, also wird vermutlich jede noch so kleine Sehenswürdigkeit Eintritt kosten. Ach, was soll`s, in Deutschland bekommst du auch nichts geschenkt, aber wenigstens verlangen die bei uns für den Zugang in die Gotteshäuser kein Geld, zumindest nicht in Form von Eintrittsgeldern. Auf der Fahrt zum Museum fällt mir auf, dass links und rechts der Straße überall riesige Werbeplakate stehen, auf denen Menschen zu sehen sind, die hier offensichtlich Prominenten-Status genießen. Ich kenne keinen davon, aber einem Ägypter wird das in Deutschland wohl nicht anders ergehen. Endlich rollt unser Bus auf den Parkplatz vor dem Museum und aus allen Sitzreihen drängeln sich die Leute in den Mittelgang, als ob die Bustür in wenigen Augenblicken für immer schließt. Warum bloß diese Hektik? Mustafa muss doch sowieso erst einmal die Eintrittskarten kaufen und ob ich jetzt hier noch einen Moment länger sitzen bleibe oder draußen in der Sonne rumstehe, ist egal. Manchmal frage ich mich, ob dieses Drängeln typisch deutsch ist oder ob die Menschen auf der ganzen Welt so ähnlich drauf sind?

Man könnte meinen, wir würden was verpassen, aber ich bin mir sicher, dass die jahrtausendalten Sarkophage im Museum auch noch da sind, wenn ich als Letzter aus dem Bus steige. Während die ersten aus der Gruppe mit ihren Fotoapparaten schon fieberhaft Motive für ihr Fotobuch suchen, zünden sich Andere erst einmal eine Zigarette an. Das erscheint mir deutlich sympathischer, auch wenn ich selbst Nichtraucher bin.

Natürlich gibt es noch einen zweiten Grund mich zu dieser Gruppe zu gesellen, denn dort stehen auch die beiden jüngeren Frauen, die ich heute Morgen beim Frühstück so gerne in meiner Nähe gehabt hätte. Ich versuche mich möglichst lässig und unaufdringlich an die Beiden heranzuschleichen und irgendwie ins Gespräch zu kommen. Während mein Hirn noch verzweifelt nach einer geeigneten Ansprache sucht, schauen mich beide bereits freundlich an und stellen sich als Yvonne und Lea vor. Mein Gott, aus der Nähe betrachtet sehen die Beiden noch viel hübscher aus, als aus der Entfernung. Ich merke ganz deutlich, dass mir vor lauter Aufregung die Schamröte ins Gesicht steigt. Lea hat das offensichtlich sofort bemerkt, aber sie spielt mir auf eine sehr nette Art den Ball zurück, in dem sie lächelnd anmerkt: „Ist ganz schön heiß heute". Und ob mir heiß ist, was eindeutig nicht nur an den knapp 30 Grad Lufttemperatur liegt. Yvonne kommentiert die Aktion ihrer Freundin mit einem Blick, den ich nicht deuten kann. Ich habe fast den Eindruck, dass sie irgendwie streng guckt, obwohl die Situation doch vollkommen entspannt ist. Ich weiß nicht warum, aber dieser Blick hinterlässt bei mir ein mulmiges Gefühl.

Bevor ich so richtig darüber nachdenken kann, drückt mir Mustafa meine Eintrittskarte in die Hand und ruft: „Jalla, jalla!". Er hat uns vorhin im Bus erklärt, das bedeutet so viel wie „los geht`s" und wir sollten ihm dann unbedingt gleich folgen, was die ganze Gruppe auch pflichtbewusst tut. Im Gänsemarsch geht`s Richtung Haupteingang und nachdem unsere Rucksäcke elektronisch durchleuchtet wurden, dürfen wir endlich die „Heiligen Hallen" von innen sehen. Mein Vater hat mir erzählt, dass es wohl nur in den Vatikanischen Museen in Rom mehr zu sehen gäbe als hier, aber das muss nichts bedeuten, denn mein Vater hat höchstens ein Dutzend Museen in der Welt besucht. Mustafa drückt jedem von uns so eine Art MP3-Player in die Hand, mit dem er sich über Funk mit uns verständigen will. Während ich mir die Ohrhörer in die Ohrmuscheln stopfe, frage ich mich, ob die überhaupt jemals gereinigt, geschweige denn desinfiziert wurden? Auf jeden Fall kleben sie jetzt in meinen Ohrmuscheln und ich versuche jeden weiteren Gedanken zu verdrängen.

Mustafa hat Ägyptologie studiert und hat natürlich zu jeder Skulptur, jeder Maske und jedem Symbol was zu erzählen. Schon nach wenigen Minuten habe ich vergessen, welche Nummer der Ramses hatte, von dem dieses oder jenes Relikt im Glaskasten zu sehen war. Offensichtlich hießen früher fast alle Pharaonen Ramses und wurden daher durchnummeriert. Das macht es mir leichter, mir wenigstens diesen einen Namen zu merken. Unsere Reisegruppe spaltet sich augenscheinlich in zwei unterschiedliche Lager. Die meisten stehen wissbegierig in direkter Nähe zu Mustafa, der nimmermüde sein Wissen von sich gibt.

Einige von uns stehen sogar mit einem aufgeschlagenen Reiseführer in der Hand daneben und fragen bei jeder sich passenden Gelegenheit nach, während die anderen in Sichtnähe umherschwirren und fieberhaft nach den besten Fotomotiven suchen. Wenn ich mich entscheiden müsste, würde ich mich sicherlich auch eher den Fotografen zugehörig fühlen. Ich habe einfach viel mehr Spaß daran Dinge zu entdecken und sie mit meinen eigenen Gedanken zu kommentieren, als mich belehren zu lassen, ob diese wertvollen Grabschätze jetzt 200 oder 1000 Jahre vor Christus hergestellt wurden. Ehrlich gesagt ist mir das egal und das Alter entscheidet ganz bestimmt nicht über die Schönheit.

Zumindest nicht bei den tausenden Kunstschätzen in diesem Museum, wobei ich in Gedanken schon wieder bei Yvonne und Lea bin. Bei jeder sich bietenden Gelegenheit schaue ich heimlich um die Ecke, um irgendwelche Körperteile der beiden jungen Frauen zu erhaschen. Die Lebenden interessieren mich deutlich mehr als die Toten. Wenn da nur nicht dieser mysteriöse Blick von Yvonne gewesen wäre. Vielleicht haben sich die beiden Freundinnen vor der Reise ein „Flirt-Gelübde" auferlegt, das ihnen beiderseits verbietet, sich während dieser Reise zu verlieben? Ich habe schon von den verrücktesten Versprechen gehört, also warum nicht? Natürlich fände ich das extrem blöd, aber ich will die Beiden jetzt nicht gleich verurteilen, sondern versuche weitestgehend offen und zugänglich zu bleiben. Auf jeden Fall gehören Yvonne und Lea eindeutig zu den Kultur-Besessenen.

Sie löchern Mustafa in einer Tour mit ihren Fragen, dem das offensichtlich sehr gefällt, so wie er die ganze Zeit strahlt. Ich muss ihm bei Gelegenheit mal auf den Zahn fühlen, ob er verheiratet ist und ob er Kinder hat? Vielleicht hat er ja auch mehrere Frauen? Wenn mich nicht alles täuscht, ist das hier in Ägypten nicht unüblich. Ich habe schon oft darüber nachgedacht, wie sich so ein Zusammenleben mit mehreren Ehefrauen für mich anfühlen würde, aber da ich es noch nicht einmal zu einer temporären Lebenspartnerin gebracht habe, stehen mir zu diesem Thema keinerlei Kommentare zu. Wenn ich so darüber nachdenke, hätte ich vermutlich mit einer Frau schon mehr als genug zu tun, also warum sollte ich dann auf diese arabische Sitte eifersüchtig sein? Mustafa hat auf jeden Fall seine Freude daran und da seine Frau, sofern er verheiratet ist, vermutlich eher dunkelhaarig ist, kann er sich an den beiden Blondinen offensichtlich nicht satt sehen. Ich auch nicht!

Wie bescheuert ist das denn? Ich kenne die Beiden kaum und bin schon am zweiten Tag auf unseren ägyptischen Reiseleiter eifersüchtig, nur weil sie ständig um ihn rumschwänzeln. Wenn Yvonne und Lea so dermaßen wissbegierig sind, werde ich ihnen vermutlich intellektuell unterlegen sein. Ich zweifle schon jetzt, ob das jemals was mit uns werden kann? Manchmal frage ich mich, warum ich jede weibliche Person im paarungsfähigen Alter in meinem Umfeld intuitiv so analysiere, als ob sie die zukünftige Mutter meiner Kinder werden soll? Verdammt, die Beiden sind zwei junge Frauen, die zufällig mit mir im gleichen Bus sitzen und sich die nächsten zwei Wochen die gleichen Orte anschauen werden, mehr nicht!

Das hier ist keine Single-Reise für „Frischfleisch-Fanatiker", auf der man sich verlieben soll, sondern wir schauen uns nur gemeinsam jahrtausendalte Mumien an und stillen unseren Wissendurst. Wenn ich nicht langsam auf andere Gedanken komme, versaue ich mir noch die ganze Reise.

Die Stimme Mustafas dröhnt mir durch die Kopfhörer quer durch meinen Kopf und kündigt das Highlight des Museums an: Die Sonderausstellung zu Tutanchamun. Er sagt, wir würden jetzt den Original-Sarkophag sehen, was ich jedoch anzweifle, denn angeblich ist der Original-Sarkophag gerade in einem Londoner Museum ausgestellt. Manchmal überkommt mich der Gedanke, die haben diesen Sarkophag mit Bastelanleitung zum Nachbau ins Internet gestellt, so oft wie der auf der ganzen Welt ausgestellt wird. Allerdings sieht das Teil ziemlich echt aus, jetzt, da ich staunend davorstehe und trotz Verbotsschilder heimlich aus der Hüfte einen Schnappschuss mache. Wow, so viel Gold und so schöne Farben! Ich will nicht wissen, wie viele Jahre die Handwerker an so einem Sarkophag gearbeitet haben. Nicht selten haben die Pharaonen ihre Särge bereits im Teenageralter in Auftrag gegeben. Tja, alles braucht seine Zeit, aber das Teil ist verdammt schön, auch wenn es vielleicht nur ein Duplikat ist.

„Jalla, jalla" klingt es in meinen Ohren und Mustafa treibt uns weiter in die nächste Halle. Der legt vielleicht ein Tempo vor. Naja, wir müssen uns zeitlich ranhalten, weil in Kairo während des Ramadans die Museen, Moscheen und Paläste schon um 15 Uhr am Nachmittag schließen.

Oh Mann, das ist deutlich früher als sonst üblich. Wenn ich das vorher gewusst hätte, wäre ich vermutlich zu einer anderen Zeit hierher geflogen. Die verkürzten Öffnungszeiten und die verkürzten Schlafzeiten während des Ramadans sind schon ein nicht unbedeutender, zusätzlicher Stressfaktor.

Mustafa ruft gerade seine Schäfchen zusammen, um uns was Wichtiges mitzuteilen. Der offizielle Rundgang wäre vorbei und er gibt uns jetzt ausreichend Freizeit für eigene Besichtigungen. Endlich hat diese Hektik ein Ende! „Wir treffen uns in 45 Minuten am Ausgang, jalla, jalla!" Von wegen, jetzt fängt die Hektik erst richtig an. So, wie die anderen gerade schauen, denken sie ähnlich darüber. Ganz schön knapp, diese Zeitvorgabe, aber es nutzt alles nichts, denn es stehen noch zwei andere Highlights auf dem Tagesprogramm. Also stürzt jeder in eine andere Himmelsrichtung auf der Suche nach etwas, was man bisher noch nicht gesehen hat. Jetzt muss ich am eigenen Leib erfahren, wie schnell 45 Minuten vorbeigehen können und wie verdammt groß dieses Museum ist. Im Schweinsgalopp hetze ich von Glasvitrine zu Glasvitrine und versuche im Vorbeigehen ein paar Fotos zu schießen, ohne die Aufnahmen zu verwackeln. Nach ein paar Minuten des ziellosen Herumhetzens, sieht jede Vase und jede Kette gleich aus und ich verharre nur noch ein paar Sekunden länger vor Artefakten, die mich rein optisch regelrecht umhauen, aber davon gibt es hier eine ganze Menge. Völlig außer Atem stehe ich jetzt am Ausgang des Museums und muss nüchtern feststellen, dass es andere aus der Gruppe mit der Pünktlichkeit dann doch nicht so genau nehmen.

Außer Yvonne, Lea, Mustafa und einem Pärchen, die ich bisher noch nicht näher kennenlernen durfte, ist keiner da. Na toll! Bevor ich mich jetzt darüber aufrege, nutze ich die Gelegenheit, mich meinen beiden Zielobjekten der Begierde anzunähern. Da die Beiden allerdings immer noch von Mustafa vollgequatscht werden, komme ich einfach nicht dazwischen.

Zwangsweise widme ich mich dem anderen Pärchen, die sich als Hilde und Hannes vorstellen. Die Art und Weise, wie die Beiden mit mir sprechen, lässt mich vermuten, dass sie wahrscheinlich aus altehrwürdigen Hamburger Kaufmannsfamilien stammen. Dieser Tonfall klingt für mich irgendwie snobistisch und löst bei mir einige negative Assoziationen aus. Natürlich ist das völlig unangemessen und ungerecht, wenn ich die Beiden nur wegen ihrem Dialekt und ihrem Tonfall verurteile, aber ich kann mich gerade nicht gegen meine Gefühle wehren. Die Beiden geben sich echt Mühe, nett zu mir zu sein, aber der Funke springt definitiv nicht über. Unsere Konversation plätschert mehr oder weniger verkrampft vor sich hin und es wird schnell klar, dass wir uns recht wenig zu sagen haben. Währenddessen trudeln immer mehr aus unserer Reisgruppe am Treffpunkt ein und nach gefühlten 30 Minuten sind wir endlich komplett. Man sieht Mustafa an, dass er jetzt gerne etwas dazu gesagt hätte, aber er schluckt es runter und reduziert seinen Kommentar auf das vertraute „Jalla, jalla". Mustafa schreitet mit schnellen Schritten voran Richtung Busparkplatz und nachdem alle wieder ihren Platz gefunden haben, geht es weiter Richtung Moschee.

Wenigstens gibt es keine erneuten Diskussionen um die heißbegehrten Plätze. Ich frage mich die ganze Zeit, wer dieser Mann mit dem blauen Anzug, dem weißen Hemd und der schwarzen Krawatte ist, der direkt neben Mustafa sitzt. Auf den ersten Blick wirkt er wie ein Mafioso aus Süd-Italien. Vielleicht gibt es auch hier in Ägypten so etwas wie Schutzgelderpresser und Mustafa muss ihm jedes Mal zehn Prozent von den Eintrittsgeldern abdrücken, damit er ihm kein Messer in die Seite sticht? Gerade, als meine Fantasie mit mir durchgehen will, kommt schon die Erklärung über das Mikrofon.

„Liebe Gäste, wir haben hier in Kairo auf allen Fahrten Tourismus-Polizei dabei. Machen Sie sich bitte keine Sorgen!" Immer dann, wenn mir einer sagt, ich bräuchte mir keine Sorgen zu machen, bekomme ich erst recht ungute Gefühle. Warum um Gottes Willen brauchen wir einen möglicherweise bewaffneten Polizisten an Bord? Bisher sah ich nicht den kleinsten Anlass für Sorgen oder Ängste, aber jetzt geht in meinem Kopf gerade die Post ab, das volle Programm. Das sah doch bisher alles total friedlich aus, also warum bitteschön brauchen wir einen Geleitschutz? Ausgerechnet jetzt kommen mir wieder die alten Schlagzeilen ins Gedächtnis, von den üblen Terror-Attentaten aus den neunziger Jahren, bei denen beispielsweise in der Nähe von Luxor rund 40 Touristen erschossen wurden. Alleine die Vorstellung lässt mich erschaudern und nachdem Mustafa uns aufgeklärt hat, scheinen auch anderen Mitreisenden ein paar ähnliche Gedanken durch den Kopf zu gehen. Bevor wir uns weiter Sorgen machen können, steuert der Bus bereits den nächsten Parkplatz an.

7.
Zwei Religionen

Bevor wir aussteigen, klärt uns Mustafa noch kurz darüber auf, dass es sich bei der Ibn-Tulun-Moschee um die älteste Moschee der Stadt handelt und im Jahr 876 erbaut wurde. Daraufhin kommen sofort einige Zwischenrufe von den hinteren Rängen, die ich nicht verstehen kann, weil alle durcheinander rufen. Letztendlich setzt sich Johanna durch und meldet sich zu Wort. „Nein, das ist so nicht richtig. Die Amr-Moschee ist die älteste Moschee in Kairo. Das steht so in meinem Reiseführer!".

Ich habe ja bereits am ersten Abend im Hotel mitbekommen, dass Johanna Lehrerin ist. Im Grunde genommen hätte mir vor Antritt der Reise klar sein müssen, dass in den Osterferien nicht nur der Ramadan, sondern bestimmt auch mitreisende Lehrer und Lehrerinnen Stress bereiten könnten. Jetzt ist es allerdings zu spät und ich vermute, dass sich noch mehr Mitreisende als Lehrkräfte outen werden. Wenn ich gerade richtig gehört habe, waren es vier verschiedene Stimmen, die sich zu Wort melden wollten. Das kann ja heiter werden. Während ich zügig aussteige um Mustafa moralische Unterstützung zu bieten, diskutieren eine Handvoll Mitreisender noch heftig über die korrekten Zahlen und Angaben in ihren Reiseführern. Die jeweiligen Angaben stimmen wohl nicht überein, aber offensichtlich ist es extrem wichtig, ob die Moschee im Jahr 844 oder 845 vollendet wurde.

Ich nehme Mustafa kumpelhaft in den Arm und versuche ihm auf eine möglichst nette und unverfängliche Art zu ermutigen, dass er sich von den mitgereisten Schlaumeiern bitte nicht unter Druck setzen lassen soll. Es gibt Menschen, denen geht es ausschließlich darum Recht zu haben und manchmal ist es besser, ihnen auch Recht zu geben, nur damit Ruhe ist. Mustafa zieht mich daraufhin zur Seite und flüstert mir ins Ohr: „Weißt du, in Ägypten haben Frauen selten recht, auch wenn sie Recht haben, verstehst du?"

Ich verstehe ihn und die nordafrikanische Kultur sehr gut, aber ich gebe ihm kleinlaut den guten Rat, er solle das besser für sich behalten und nicht mit Johanna darüber zu diskutieren. Für ihn als Ägypter ist es offensichtlich eine echte Herausforderung, diese verbalen Angriffe auf seine Kompetenz oder seinen Status als „männlicher Anführer" einzustecken, ohne sich dagegen wehren zu dürfen, ganz besonders dann, wenn sie von Frauen kommen. Tja, daran wird er sich wohl gewöhnen müssen, wenn er weiterhin für diesen deutschen Reiseveranstalter arbeiten will. Nachdem jetzt alle um ihn herumstehen, sammelt er schnell wieder die Eintrittsgelder ein und wir schreiten im Gänsemarsch Richtung Eingangsportal. Kurz hinter dem Portal erwartet uns eine kleine Überraschung. Obwohl sich der gesamte Bereich der Moschee im Freien befindet, müssen wir uns von Bediensteten Schonbezüge über unsere Schuhe ziehen lassen. Dieses Ritual, sich seine Schuhe auszuziehen, bevor man in eine Moschee geht, kannte ich, aber das hat meistens mit den wertvollen Gebetsteppichen im Innern der Moschee zu tun.

Nun sollen wir also mit Stofflaken unter unseren Schuhen über den Steinboden laufen. Was soll`s? Andere Länder, andere Sitten. Das sieht echt lustig aus, wie wir allesamt breitbeinig durch die Säulengänge laufen und dabei tierisch aufpassen müssen, nicht über unsere eigenen Füße zu stolpern. Dass Allah hier seine Gläubigen beschützt ist mir klar, aber ob hier auch die Christen wieder unverletzt rauskommen, darf bezweifelt werden. Im Grunde genommen sieht die Moschee völlig anders aus, als ich sie mir vorgestellt habe. Normalerweise gibt es da einen großen Gebetsraum mit einem runden Kuppeldach und überall hängen gusseiserne Leuchter mit Kerzen von der Decke. Ich kennen das auch von Bildern, dass auf dem Boden überall bunte Teppiche liegen, auf denen sich die Gläubigen beim Beten Richtung Mekka verneigen können. Nichts von alledem ist hier zu sehen. Ein paar schattige Säulengänge, ein riesiger steiniger Innenhof und ein halbes Dutzend kleinere Gebäude mit Türmchen, das war`s. Mustafa gibt uns wieder 45 Minuten Freizeit und im Gegensatz zum Museum, hätten hier auch zehn Minuten gereicht. Die Lehrerfraktion steht mit aufgeschlagenen Reiseführern im Halbkreis und offensichtlich unterrichten sie sich gegenseitig. Ich würde mich als Erwachsener niemals in diesem strengen Tonfall belehren lassen wollen, aber aus welchen Gründen auch immer, finden die das alle toll und sie lachen auch noch gemeinsam darüber, wenn sie einen Fehler im Reiseführer ausfindig gemacht haben. Obwohl ich überhaupt nicht angesprochen werde, fühle ich mich alleine beim Zuhören in meine Grundschulzeit zurückversetzt und ich stehe starr vor Gehorsam auf der Stelle und achte darauf, dass meine Hände nicht zappeln.

Puh, ich bin froh, dass Yvonne und Lea nicht involviert sind. Ein Hoffnungsschimmer! Nachdem wir alle wieder unsere Stoffbezüge von den Schuhen abgenommen bekommen haben, geht`s zurück in den Bus. Irgendwie habe ich mich bei dieser Aktion ziemlich unwohl gefühlt. Das letzte Mal, als mir jemand die Schuhe an- oder ausgezogen hat, war ich noch im Kindergarten und jetzt strecke ich einem erwachsenen Mann meine Füße entgegen, um mir die Schonbezüge ausziehen zu lassen. Im empfinde das als unwürdig und im Nachhinein schäme ich mich dafür, dass ich mir nicht selbst den Stoffbezug ausgezogen habe. Die ganze Reisegruppe stand in einer Reihe und der arme Kerl hat von jedem die staubigen Schuhe vor die Nase gestreckt bekommen, aber jetzt ist es zu spät sich darüber aufzuregen. Beim nächsten Mal werde ich vorher darüber nachdenken, ob ich mich wieder dem Gruppendruck beugen werde oder das tue, was ich persönlich als richtig empfinde. Egal, das Thema ist durch und beim nächsten Gotteshaus werden wir die Schuhe ganz bestimmt anlassen dürfen.

Unsere nächste Station sei die älteste Kirche der Koptischen Christen in Kairo, klärt uns Mustafa über sein Mikrofon auf und diesmal kommen auch keine Zwischenrufe von den hinteren Plätzen. Mustafa lernt schnell, denn er hat vorsichtshalber die Jahreszahl weggelassen. Er erklärt uns haarklein die Geschichte der Koptischen Christen und warum es diese Glaubensgemeinschaft heute noch in Ägypten gibt, obwohl die allermeisten offensichtlich zum Islam konvertiert sind.

Ganz ehrlich: Mir war schon der dritte Satz zu viel, denn spätestens bei der Unterscheidung zwischen der Ägyptisch-Koptischen-Kirche und der Koptisch-Orthodoxen-Kirche war ich bereits völlig wirr im Kopf. Meine Eltern haben mir bis zu meiner Volljährigkeit versucht, den Unterschied zwischen den Katholiken und den Protestanten, wie sie die Evangelischen damals nannten, zu erklären und ich glaube, ich habe das bis heute noch nicht ganz richtig verstanden. Ich interessiere mich einfach nicht so sehr für Religionen. Als ich während meines Studiums von meinen Kommilitonen aufgefordert wurde an Protestmärchen teilzunehmen, habe ich das das mit der Begründung abgelehnt, ich wäre katholisch. So viel zum Thema Religionen.

Nachdem sich in die Erklärungsversuche von Mustafa dann aber noch Waltraut und Johannes einmischen, bin ich endgültig raus. Waltraut und Johannes outen sich ganz offen als bibeltreue Christen und haben sich mit ihren augenscheinlich über 70 Jahren Lebenserfahrung eine unumstößliche Meinung gebildet, die auch an den belehrenden Zwischenrufen der Lehrerfraktion abprallt. So ergibt das eine Wort das andere und Mustafa scheint bitterlich zu bereuen, dass er mit uns in diese Kirche gegangen ist, denn jeder weiß, dass man über das Thema Religion möglichst nicht diskutieren soll. Es geht eben fast nie um Fakten, sondern immer um den persönlichen Glauben, auch wenn das ganz oft ausgeblendet wird. Mein Kumpel Max behauptet: „Glauben heißt nicht wissen", aber Max würde in diesem Moment aus dem Staunen nicht mehr rauskommen, wenn er mitbekommen würde, welche Fakten hier genannt werden.

Wie gesagt, ich bin raus und wenn ich mich so umschaue, scheinen auch die meisten aus unserer Gruppe genauso genervt zu sein. Am allermeisten ist Mustafa genervt, weil er als Muslime die Koptischen Christen sowieso nicht cool findet, er aber von Waltraut und Johannes verbal angegriffen wird, nur weil er ein paar geschichtliche Hintergründe zu deren Religionsauffassung von sich gegeben hat. Jetzt soll er sich erklären, obwohl er das, wovon er gerade gesprochen hat, komplett ablehnt. Wie „gaga" ist das denn? Ich verlasse den Ort der hitzigen Wortgefechte und gehe nochmals ganz in Ruhe durch die Koptische Kirche, um mir die Details anzuschauen. Rund um den Altar sieht man dunkle Holzwände mit wunderschönen Schnitzereien und bunten Ornamenten, deren Symbolik ich nicht verstehe. Ich erfreue mich einfach an dem schönen Anblick. Im Gegensatz zu den Moscheen dürfen in den Koptischen Kirchen Heiligen-bilder hängen, aber diese Bilder sind alles andere als erfreulich. Mir ist das auch schon in vielen anderen Kirchen aufgefallen und ich frage mich ernsthaft, warum um Gottes willen immer so viel Gewalt und Blut auf diesen Bildern gezeigt werden muss? Für mich persönlich gibt es nur eine Sache, die sich alle Religionen gemeinsam auf die Fahne schreiben und die sie im Grunde genommen einen sollte und das ist die Nächstenliebe. Wenn die Nächstenliebe allerdings so aussieht, braucht sich keiner über die vielen blutigen Kreuzzüge im Namen des Herrn zu wundern, welcher Herr auch immer damit beglückt werden sollte. Ich inhaliere noch schnell einen letzten, tiefen Atemzug aus der Weihrauchwolke, die den Altarraum umnebelt und schwebe wie ein Zugekiffter Richtung Ausgang.

So lässt sich das viel besser ertragen, denn die Diskussionen zwischen der bibeltreuen Christenfront und dem muslimischen Reiseleiter haben noch immer kein Ende gefunden, was aber ganz sicher an der Hartnäckigkeit von Johannes liegt. Als Nichtraucher braucht es nicht viel, um diesen Schwebezustand zu erreichen und im Moment bin ich sehr glücklich darüber. Mit einem fetten Grinsen im Gesicht gehe ich schnurstracks zwischen die Streithähne, schiebe den immer aggressiver argumentierenden Johannes sanft einen halben Meter nach hinten und rufe „Jalla, jalla!".

Die Gruppe applaudiert und folgt mir widerstandslos. Selbst Yvonne lächelt mich jetzt an. Okay, der Anfang ist gemacht. Ich muss Mustafa bei Gelegenheit mal fragen, wo man dieses koptische Weihrauchzeugs kaufen kann. So bekifft kann ich all die Besserwisser, Veganer, Religionsfanatiker und rheinischen Frohnaturen bestimmt besser ertragen. Ich bin heilfroh, als ich wieder unbeschadet auf meinem Platz im Bus sitze und ich so langsam zur Besinnung komme, denn wir fahren jetzt noch zum alten Basar in die Altstadt von Kairo und da muss ich topfit sein.

8.

Im Basar

Mein Kumpel Max war mal mit seinen Eltern im Großen Basar in Istanbul und hatte dort seine Erfahrungen sammeln dürfen. Daraufhin hat er mich eindrücklich vor den arabischen Händlern gewarnt, aber da Max gerne zu Übertreibungen neigt, habe ich ihm nur die Hälfte abgenommen. Naja, jetzt, da ich das hier live und in Farbe erlebe, muss ich zugeben, dass er maßlos untertrieben hat. Es dauert keine 30 Sekunden, bis unsere Gruppe nach dem Aussteigen in einen dermaßen bedrohlichen Belagerungszustand gerät, der jede Hoffnung zunichtemacht, hier jemals wieder lebend rauszukommen, ohne ein überteuertes Tuch, einen komischen Hut, eine Ägyptische Statue „Made in China" oder ein quietsch-buntes Kleidungsstück „Made in Bangladesh" gekauft zu haben. Mustafa hatte uns im Bus noch ein paar Tipps gegeben, was wir den Händlern sagen sollen, damit sie uns in Ruhe lassen. Dann hat er uns 90 Minuten Freizeit zugestanden, uns aus dem Bus gescheucht und sich selbst anschließend aus dem Staub gemacht. Der wusste ganz genau, warum er die Gruppe nicht durch den Basar begleitet. Natürlich kennt er dieses Spießrutenlaufen und wollte sich dem Chaos nicht freiwillig aussetzen. Da kannst du so oft wie du willst „No, thank you" oder „I have no money with me" sagen, da stößt du bei den Händlern komplett auf taube Ohren. Das hier erinnert mich sehr an einen Erfolgs-Ratgeber, den ich während meines Studiums mal gelesen habe, in dem behauptet wird, der Verkauf fängt erst dann an, wenn der Kunde „Nein" sagt.

So gesehen machen die ägyptischen Händler alles richtig. Richtige Erfolgstypen sind das! Wenn du aber in weniger als einer Minute über zwanzig Mal höflich deinen Spruch aufsagst und der Händler dir immer noch versucht einen hässlichen Hut aufzusetzen, kommt der Kreislauf erst so richtig in Schwung.

Robbie, unser jovialer Rheinländer, ist der erste aus der Gruppe, dem die Hutschnur platzt und der ausfallend wird. „Verpiss dich endlich du Jeck" höre ich ihn hinter mir brüllen und es sollte erst der Anfang seiner Schimpftirade werden. Mein Gott, mir geht diese Aufdringlichkeit der Händler auch auf den Geist, aber die wollen doch nur ihren Job machen und für ihre Familien Geld verdienen. Sie haben es nicht anders von ihren Vätern und Großvätern gelernt. Wer nicht extrem hartnäckig ist, der wird in diesem Job verhungern und genau deswegen geben die Jungs unentwegt Vollgas. Ich sehe übrigens keine einzige Frau, die sich hier als Händlerin ausmachen lässt. Der ganze Basar ist komplett in den Händen der Männer und in diesem Moment wünsche ich mir, dass mich eine sanftmütige Frau höflich in einen ruhigen Laden bittet und mich in Ruhe schauen lässt, ob mir was gefällt. Warum sagt denen denn keiner, dass man mit diesem aufdringlichen Gehabe den Großteil der Touristen vergrault, selbst diejenigen, die gerne was kaufen würden. Wie heißt es so schön: „Andere Länder, andere Sitten!" Allerdings habe ich bisher noch keinen Ort auf der Welt besucht, bei dem mir das dermaßen deutlich wurde, wie hier. Allerdings muss ich zugeben, dass ich noch nicht allzu viel von der Welt gesehen habe.

Vielleicht läuft der Handel auch in ganz vielen anderen Ländern auf diesem Planeten so hitzig ab, wie hier in Ägypten und nur die „unterkühlten" Deutschen fallen aus der Reihe? Wer weiß das schon, aber bei einem bin ich mir sicher: Ich will möglichst schnell wieder zurück in den Bus und offensichtlich bin ich nicht der Einzige aus unserer Gruppe, der dieses Bedürfnis verspürt. Wenigstens gibt mir dieses aufdringliche Szenario die Gelegenheit, mich gegenüber Yvonne und Lea als Beschützer aufzudrängen, was die Beiden auch dankend annehmen. Ich habe während des Hinfluges ein wenig Arabisch gelernt und weiß, dass „La, shukran" so viel heißt, wie „Nein, danke"! Das hält die Händler natürlich nicht davon ab uns weiter zu bedrängen, aber es macht bei den Mädels schon Eindruck, wenn ich weltmännisch ihre Planken schütze und mit fester Stimme ständig „La, shukran" sage. Naja, irgendwann ist das auch ausgelutscht und nun laufen wir einfach nur noch mit gesenktem Blick und im Eiltempo zurück zum vereinbarten Treffpunkt in der Nähe des Busparkplatzes. Mustafa erwartet uns, wissend um unsere Erlebnisse, mit einem breiten Grinsen im Gesicht und ist nach dem Durchzählen glücklich, dass keines seiner Schäfchen vom vertriebsorientierten Wolf gerissen wurde.

Völlig entnervt und ausgelaugt schleichen wir zu unseren Sitzplätzen und jeder freut sich über die Stille im Bus. Mustafa spürt dieses Bedürfnis, schweigt und bringt uns einfach nur zurück zum Hotel. Immerhin bin ich durch meinen selbstlosen Schutzdienst bei den beiden Mädels meinem Ziel etwas nähergekommen und sitze jetzt eine Reihe hinter ihnen im Bus.

Manchmal sind es die kleinen Erfolgserlebnisse, die über einen guten oder schlechten Tag entscheiden. Heute ist ein guter Tag, was aber auch an den tollen Eindrücken im Museum liegt und selbst das Gewimmel und das Chaos auf Kairos Straßen empfand ich als sehr beeindruckend.

Jetzt muss ich nur aufpassen, dass ich nachher beim Abendessen nicht wieder neben der unentspannten Veganerin Maria sitze und dann wird der erste Tag in Ägypten als positiv abgehakt. Kurz bevor wir im Hotel ankommen, stimmt uns Mustafa schon mal auf den nächsten Tag ein. Wieder früh raus und spätestens um 7.30 Uhr im Bus sitzen. Morgen werden um die 35 Grad erwartet und bei den Pyramiden gibt es so gut wie keine schattigen Plätze. Wir sollten der Hitze besser aus dem Weg gehen und deswegen so früh wie möglich starten. Naja, vermutlich werde ich sowieso wieder um 3 Uhr aus dem Schlaf gebetet und dann passt das schon. Jetzt aber erst einmal unter die Dusche, damit ich nachher beim Abendessen nicht stinke wie ein Haufen Kamelscheiße. Der intensive Angstschweiß vom Spießrutenlaufen im Basar riecht deutlich strenger als der normale Schweiß von der Hitze. Zwei Stunden später stehe ich im Eingangsbereich zum Speisesaal und schaue kopf-schüttelnd in die Runde. Ich hätte es wissen müssen. Außer uns sind noch zwei weitere deutsche Reisegruppen im Hotel untergebracht und wenn es ums Essen geht, sind die Deutschen traditioneller und spießiger als jede andere Nation in der großen weiten Welt. Das Buffet wird offiziell um 18.30 Uhr eröffnet und ich komme jetzt um 18.35 Uhr in den Speisesaal und muss fassungslos feststellen, dass ich offensichtlich der Letzte bin.

Es gibt so gut wie keine freien Plätze mehr und natürlich sind Yvonne und Lea von allen Seiten blockiert. Den Spritzer Rasierwasser am Hals hätte ich mir sparen können. Jetzt bleiben mir nur zwei Alternativen. Entweder ich setze mich an den Tisch einer anderen Reisegruppe oder ich muss mich wieder an die Seite von Maria setzen. Vermutlich hat sie diesen Platz sogar extra für mich freigehalten, weil sie sich gestern so toll mit mir amüsiert hat. Da ich allerdings weder Lust auf ihren speziellen Humor habe, noch augenscheinlich eine andere Reisegruppe bevorzugen will, kehre ich schnell um und gehe nochmal auf mein Zimmer. Ich glaube nicht, dass mich einer gesehen hat und ich kann später immer behaupten, dass ich um diese Zeit noch keinen Hunger habe oder ich lasse mir eine andere Ausrede einfallen. Alles ist besser als ein zweiter Ernährungsvortrag von Maria. Offiziell gibt es bis um 21 Uhr Abendessen und ich hoffe insgeheim, dass mir die hungrigen deutschen Mäuler nicht alles wegfuttern. Unser Besuchsprogramm lässt tagsüber kaum Zeit für ein anständiges Mittagessen und bekanntlich braucht der gute, alte deutsche Verdauungstrakt seine drei Mahlzeiten. Was soll`s, ich kann zur Not in der Nähe des Hotels auch ein Restaurant suchen, falls die anderen Gäste tatsächlich alles weggespachtelt haben.

Meine Bedenken waren natürlich unangebracht, denn selbst nach 20 Uhr sind die Tröge am Buffet noch ordentlich gefüllt. Ich hatte die stille Hoffnung, dass ich um diese Zeit vielleicht alleine und ungestört im Speisesaal essen könnte, aber dieser Hoffnungs-schimmer erlischt schlagartig, als ich die Tür reinkomme.

„Da isser ja, unser verlorener Sohn. Komm` mein Jong, dann biste nit so allein`!" brüllt mir Robert wie aufgedreht quer durch den Speisesaal entgegen. Vor ihm stehen vier leere Dosen „Sakkara-Bier" und ein kurzer Blick verrät mir, dass es sich wohl um ein ziemlich alkoholhaltiges Bier handelt, zumindest steht was von 10 % drauf. Das hätte ich in einem muslimischen Land nicht erwartet. Man lernt eben nie aus. Natürlich hocken rund um Robbie ein paar Gesellige aus unserer Gruppe und gönnen sich mit ihm ein paar Runden stimulierende Getränke. Wenn ich mich jetzt woanders hinsetze, habe ich die ganze Bande vergrault, also bleibt mir nur die Flucht nach vorn. Ich winke freundlich und gebe mit einem Handzeichen zu verstehen, dass ich mir erst einmal einen Teller am Buffet vollmachen muss.

Kaum sitze ich am Tisch, steht schon eine Dose Sakkara-Bier vor meinem Teller und ein paar rotgesichtige Trinkgesellen prosten mir zu. Aus der mehr oder weniger fast ausnahmslos mit trinkfesten Männern besetzten Saufrunde, kenne ich bisher nur Robert und Horst. Die anderen Männer kenne ich noch nicht mit Namen, aber das wird sich in dieser ungezwungenen Atmosphäre sicherlich bald ändern. So ganz ohne Anstandsdame geht es dann wohl doch nicht. Ganz hinten sitzt eine ziemlich aufgetakelte Frau, die mir gestern Abend schon aufgefallen ist, weil ich mich gewundert habe, wie man sich bei so einer Hitze freiwillig so viel Schminke ins Gesicht schmieren kann. Sie scheint zu keinem der anwesenden Männer zu gehören, aber ich bin mir auch nicht sicher, ob sie alleine reist.

Bevor ich mir den ersten Bissen in den Mund schieben kann, schubst mich Robert, oder besser gesagt „Robbie", von der Seite an, zeigt mit einer ausladenden Handbewegung auf den grellbunten Schminkkasten am Ende des Tisches und lallt: „Darf ich vorstellen, dat is die Vroni. Die is e super lusdisch Mädsche unn die trinkt hier jeden unner de Tisch!" Die ganze Tischrunde verfällt wie auf Kommando in bellendes Gelächter. Wenn ich was nicht leiden kann, dann sind das die Momente, in denen du vollkommen nüchtern in eine Runde Betrunkener gerätst und deren grenzwertige Sprüche und ausufernder Humor ertragen musst. In diesem Moment wünsche ich mir, ich hätte den Abend doch besser neben Maria verbracht. Viel schlimmer hätte es nicht kommen können. Gottseidank lassen sie mich dann wenigstens halbwegs störungsfrei essen.

Da Vroni, die außerhalb der Alkoholiker-Szene auf den bürgerlichen Vornamen Veronika hört, am anderen Ende des Tisches sitzt und alle Anwesenden augenscheinlich großen Gefallen an ihr finden, sehe ich fast nur noch Hinterköpfe und das gibt mir Chance in Ruhe fertig zu essen. Ich habe keine Ahnung, was die anwesenden Männer dermaßen an Veronika fasziniert, aber vielleicht wird man so, wenn man erst einmal die 50 oder 60 Lebensjahre überschritten hat? Okay, die Vroni ist ein Frauentyp, die es vor vielen Jahren auf jede Leinwand von Rubens geschafft hätte und es gibt bekanntlich viele Männer, die auf Rundungen stehen, aber eben nicht alle und ich bin hier am Tisch wohl eher die Ausnahme.

Veronika scheint ganz offensichtlich ins Beuteschema der in die Jahre gekommenen Kerle am Tisch zu passen, aber auch da bin ich außen vor. Egal, Hauptsache die haben ihren Spaß und das hört man deutlich. An der Qualität der Sprüche und den teils deftigen, sexistischen Witzen lässt sich der aktuelle Alkoholpegel leicht ablesen. Wenn dieses Bier tatsächlich 10 % Alkoholgehalt hat, wundert mich diese Stimmung nicht.

Ich bin sehr gespannt, ob die sich morgen bei den Pyramiden gegenseitig Kopfschmerztabletten zustecken, wenn ihnen die brütende Mittagssonne auf die Schädeldecke knallt. Die sind alt genug und deswegen habe ich mich da auch nicht einzumischen. Jetzt, da ich den letzten Schluck aus meiner von Robbie spendierten Bierdose genommen habe, muss ich nicht mehr ganz nüchtern feststellen, dass diese 10 % kein „Fake" sind. Ich winke noch kurz in die Runde, was natürlich keiner mitkriegt und schleiche unbemerkt aus dem Speisesaal Richtung Schlafzimmer. Ein kurzer Blick auf meine Uhr lässt in mir die Hoffnung aufkommen, dass ich vielleicht fünf Stunden schlafen kann, bis mich der muslimische Wecker wieder mitten in der Nacht aus dem Bett wirft. Morgen wird ein anstrengender Tag und endlich werde ich die Pyramiden sehen. Mein Kindheitstraum wird sich erfüllen. Ich wünsche mir eine gute Nacht, träum schön!

9.
Die Pyramiden von Gizeh

Diese Ramadan-Regeln kann ich einfach nicht nachvollziehen. Ich werde Mustafa nachher im Bus fragen, ob das tatsächlich so explizit im Koran drinsteht, dass mitten in der Nacht aus gefühlt über 1000 Lautsprechern 26 Millionen Menschen aus dem Schlaf geschrien werden müssen. Als der Koran geschrieben wurde, gab es noch keine Elektrizität, also muss sich das doch irgend so ein Obermufti in der Neuzeit selbst ausgedacht haben und jetzt müssen alle darunter leiden. Kann man mal sehen, was sich in einer Militär-Diktatur so alles durchsetzen lässt.

Während ich mehr oder weniger komatös unter der Dusche stehe, wird sich Mustafa irgendwo noch schnell ein paar Datteln oder Fladen mit Schafskäse reinschaufeln, damit er bei unserem Ausflug zu den Pyramiden nicht zusammenbricht. Ich kapiere das nicht. Wenn solche Regeln für die Christen in Deutschland gelten würden, dann lägen spätestens gegen Mittag überall Menschen auf der Straße, weil ihr Kreislauf verrücktspielt. Von Sonnenaufgang bis Sonnenuntergang nichts zu essen, mag ja in Einzelfällen zur Gewichtsreduzierung ganz sinnvoll sein, aber gerade die etwas korpulenteren Menschen sind doch meistens gewohnt gegen Mittag was zu Futtern, damit sie bei Kräften bleiben. Dann aber auch den ganzen Tag nichts zu trinken, widerspricht jedem Gesundheits-Ratschlag in der Apotheken-Rundschau.

Das ist doch gnadenlos ungesund und Allah wird sicherlich nicht wollen, dass seine Gläubigen krank werden. Nachdem ich mich angezogen habe, bringe ich meinen gepackten Rucksack runter zur Rezeption, weil wir heute Abend direkt in den Nachtzug nach Assuan steigen werden. Ich verbringe anschließend wieder ein wenig Zeit in der Hotellobby, denn nur hier empfängt mein Smartphone WLAN. Da steht, in Deutschland soll es heute viel regnen und das bei maximal 14 Grad. Beim Lesen fühle ich so etwas wie Schadenfreude und dafür schäme ich mich, aber nur ein bisschen. Außerdem streiken mal wieder die Lokführer und deswegen soll es massive Probleme beim Oster-Reiseverkehr geben. Dann noch die üblichen Nachrichten über Politiker, die gestern erklärt haben, dass ihre Äußerungen vom Tag zuvor von der Presse vollkommen falsch interpretiert wurden und sie so etwas niemals sagen, geschweige denn meinen würden. Wenn ich so etwas lese, bin ich mir nicht sicher, ob da nicht doch was dran ist, aber ich will mir mit Politik jetzt nicht den Urlaub versauen. In Deutschland darfst du wenigstens öffentlich was sagen oder auch kritisieren. Ich glaube, das ist in Ägypten anders. Keine Ahnung, was den Menschen hier droht, wenn sie beispielsweise ihren politischen oder religiösen Führern öffentlich kritisieren. Ich vermute, dass unser Tourismus-Polizist nicht nur wegen der Sicherheit mit im Bus sitzt, sondern auch, weil er aufpassen soll, dass sich Mustafa politisch korrekt verhält. Ich kann es nicht beurteilen, denn die Beiden sprechen nur arabisch miteinander und das klingt meistens so, als ob sie miteinander streiten würden. Das hört sich aber überall so an.

Dieses Arabisch klingt sehr viel hektischer, rauer, schneller und lauter, als ich es von der deutschen Sprache gewohnt bin. Mustafa hat mir gestern erklärt, dass fast alle Touristen glauben, die Menschen würden sich hier ständig streiten, aber das wäre nicht so. Ich nehme es ihm ab und akzeptiere einfach, dass ich mich an diesen rauen Ton die nächsten Tage gewöhnen muss. Wenn Mustafa mit uns Deutsch spricht, klingt es oft so, als ob ein Erzieher im Kindergarten eine pädagogisch sanftmütige Ansprache hält, mit der er die anwesenden Zweijährigen motivieren will sich nach dem Essen die Hände zu waschen. Mich erstaunt es jedes Mal, wie sehr sich seine Tonlage verändert, nur weil er die Sprache wechselt.

Mein Frühstück besteht heute aus einem kleinen Berg frischem Schafskäse, ein paar Oliven, Tomaten und zwei warmen Fladen, weil der nette Kerl von der Omelett-Station heute offensichtlich dienstfrei hat. Dafür wabert in einem Warmhaltetrog eine breiig gelbe Masse, die als Rührei ausgeschildert ist. Da dürfen sich gerne andere daran bedienen. Mir fällt auf, dass sich zum Frühstück fast jeder aus unserer Gruppe, entweder alleine oder als Paar einen separaten Tisch sucht. Vermutlich hat keiner um diese Uhrzeit und nach so wenig Schlaf große Lust auf Kommunikation. Mir geht`s auch so und deswegen kann ich das verstehen. Plötzlich schießt Mustafa um die Ecke und sein fröhliches, aber bestimmtes „Jalla, jalla" klingt durch den Speisesaal. Voller Vorfreude springe ich als erster durch die geöffnete Bustür und suche mir einen Platz im vorderen Bereich. Ich kann es kaum abwarten die Pyramiden zu sehen.

Mustafa erklärt uns nach der allmorgendlichen Begrüßung am Mikrofon, dass wir jetzt nach Gizeh fahren und die Fahrt rund eine Stunde dauern wird. Während sich unser Bus durch den gewohnt lauten und chaotischen Stadtverkehr quält, erzählt uns Mustafa alles, was wir über den Bau der einzelnen Pyramiden wissen sollten. Also, sie ist 2600 Jahre vor Christus in knapp 30 Jahren erbaut worden und man hat rund drei Millionen Steinquader gezählt. Wer Cheops war, warum er nicht Ramses hieß und wann der Typ gestorben ist, habe ich gleich wieder vergessen.

Mustafa hat Ägyptologie studiert und freut sich natürlich, wenn er im Tempo eines Schnellfeuergewehres Daten und Fakten raushauen kann, aber ich fühle mich schon nach drei Sätzen überfordert. Irgendwann schalte ich ab und wenn ich mich im Bus so umschaue, ergeht es den meisten auch so. Vermutlich liegt das an der allgemeinen Übermüdung der Reisegruppe, denn nach so wenig Schlaf bist du im Kopf nicht unbedingt fit. Ich bin allerdings überrascht, dass man immer von der „großen" Cheops-Pyramide spricht, obwohl diese nur drei Meter höher ist als die Chephren-Pyramide nebenan. Ich finde, dass beide mit ihren über 135 Metern sehr imposant wirken sollten, aber das werde ich hoffentlich bald mit eigenen Augen sehen können.

Endlich haben wir den äußeren Stadtrand von Kairo erreicht und ich sehe schon die Spitzen der Pyramiden über die Wohngebiete hinweg in der Sonne schimmern. Wir haben strahlend blauen Himmel und ich spüre bereits die Vorfreude aller Hobby-Fotografen im Bus.

Während wir durch die Stadt fahren frage ich mich, warum die Ägypter als hochtalentierte architektonische Baumeister vor über 2500 Jahren solche Pyramiden bauen konnten, aber jedes zweite mehrgeschossige Wohnhaus am Straßenrand heutzutage so aussieht, als ob man es mit einem gezielten Fußtritt zum Einsturz bringen könnte. Diese schiefen Wohnblöcke hätten die Baubehörden normalerweise schon längst wegen drohender Einsturzgefahr räumen müssen, aber sie sehen definitiv bewohnt aus und mir wird bewusst, dass Muslime einen sehr starken Glauben haben müssen. Hoffentlich kann Allah verhindern, dass es nicht wieder so ein verheerendes Erdbeben gibt, wie in den 90er Jahren. Damals kamen über 30.000 Menschen ums Leben. Schlimm! Bei dieser zwischenzeitlich so maroden Bausubstanz in Kairo, wären die Opferzahlen heute sicherlich noch viel höher. Dieser Gedanke lässt mich erschaudern und ich bete im Stillen auch zu meinem Gott, dass es hoffentlich niemals passieren wird.

Nachdem die Stadtautobahn einen riesigen Bogen durch die angrenzende Wüste gemacht hat, sehen wir endlich die Pyramiden in voller Pracht. Auf der anderen Seite der Autobahn steht bereits der Neubau des neuen Ägyptischen Museums und Mustafa fordert uns jetzt schon auf, nächstes Jahr wieder zu kommen, wenn es dann feierlich eröffnet wurde. Bevor uns Mustafa auf dem großen Busparkplatz von der Leine lässt, sammelt er noch schnell die Eintrittsgelder ein. Da ich mich gut daran erinnern kann, dass Asterix, Obelix, Miraculix und natürlich auch Idefix in das Innere der Pyramide geführt wurden, will ich mir das selbstverständlich auch nicht entgehen lassen und somit ordere ich gleich ein Extraticket für die Besichtigung einer Grabkammer. Vor der Kasse entbrennen in unserer Gruppe die Diskussionen, welche Pyramide man sich denn nun von Innen anschauen sollte? Das Ticket für die Cheops-Pyramide ist fünfmal so teuer wie das Ticket für die Chephren-Pyramide, aber Mustafa kommentiert ganz lapidar, es gäbe in beiden Pyramiden nicht viel zu sehen und deswegen sollte man in beiden Fällen keine so großen Erwartungen haben.

Das sollte sich im Nachhinein übrigens als guter Hinweis herausstellen. Also handeln wir mal wieder typisch Deutsch und kaufen uns das Sparticket für die Chephren-Pyramide. Mustafa gibt uns 90 Minuten Freizeit und ich werde regelrecht panisch. Nur 90 Minuten für meinen Kindheitstraum? Die spinnen die Ägypter! Noch bevor ich protestieren kann, klärt uns Mustafa auf, dass wir anschließend noch zu einer anderen Stelle fahren, von der wir die Pyramiden ebenfalls sehr gut sehen können. Also bleibt mir nichts anderes übrig als sofort loszueilen, damit ich keine wertvolle Zeit verliere. Das Areal ist so groß, dass ich wahrscheinlich schon eine volle Stunde brauchen werde, nur um die beiden großen Pyramiden herumzulaufen. Hier liegen zusammengerechnet fast fünf Millionen quadratische Steinquader, von dem jeder einzelne fast so hoch ist wie ich und ich kann mir gerade beim besten Willen nicht vorstellen, wie man die damals so akribisch übereinander stapeln konnte, dass es am Ende dermaßen perfekt aussieht.

So ein einzelner Steinquader wiegt über zwei Tonnen, also fast so viel wie der SUV meiner Nachbarin, nur, dass die damals in Ägypten keine vierradgetriebenen PS-Boliden hatten, mit denen sie das ganze Zeugs hätten bewegen können. So langsam verstehe ich, warum man hier von einem Weltwunder spricht. Ich bin noch nicht einmal bei der zweiten Pyramide angekommen und habe gefühlt schon weit über 100 Fotos geknipst. Meine Begeisterung kennt keine Grenzen. Wenigstens hier wird man nicht von aufdringlichen Händlern belästigt, lässt man die Pferdekutschenfahrer und Anbieter von Kameltouren außen vor. Zufällig treffe ich ein paar von unserer Gruppe vor dem Eingang zum Innern der Chephren-Pyramide. Leider sind Yvonne und Lea nicht dabei, aber dafür – wie sollte es auch anders sein – Robbie und Horst mit seiner Frau. Die beiden Männer scheinen sich gesucht und gefunden zu haben, denn sie laufen schon seit drei Tagen wie siamesische Zwillinge nebeneinander her, obwohl sie sich davor überhaupt nicht kannten. Kann man mal sehen, wie sehr das gleiche Hobby Menschen verbindet, obwohl man das unkontrollierte Trinken von Alkohol nicht unbedingt als Hobby bezeichnen sollte.

„Komm her min Jong, mir gehn da jetzt zusamme rin, net, dass einer von uns verloren geht!" ruft mir Robert entgegen und nimmt mich dann wie ein Kleinkind an die Hand. Es gibt Momente im Leben, die braucht kein Mensch, aber da es sich bei Robert nur um ein temporäres Problem handeln wird, bleibe ich erstaunlich gelassen.

Die restlichen zehn Tage werde ich schon irgendwie mit ihm auskommen. Vielleicht hätte ich Robert nicht vorlassen sollen, denn der Gang ins Innere erweist sich als verdammt schmal und Robert füllt den Gang dermaßen bedrohlich aus, dass ich Angst habe, er könnte stecken bleiben. Aber so komme ich wenigstens wieder raus, falls er sich tatsächlich festkeilt. Dummerweise klettern hinter mir Horst und Waltraut den steilen Treppengang hinunter und Waltrauts ausladende Hüften reiben auch schon ganz bedenklich an den Schachtwänden. Ausgerechnet jetzt kommen mir so bescheuerte Gedanken, ich wäre zwischen diesen Leibern eingekeilt und würde hier in diesem Gang zur Grabkammer einen quälenden Erstickungs-tod erleiden. Da fällt mir auf, dass die Luftqualität hier unten auch so schon grenzwertig schlecht ist und mich würde es nicht wundern, wenn hier einer von weiter oben ohnmächtig die Stufen herunterpurzelt. Vor lauter panischer Gedanken bin ich kaum in der Lage das hier zu genießen.

Allerdings hatte Mustafa recht, denn hier unten gibt es wirklich nichts Besonderes zu sehen. Am Ende des steilen Gangs erwartet uns ein kleiner Raum, den man aus Sicherheitsgründen offensichtlich mit Beton ausgegossen hat und alles andere ist jetzt Aufgabe der Vorstellungs-kraft eines jeden Einzelnen. Bei Asterix war das eindeutig schöner, aber so ist das eben mit den Kindheits-erinnerungen. Im Nachhinein bin ich einfach nur froh und dankbar, dass keiner steckengeblieben ist und wir nun wieder in der prallen Sonne Ägyptens stehen und unsere Lungen wieder mit Sauerstoff versorgen können.

Ein Blick auf meine Uhr sagt mir, es ist Zeit sich auf den Rückweg zu machen. Schnell noch die nächsten 100 Bilder knipsen und weil auch immer mindestens ein Postkarten-Motiv dabei sein muss, suche ich mir noch schnell ein bunt geschmücktes Kamel als Vordergrund. So, jetzt habe ich auch das abgehakt und es kann weiter gehen. Da Horst und Waltraut sich in der prallen Sonne nicht so schnell bewegen können, bleibe ich in ihrer Nähe und so sind wir die Letzten die beim Bus eintreffen. Trotz 15 Minuten Verspätung schimpft keiner mit uns und ich finde, dass auch so etwas zur guten Stimmung während einer Reise beiträgt. Vielleicht ist unsere Truppe doch umgänglicher und netter als ich ursprünglich dachte.

Nachdem wir alle wieder auf unseren Plätzen sitzen und jeder von dem einen oder anderen kleinen Erlebnis erzählt hat, fährt unser Bus gerade mal um die Ecke, also im Grunde genommen nur auf die Rückseite des Areals. Oh Mann, da hätte ich auch hinlaufen können, aber was soll`s. Von hier aus hat man einen tollen Blick auf alle Pyramiden, die sich hier wie eine große Familie in der Wüste zum Gruppenfoto aufreihen. Ein paar von uns wollen unbedingt auf einem Kamel reiten und Mustafa hat natürlich auch hier den passenden Anbieter an der Hand. Er gibt uns wieder 90 Minuten Freizeit und diesmal erscheint es mir ausreichend. Das Blöde an den Pyramiden ist, dass sie in der Mittagssonne definitiv keinen Schatten werfen und so wird es langsam unerträglich heiß. Mit zwei kleinen Wasserflaschen im Rucksack laufe ich schnurstracks in die Wüste, immer auf den Spuren der Kamelroute, die meistens nicht umsonst diesen Weg gehen.

Ich vermute, dass man von weiter oben auf dem seichten Sandhügel einen fantastischen Blick auf das Pyramiden-Panorama hat. Das sollte sich bewahrheiten. Irgendwie wirkt es schon etwas befremdlich, wenn man das Gefühl hat, einsam und allein in der Wüste zu stehen, aber direkt hinter den Pyramiden sieht man bis zum Horizont die dichtbesiedelten Wohngebiete von Kairo. Hier endlose Sandwüste und direkt hintendran endlose Häuser-schluchten. Ich bin nur froh, dass die Pyramiden nicht mitten in einer Wohnsiedlung stehen, nur weil immer mehr Menschen in dieser Gegend leben wollen. Ich genieße diesen Augenblick der Einsamkeit und der Stille vor diesem tollen Panorama, denn außer mir scheint kein anderer Tourist auf diese Idee gekommen zu sein, durch den Wüstensand hierher zu laufen.

Die Uhr läuft unerbittlich weiter und so muss ich mich langsam auf den Rückweg machen, aber es hat sich gelohnt. Natürlich habe ich mir nicht gemerkt, wie die anderen, im Vergleich winzigen Pyramiden drumherum heißen, aber Mustafa hat erwähnt, dass diese kleinen Pyramiden für die Frauen der Pharaonen gebaut wurden. So, wie es aussieht, hatten die ägyptischen Frauen schon damals wenig Erfolg mit ihren Gleichberechtigungs-debatten. Im Grunde genommen hätten die Pyramiden für die Frauen doch viel größer gebaut werden müssen. Ich denke da nur an den begehbaren Kleiderschrank meiner letzten Freundin und der hätte so eine kleine Pyramide ganz sicher nicht ausgereicht. Für weitere Überlegungen fehlt mir jetzt die Zeit, denn unsere Gruppe sitzt schon versammelt im Bus und wartet nur auf mich.

Meine Uhr zeigt mir, dass ich auf die Minute pünktlich bin und es meckert auch keiner. Wahrscheinlich sind sie alle erschöpft von der Mittagshitze und wollten schnell zurück in den klimatisierten Bus. Ich kann es ihnen nicht verdenken. Eigentlich ist mein Hunger auf Pyramiden für heute gesättigt, aber offensichtlich steht noch eine andere auf dem Programm. Natürlich müssen wir uns noch die älteste Pyramide in Ägypten anschauen und allein der Name, lässt ein paar Männer in unserem Bus unruhig werden, weil sie dabei automatisch an ihr eiskaltes Dosenbier vom Vorabend denken müssen.

Die Sakkara-Pyramide! Sie ist rund 4700 Jahre alt und wird architektonisch als Stufen-Pyramide deklariert. Sie wirkt nicht ganz so dramatisch wie die anderen Pyramiden und selbst auf den zweiten Blick etwas langweilig, aber sie steht auf dem Besuchsprogramm und deswegen gibt uns Mustafa auch hier wieder 90 Minuten Freizeit. Träge und unmotiviert schleicht unsere Gruppe zum Eingang und zückt schnell noch ein paar Scheine für den Eintritt aus der Geldbörse. Wenn man schon mal da ist, guckt man sich das natürlich auch an. Wer weiß, ob man jemals wieder hierherkommt und man könnte ja was verpassen. Diesen Spruch habe ich übrigens schon oft gehört, aber als jüngerer Mensch geht man vielleicht etwas entspannter damit um. Je länger ich um diese Pyramide herumlaufe, desto mehr kann ich ihr abgewinnen. Wir haben diese Pyramide fast für uns allein und somit jagt ein Fotomotiv das andere. Es ist immer wieder schön, wenn mal keiner im Sichtfeld steht.

Nach einer knappen Stunde ist das Schauspiel etwas früher vorbei als geplant, weil diesmal alle schon im Bus sitzen und an ihren Wasserflaschen nuckeln. Wir haben eindeutig genug von den Pyramiden gesehen, aber es war auch ein strammes Programm heute. Mustafa erklärt uns über Mikrofon, dass wir jetzt zum Bahnhof in Gizeh fahren und unser Zug gegen 19 Uhr abfahren soll. Man könne natürlich nie wissen, ob der Zug auch planmäßig kommt und wir sollten uns bitte nicht darüber aufregen, wenn der Zug Verspätung hätte. Hier wären die Züge nicht so pünktlich wie in Deutschland.

Kurz darauf nimmt mich Mustafa vollkommen verunsichert zur Seite und fragt mich, warum vorhin alle im Bus so laut gelacht haben, er hätte doch nichts Lustiges gesagt. Naja, er ist wohl noch nie mit der Deutsche Bahn gefahren.

10.
Nachtzug nach Assuan

Im Grunde genommen rechnet keiner damit, dass der Zug tatsächlich pünktlich in den Bahnhof von Gizeh einfährt. Da wir noch mehr als genug Zeit haben, kommen Horst und Robbie auf die glorreiche Idee, man könne sich ja noch schnell eine oder zwei Dosen Sakkara-Bier gönnen. Der Besitzer vom Getränkeladen am Bahnsteig wittert sofort Umsatz und stellt unserer Gruppe ratzfatz zwei klapprige Tische und ein Dutzend schmuddelige Stühle direkt neben die Gleise. Jetzt hocken die meisten von uns mitten auf dem Bahnsteig, in unmittelbarer Nähe zur Bahnsteigkante und alle paar Minuten rauscht einen knappen Meter hinter meinem Rücken ein Zug vorbei. Es gibt deutlich entspanntere Orte, ein kaltes Bier zu genießen.

Irgendetwas scheint nicht zu stimmen. Horst kommt mit hochrotem Kopf, laut vor sich hin schimpfend zu unserem Tisch getrottet und plärrt quer über den Bahnsteig: „So eine Scheiße, die haben hier wieder nur diese Piss-Plörre". Ich gebe zu, ich habe mich auch auf dieses leckere Gesöff mit 10 % Alkoholgehalt gefreut, zumal es mir die notwendige Bettschwere gegeben hätte, damit ich heute Nacht im Zug ein wenig schlafen kann. Wenn ich mich so umschaue, dann sind unsere Alkoholiker in der Gruppe alles andere als anonym. Die üblichen Verdächtigen schimpfen sich regelrecht in einen Rausch. Mustafa erklärt uns, dass Alkohol an öffentlichen Plätzen in Ägypten verboten sei und deswegen wird hier nur alkoholfreies Bier verkauft.

Nur die großen Hotels und ein paar internationale Restaurant haben die Lizenz für Bier, Wein und sonstige Spirituosen. Das hätte auch nichts mit dem Ramadan zu tun, das wäre immer so. Wenn man in Ägypten zum Beispiel Sekt, Whiskey oder Schnaps kaufen will, muss man über 300 Prozent Sondersteuer zahlen und deswegen kann sich das auch kaum einer leisten. So würden wenigstens die Kinder und die jungen Leute ihre Finger vom Alkohol lassen und deswegen wäre es auch so friedlich in Kairos Straßen. Im Grunde genommen ist das keine schlechte Idee. Solche Regeln könnten sicherlich auch in Deutschland helfen, das eine oder andere Suchtproblem zu lösen.

Mustafa lernt in dieser aufgeheizten Stimmung allerdings, dass man einem Alkoholiker mit Entzugserscheinungen nicht mit vernünftigen Argumenten kommen braucht. Horst, Robbie und Vroni sind jetzt auf 180 und man könnte meinen, man sitzt in einer Rumpelstilzchen-Aufführung der Brüder-Grimm-Festspiele in Hanau. Mein Gott, die sollen sich mal wieder beruhigen, dann trinken wir eben was anderes. Der Besitzer vom Getränkeladen bleibt übrigens vollkommen gelassen. Er scheint Erfahrung mit deutschen Reisegruppen zu haben. Irgendwann haben sich dann alle wieder einigermaßen beruhigt und am Tisch herrscht jetzt peinliche Stille. Offensichtlich wird den auffälligsten Protagonisten dieses Schauspiels klar, dass sie über die Stränge geschlagen haben Mustafa sitzt eingeschüchtert am Ende des Tischs, würde gerne etwas dazu sagen, aber traut sich nicht. Er will die immer noch schwelende Glut nicht wieder entfachen.

Eine für meine Ohren unverständliche Lautsprecher-durchsage kündigt offensichtlich die Einfahrt unseres Zuges an, denn Mustafa springt auf und ruft hektisch „Jalla, jalla, Beeilung meine lieben Gäste!". Jeder schnappt sich seinen Koffer oder seinen Rucksack und jetzt stehen wir vollbepackt am Bahnsteig und schauen zu, wie unsere Bleibe für die kommende Nacht in den Bahnhof von Gizeh rollt. Ich bin mir nicht sicher, ob es den anderen auch aufgefallen ist, aber ich habe eindeutig Schusslöcher an den Fenstern der ersten beiden Waggons gesehen. Den Splitterungen nach zu urteilen, scheint es allerdings Sicherheitsglas zu sein. Meine erste Feststellung lässt mich erschaudern und meine zweite beruhigt mich dann wieder etwas. Da war doch was? Ich kann mich vage daran erinnern, dass mir mein Vater davon erzählt hat, dass vor gar nicht so langer Zeit der Nachtzug nach Assuan regelmäßig von irgendwelchen Freiheitskämpfern beschossen wurde. Naja, wenn die letzten Monate ein Tourist dabei erschossen worden wäre, dann hätte man bestimmt in den deutschen Nachrichten davon gehört. Ich bin ein optimistischer Mensch, also gehe ich davon aus, dass wir morgen sicher in Assuan ankommen.

Mustafa ist gerade alles andere als die Ruhe selbst, aber das liegt wahrscheinlich daran, dass sich einige aus unserer Gruppe mit ihrem Gepäck in den Türen und schmalen Gängen verkeilt haben und es sich hintendran staut. Ich weiß, es gehört sich nicht, einen Menschen von hinten am Hintern zu packen und ihn nach vorne zu schieben, aber im Moment bleibt mir nichts anderes übrig, wenn ich selbst auch noch mitfahren will.

Nachdem ich meinen Vordermann endlich durch die Abteiltüre gepresst habe, stellt er sich mir als Albert vor. Mit Albert und seiner Frau habe ich bisher nicht gesprochen. Mein Eindruck ist, die Beiden sind sehr zurückhaltend, man könnte sie fast schon als scheu bezeichnen. Durch meinen intensiven körperlichen Einsatz kommen wir automatisch ins Gespräch und nachdem sich Albert brav für meine Hilfe bedankt hat, winkt er seine Frau zu uns und sie stellt sich als Marianne vor.

Die Beiden sind seit rund fünf Jahren Rentner und sparen sich offensichtlich jeden Euro zusammen, damit sie alle paar Jahre eine Reise in ferne Länder unternehmen können. Die Beiden sind irgendwie knuffig, etwas unbeholfen, aber sehr sympathisch. Marianne erzählt sofort von ihren Kindern und Enkelkindern und ich habe das Gefühl, dass sich gerade eine Schleuse öffnet und sie sehr glücklich darüber ist, es jemanden erzählen zu können. Wahrscheinlich gehören die Beiden zu den Menschen, die man erst einmal ansprechen muss, ansonsten trauen sie sich nicht den Anfang zu machen. Der Zug setzt sich langsam in Bewegung und ich spüre zum ersten Mal das heftige Geklapper der Waggons. Ich befürchte, dass ich auch diese Nacht wieder keinen ausreichenden Schlaf finden werde. Ich sollte Recht behalten. Während Albert, Marianne und ich noch plaudernd im Gang stehen, kommt Mustafa auf uns zugelaufen und informiert uns über die Nummern unserer Abteile. Die Beiden sind zufällig meine direkten Nachbarn und ich freue mich darüber.

So können wir nachher unsere netten Gespräche sicherlich fortführen. An Schlaf ist sowieso nicht zu denken. Ich helfe Albert noch in sein Abteil zu kommen, denn ich muss nüchtern feststellen, dass ein ägyptisches Schlafwagenabteil nicht für adipöse Mitteleuropäer konstruiert wurde. Mein Gott, da drin ist es so eng, dass sich Marianne und Albert ganz bestimmt irgendwann ineinander verkeilen und dann werden sie vielleicht einen qualvollen Erstickungstod erleiden. Ich habe gerade ganz schlimme Bilder im Kopf und wenn ich Marianne so anschaue, dann läuft bei ihr offensichtlich das gleiche Programm. Mustafa steht direkt hinter mir und auch in seinem Gesicht zeichnet sich so etwas wie Angst ab. Er geht gerade in Gedanken durch, wer seiner Schäfchen mit ähnlicher Körperfülle vergleichbare Probleme bekommen könnte und das sind nicht wenige.

Spätestens jetzt bin ich froh, dass ich die paar hundert Euro mehr für die Einzelzimmer dazu gebucht habe, denn ich werde diese Nacht ganz alleine in einem Abteil verbringen, das normalerweise für zwei Personen konzipiert ist. Das sollte platztechnisch ausreichen. Nachdem ich Marianne und Albert ihrem Schicksal überlassen habe, verstaue ich mein Gepäck so gut wie es geht in meinem eigenen Abteil. Ich bin verhältnismäßig schlank, aber so richtig wirbelsäulenfreundlich ist diese Schlafkabine selbst für einen Alleinreisenden nicht. Entweder stoße ich mir den Kopf oder ich bleibe mit meinen Fußzehen an einer scharfen Kante hängen und deswegen bewege ich mich ziemlich schief, gebückt oder gar nicht.

Diese Nacht werde ich schon irgendwie überleben, aber bei ein paar anderen aus der Gruppe kommen mir leichte Zweifel. Ich nehme mir vor, mindestens alle zwei Stunden bei meinen Nachbarn vorbeizuschauen, um nach dem Rechten zu schauen.

Da klopft Mustafa an meine Tür und sagt mir, dass mein Abendessen in einer halben Stunde serviert wird. Wie, es wird serviert? Ich dachte es gibt einen Speisewagen? Die ganze Zeit habe ich mich darauf gefreut, heute Abend endlich mal neben Yvonne und Lea zu sitzen, aber das wird dann wohl nichts. Mustafa zeigt auf das kleine Tischchen zum herausklappen und mir wird klar, dass ich heute Abend alleine essen werden. Sehr Schade! Wenig später klopft es wieder an meiner Tür und wie angekündigt, drückt mir ein adrett gekleideter Kellner ein Tablett in die Hand und fragt mich noch in gebrochenem Englisch, was ich denn gerne trinken möchte. Ich hatte schon fast wieder „Sakkara" auf den Lippen, aber habe mich dann für eine Flasche Wasser und eine Cola entschieden. Hoffentlich fangen Horst, Robbie und Vroni nicht wieder an zu diskutieren. Mir tun die Kellner schon jetzt leid. Ich hoffe sehr, die trinkfeste „Sakkara-Gemeinde" nächtigt in einem anderen Waggon.

Nachdem ich mir mein Gourmet-Dinner einverleibt habe, schaue ich gleich mal nach den Toiletten. So, wie das eben geschmeckt hat, sollte ich schnellstmöglich meinen Fluchtweg erkunden. Erstaunlicherweise sehen die Zugtoiletten ziemlich sauber aus. Das hatte ich die letzten Tage auch schon anders erlebt.

Sogar die Wasserspülung funktioniert einwandfrei und das ist alles andere als Standard, zumindest außerhalb von Hotels. Es könnte allerdings zum Problem werden, dass es nur zwei Toiletten pro Waggon gibt. Ich fange an zu rechnen. In jedem Waggon gibt es ca. 20 Kabinen, das wären dann maximal 40 Menschen, die im schlimmsten Fall gleichzeitig aufs Klo müssten. Rechne ich ein paar Leute raus, die in ihrer Kabinentür stecken bleiben und deswegen erst überhaupt nicht zum Klo kommen, bleiben ca. 30 potentielle Klohocker übrig. Dafür braucht es verdammt viel Wasser und diese Ressource ist ziemlich knapp in Ägypten. Es könnten daher zwei Extremsituationen eintreten: Es müssen zu viele Menschen gleichzeitig aufs Klo oder die Wasserspülung funktioniert irgendwann nicht mehr. Beides ist doof! Vielleicht sollte ich mich jetzt gleich schon mal prophylaktisch draufsetzen oder solange sitzen bleiben, bis sich mein Abendessen meldet. Oh Mann, manchmal empfinde ich mich selbst als peinlich. Wie kann man nur auf so absurde Gedanken kommen?

Nach einer halben Stunde in meiner Kabine muss ich leider feststellen, dass meine Gedanken doch nicht so absurd sind und dass es nicht nur für mich ziemlich peinlich wurde, aber das gehört nicht hierher. Jetzt liege ich in meinem Etagenbett und schaue in die dunkle Nacht, die sich hinter meinem Fenster ausbreitet. Manchmal sehe ich im Dunkeln Gebäude vorbeihuschen, die von ihren Besitzern offensichtlich mit bunten Lämpchen geschmückt wurden und irgendwie erinnert mich das an die Adventszeit in der Heimat.

Mustafa hatte mir vorhin nebenbei erzählt, dass es während des Ramadans in Ägypten ähnlich aussieht wie in Deutschland zur Weihnachtszeit. Natürlich ohne Nikoläuse und Rentierschlitten, aber dafür hätten sie andere Symbole. Diese bunten Oasen des Lichts sind eine hübsche Abwechslung, denn ansonsten ist nicht viel los in meinem Abteil.

In diesem Moment der Einsamkeit wünsche ich mir, ich hätte vielleicht doch ein „halbes" Doppelzimmer buchen sollen, dann würde jetzt jemand in dem Bett unter mir liegen. Schade, dass es keine zweigeschlechtliche Doppelzimmerbelegung mit einem bevorzugten Frauentyp gibt. Das wäre doch mal eine coole Geschäftsidee. Der Reiseveranstalter bringt über sein Online-Portal geschlechtsreife Singles zusammen und die finden sich dann nach ihren jeweiligen Interessen zur passenden Reise und teilen sich ein Doppelzimmer. Jeder freut sich über die Kostenersparnis, weil der Einzelzimmerzuschlag entfällt und erhofft sich zudem das eine oder andere erotische Abenteuer. Wenn die beiden Auserwählten dann doch nicht so gut miteinander klarkommen wie erhofft, müssen sie eben während der Reise auf ein Einzelzimmer umbuchen und dann kann der Reiseveranstalter verlangen was er will. Damit verdienen die sich doch dumm und dusselig, dass da noch keiner draufgekommen ist? Mal überlegen, wen hätte ich denn gerne aus unserer Gruppe auf meinem Zimmer? Robbie, Vroni und die vegane Maria ganz bestimmt nicht. Die vielen Pärchen will ich nicht auseinanderreißen.

Da bleiben neben meinen Favoriten Yvonne und Lea nur noch Marias geheimnisvolle Freundin Elvira, die aber nicht unbedingt meine Altersklasse ist und diese andere jüngere Frau, mit der ich tatsächlich noch kein einziges Wort gesprochen habe.

Keine Ahnung, ob sie wirklich Chantal heißt oder ob sie Horst nur deswegen so nennt, weil sie angeblich aus den neuen Bundesländern kommt. Sie spricht nicht besonders viel, aber wenn, dann klingt es schon ein wenig nach Sachsen oder Thüringen. Ich kann diese Dialekte nicht auseinanderhalten. Sie sieht nett aus, aber sie hängt ständig an Yvonne und Lea dran und manchmal habe ich das Gefühl, die drei gehen mir gezielt aus dem Weg. Vielleicht haben sie alle eine frisch gescheiterte Beziehung hinter sich und wollen sich einfach nicht schon wieder so schnell in einen Prachtburschen wie mich verlieben? Meine Mutter behauptet immer, mir würde es an einigem fehlen, aber nicht an Selbstbewusstsein. Naja, ich will ja nicht angeben, aber wenn ich die Männer aus unserer Gruppe so in Gedanken durchgehe, bin ich rein optisch ziemlich konkurrenzlos. Ich kann mir beim besten Willen nicht vorstellen, dass eine von diesen vier Frauen tatsächlich den lauten und polternden Robbie bevorzugen würde. Außerdem poltert Robbie in einer ganz anderen Gewichtsklasse als die Frauen und alles andere will ich mir jetzt nicht vorstellen.

Während ich immer wieder Lichtfetzen am Fenster vorbeihuschen sehe, fallen mir langsam die Augen zu und da es im Nachtzug nach Assuan keine Lautsprecher gibt, aus denen mitten in der Nacht zum Gebet aufgerufen wird, falle ich in einen tiefen, wenn auch wieder viel zu kurzen Erschöpfungsschlaf. Ein Klopfen an der Tür lässt mich erahnen, dass es entweder gleich Frühstück gibt oder wir möglichweise schon bald in Assuan ankommen. Mustafa steht in der Tür und so wie er gerade aussieht, hat er eine stressige Nacht voller Rettungsdienst hinter sich. Der arme Kerl und an die Geretteten will ich erst gar nicht denken. Da fällt mir siedend heiß ein, dass ich vor lauter erotischen Fantasien meine Kontrollbesuche bei Marianne und Albert vergessen habe. Hoffentlich haben diese Nacht alle unbeschadet überstanden. Mustafa erklärt nur ganz kurz, dass es gleich Frühstück gibt und wir in ungefähr einer Stunde am Ziel unserer Fahrt ankommen. Wir könnten dann in Ruhe aussteigen, weil der Zug dort endet. Wir sehen uns am Bahnsteig und „Jalla, jalla", er muss gleich weiter.

Nach meinen gestrigen Erfahrungen mit dem Abendessen, bin ich bei der Auswahl der auf meinem Tablett liegenden Speisen etwas vorsichtiger und ich beschränke mich auf den Kaffee, ein trockenes Brötchen und die originalverpackte Erdbeermarmelade, das muss für den Moment reichen. Kurz darauf fährt der Zug in den Bahnhof von Assuan ein und irgendwie bin ich sehr froh darüber, dass ich alles weitestgehend unbeschadet überstanden habe, zumal ich nach dem Aufwachen auch keine Bauchschmerzen mehr habe.

11.
Peinliche Begegnungen

Wenn ich in die Runde schaue, scheint sich wohl jeder aus unserer Gruppe nach einer Dusche, einem vernünftigen Bett und mindestens zehn Stunden erholsamen Schlaf zu sehnen. Im Reiseprospekt steht jedoch, dass wir vom Bahnhof aus direkt zum großen Staudamm fahren und wir erst anschließend in unserem Hotel einchecken. Nachdem wir unser Reisegepäck im Bus verstaut haben, sitzen wir wie blutleere Zombies auf unseren Sitzen und hoffen, dass der Ausflug zum Staudamm möglichst schnell vorübergeht. Mustafa hat klare zeitliche Vorgaben vom Reiseveranstalter erhalten und ich verstehe sehr gut, warum er sich explizit an die Routenplanung hält. Er ist froh über diesen halbwegs gut bezahlten Job und wenn er sich jedes Mal auf die Extrawünsche einzelner Reisenden oder dem Gruppendruck beugen würde, wäre der Ärger vorprogrammiert. Also zieht er sein Programm durch und im Moment hat sowieso keiner die Kraft, ihm zu widersprechen.

Ich bin trotz meiner Erschöpfung ausgesprochen neugierig auf den Staudamm. Ich war mal als Jugendlicher auf Klassenfahrt an der Edertal-Sperre in Nordhessen und ich habe diesen Bilderbuchstaudamm noch sehr gut in Erinnerung. Der Nil ist bekanntlich ein paar Nummern größer als die Eder und in meiner Fantasie wächst die Staumauer in den Himmel. Als wir dann ankommen, fühle ich mich irgendwie ernüchtert. Dieser Damm könnte auch in Holland an der Küste gebaut worden sein, nur eben etwas höher.

Die Dimensionen lassen sich allerdings kaum richtig fassen, denn die Staumauer ist an ihrem Fundament knapp einen Kilometer breit. Wir fahren oben auf einer gut ausgebauten, doppelspurigen Straße rund zwei Kilometer bis zur Mitte des Damms und spätestens jetzt hat dieses „Mega-Bauwerk" nichts mehr mit der Edertal-Sperre gemeinsam. Hinter dem Damm erstreckt sich über 500 Kilometer der Nasser-See und mir fehlt gerade die Vorstellungskraft, wie die Menschen vor über 50 Jahren diesen riesigen Damm bauen konnten, zumal der Nil an dieser Stelle das ganze Jahr über unendliche Wassermassen und Schlamm durchspült. In meiner Fantasie sehe ich armselige Bauarbeiter mit hungrigen Krokodilen kämpfen und ich will nicht wissen, wie viele diesen Kampf damals verloren haben.

Da uns Mustafa wieder die obligatorischen 45 Minuten Freizeit gibt, steigen dann doch alle aus dem Bus und streunen umher. Außer ein paar Hochspannungsmasten, einem Umspannwerk für die Erzeugung von Wasser-energie und diesem hässlichen Baudenkmal, das die Russen den Ägyptern nach der Fertigstellung des Damms geschenkt haben, gibt es nichts Großartiges zu sehen. Daher nutze ich die Gelegenheit und schleiche mich in die Nähe von Yvonne und Lea. „Hallo ihr zwei Hübschen", begrüße ich die Beiden und wirke dabei ziemlich übermütig und aufgekratzt. Man könnte fast meinen, ich wäre ein unbeholfener, liebestoller Endpubertärer, der zum ersten Mal ein Mädchen anspricht. Wenn der Schuss nur nicht nach hinten losgeht. Nach dieser unruhigen Nacht bin ich nicht unbedingt in Topform und ich gebe zu, ich hatte schon bessere Anmachsprüche drauf.

Außerdem sehen die Beiden vollkommen übernächtigt aus, also auf gut Deutsch „ziemlich scheiße" und deswegen war der Spruch total daneben. Die Beiden lassen mich das in diesem kurzen Moment der peinlichen Stille auch deutlich spüren, aber offensichtlich geben sie mir eine zweite Chance. Gottseidank lassen sie meine dumme Anmache unkommentiert und warten darauf, ob noch etwas Intelligentes hinterherkommt. Oh Mann, ich bin hundemüde, gehe regelrecht auf dem Zahnfleisch und bringe mich ohne Not in eine Situation, in der Eloquenz, Humor und Schlagfertigkeit gefragt sind. Einen unpassenderen Moment hätte ich mir nicht aussuchen können, aber jetzt stehe ich hier und die Beiden warten offensichtlich auf eine begeisternde Charmeoffensive, die mich wieder ins Spiel bringt. Also mobilisiere ich meine letzten Kraftreserven, versuche mich bestmöglich zu konzentrieren und dann mir fällt nichts Besseres ein, als: „Na, seid ihr heute Nacht auch nicht vom Klo runtergekommen?" Es gibt diese Momente, in denen trete ich aus mir heraus, schaue mich von der Seite an, schüttele fassungslos den Kopf und würde am liebsten im Erdboden versinken. Jetzt ist wieder so ein Moment und das einzig vernünftige, was ich jetzt tun sollte ist, mich auf der Stelle umzudrehen und den Beiden aus dem Blickfeld zu gehen. Gottseidank rettet Lea die Situation und fängt schallend an zu lachen. Yvonne grübelt augenscheinlich noch einen Moment länger darüber nach, ob sie mein Verhalten jetzt ebenfalls witzig oder einfach nur peinlich und saudumm finden soll, aber nach einer gefühlten Ewigkeit verziehen sich auch ihre Mundwinkel nach oben und jetzt lachen wir alle zusammen, bis uns die Bäuche wehtun.

Endlich ist das Eis gebrochen und durch das Gelächter angelockt, kommt auch Chantal in unsere Mitte und lacht einfach mit, auch wenn sie nicht weiß warum. Ist das ein herrlicher Anblick: Drei herzhaft lachende Frauen, ungeschminkt, mit wild zerzausten Frisuren und hinter ihnen leuchtet der Nasser-See in der Sonne in den schönsten Blautönen. Dieser Moment wird sich für immer in meine Hirnrinde einbrennen. Als sich der Moment nähert, an dem sich die ausgelassene Lach-Orgie dem Ende zuneigt, steigt mein Puls ins Unermessliche, denn ich bin echt aufgeregt, wie schon lange nicht mehr. Ich muss jetzt unbedingt was Charmantes, etwas Eloquentes, etwas Intelligentes oder was wirklich Nettes hinterherschieben, ansonsten werde ich von den drei Mädels als lustiger Trottel abgehakt und das war`s dann.

Vor lauter Aufregung fällt mir nichts Besseres ein, als: „Ich heiße Sebastian!". In diesem Moment höre ich von weitem eine genervte, weibliche Stimme aus dem „Off": „Der kleine Basti will aus dem Bälle-Paradies abgeholt werden! Kann seine Mama nicht endlich diesen bescheuerten Basti abholen, den will hier keiner mehr sehen, der nervt, bitte schnell!". Mit diesem Satz eines Erstklässlers, der sich zur Einschulung vor seiner Klasse vorstellt, habe ich es bei den Dreien endgültig verschissen. Jetzt hilft auch kein Lachanfall mehr, aber ich habe die Rechnung ohne Chantal gemacht. Chantal hatte die Vorgeschichte bekanntermaßen nicht mitbekommen und denkt wohl, das ist ein Spiel. Der dumme Junge sagt was und die netten Mädchen lachen drüber, so wie sie das aus ihrer Kindheit vom Schulhof kennt.

Doch selbst Chantal merkt nach wenigen Augenblicken, dass sie die Einzige ist die lacht und nach einem kurzen Blick in die Gesichter von Yvonne und Lea, nimmt ihr künstlicher Lachanfall ein abruptes Ende. Ich muss in dieser beklemmenden Situation ganz sachlich feststellen, dass die „Knotenbock-Lautsprecher-Durchsage" im Flughafen nicht auf Platz 1 meines persönlichen Peinlichkeits-Rankings landen wird.

„Ich bin übrigens die Chantal!" Für diesen spontanen, aufopferungsvollen Versuch, diese peinliche Situation zu entkrampfen, bin ich Chantal unendlich dankbar. Allerdings kennen wir alle Murphys-Gesetz: „Alles was schiefgehen kann, wird schiefgehen!" Genau deswegen fällt mir dann wieder nichts Schlaues ein und ich frage sie tatsächlich: „Und, was machst du so?". Eigentlich wollte ich ihr lediglich eine Steilvorlage geben, etwas von sich, ihrem Leben, ihrer Arbeit oder was auch immer zu erzählen. Ich wollte doch nur aus der Schusslinie geraten. Was Chantal darauf erwidert, kommt nicht ganz überraschend: „Naja, im Moment stehe ich in der Sonne und guck mir den Assuan-Staudamm an!".

Jetzt folgt die Szene, die ich normalerweise schon früher erwartet hätte. Yvonne nimmt ihre Freundin Lea an der Hand und zieht sie hinter sich her. Ich kann diesen Fluchtreflex gut nachvollziehen und hätte es vermutlich genauso gemacht, wenn ich auf der anderen Seite gestanden hätte. Chantal steht jetzt trotz sengender Hitze sprichwörtlich im Regen und fragt sich sicherlich, was sie denn falsch gemacht hat?

Ich bin leider dermaßen mit mir selbst beschäftigt, dass mir die passenden Worte fehlen und somit lasse ich sie ohne Erklärungsversuch mit ihren Gedanken allein. Chantal scheinen solche Situationen nicht unbedingt fremd zu sein, denn sie lässt sich davon nicht abschrecken, bleibt vollkommen cool und guckt mich nur erwartungsvoll an. Ich habe den Eindruck, dass Menschen schon häufiger vor ihr weggelaufen sind und sie sich die Flucht von Yvonne und Lea gerade ausschließlich selbst ankreidet. Chantal hat nach meinen ersten Eindrücken ein einfaches Gemüt, was mir nicht ganz ungelegen kommt. Sie denkt wohl: Yvonne und Lea sind doof und der Sebastian ist lieb, weil der Sebastian dageblieben ist. So einfach ist das! Ich glaube, dass mir die Gesellschaft von Chantal in diesen schweren Stunden guttun wird, also nehme ich einen erneuten Anlauf und diesmal entwickelt sich tatsächlich eine nette Plauderei, ohne dass ich in weitere Fettnäpfchen trete. Oh Mann, tut das gut. Solche Gespräche brauche ich jetzt für mein Selbstwertgefühl!

Schade, wir sind gerade so richtig in Fahrt, da hören wir aus der Ferne das vertraute „Jalla, jalla" und aus allen Himmelsrichtungen schleichen unsere Mitreisenden wieder zurück in den Bus. Natürlich setzt sich Chantal neben mich und wir plaudern fröhlich weiter. Dummerweise drehe ich mich kurz um und der herabschätzende Blick von Yvonne, die zwei Reihen hinter uns sitzt, verrät mir ihren Gedanken: „Da haben sich die zwei Richtigen gefunden!". Ach, scheiß drauf, ich bin im Urlaub und ich will meinen Spaß haben und mich nicht über diese beiden Griesgrämer aufregen.

Chantal ist offensichtlich gerne in meiner Nähe und wie heißt es so schön: „Ein Spatz in der Hand, ist besser als eine Taube auf dem Dach", wobei ich die beiden Tauben zugegebenermaßen hübscher finde, aber das habe ich mir jetzt selbst versaut.

Mustafa macht uns über sein Mikrofon Hoffnung auf einen entspannten Nachmittag und beschreibt vollmundig die tolle Lage und den Pool unseres Hotels, das wir jetzt direkt anfahren werden. Er hatte mit allen Lobeshymnen recht, denn die Lage des Hotels ist echt fantastisch. Direkt am Nil gelegen und überall wachsen Palmen und blühende Sträucher. Jeder von uns hat so eine Art kleines Reihenhäuschen für sich und die Hauptverkehrsstraße ist hoffentlich weit genug weg, sodass wir endlich mal ruhig schlafen können. Nachdem ich meinen Rucksack einfach nur in die Ecke gefeuert habe, steige ich schnell in eine Badehose und eile zum Pool. Endlich! Nach all diesen heißen und staubigen Tagen freue ich mich wie ein kleines Kind auf das kühle Nass. Nach und nach trudeln noch mehr aus unserer Gruppe am Pool ein und es bilden sich die üblichen Grüppchen.

Da fällt mir auf, dass ich selbst nach vier Tagen noch immer nicht alle Reisenden mit Namen kenne, geschweige denn mit ihnen gesprochen habe. Mehr als ein kurzes „Hallo" oder „Guten Morgen" gab es bisher nicht. Das mit den Gruppenreisen ist wohl so eine Sache. Manchmal kennen sich die Leute schon vorher und buchen die Reise zusammen.

Die sind dann schon dermaßen eng, dass du als Außenstehender kaum dazwischenkommst. Andere sind nach wenigen Tagen erzwungener Gruppendynamik schon so genervt, dass sie körpersprachlich signalisieren: „Lass mich bloß in Ruhe!" Und dann sind da noch die extravertierten Kumpel-Typen, die auf alle und jeden schonungslos direkt zugehen, auch wenn man gerne mal allein sein will. Das ist zugegebenermaßen eine spannende Mischung und man braucht ein paar Tage, um sich in so einer Gruppe zurecht zu finden. So gesehen, werde ich wohl noch auf die eine oder andere Gelegenheit warten müssen, bis ich mit dem Rest ins Gespräch komme, aber es bleiben mir ja noch zehn Tage.

Während ich so auf meiner Sonnenliege rumlümmele, kommen die vegane Maria und ihre Freundin Elvira ebenfalls zum Pool. Wow, mir ist Elvira schon am ersten Tag aufgefallen, aber in diesem Badeanzug sieht sie einfach umwerfend aus. Ich kann meine Kumpels echt nicht verstehen, wenn sie immer davon erzählen, dass sie Frauen über 40 nicht mehr attraktiv finden. Da ist Elvira nur eine von vielen Ausnahmen, die mir bisher über den Weg gelaufen ist. Okay, sie ist vermutlich mindestens 15 Jahre älter als ich, aber deswegen sieht sie noch lange nicht so aus wie meine Mutter. Das Dumme ist, dass ich auf so eine reife Frau vermutlich wirke, als ob ich ihr Sohn sein könnte und sie allein schon deswegen keine erotischen Gedanken zulassen wird. Elvira hat mehr sexy Ausstrahlung als die drei jungen Hühner zusammen. Als ob ich sie gerufen hätte, kommen Yvonne und Lea ebenfalls zum Pool und zu meiner Verwunderung haben sie Chantal wieder im Schlepptau.

Im Gegensatz zu Elvira, die ihren reizvollen Körper im knappen Badeanzug offen zur Schau trägt, haben sich die Mädels Wickelkleider umgelegt und trauen sich offensichtlich nicht, diese auszuziehen. Wahrscheinlich werden sie ihre Gründe dafür haben und sind total hässlich. Keine Ahnung warum, aber ich versuche mir die drei jüngeren Frauen gerade selbst madig zu machen. Was ich nicht haben kann, sollte ich auch nicht begehren. Vielleicht will ich mich auch einfach nur vor irgendwelchen Beziehungsproblemen schützen, denn die kann ich im Urlaub echt nicht gebrauchen. Es dauert zwar noch einen Augenblick, aber dann fallen alle Hüllen. Ich meine natürlich nur die Wickelkleider und die ganzen bunten Tücher, denn selbstverständlich haben die Mädels was drunter. In Ägypten sollen sich die Touristinnen bekanntlich bedeckt halten und möglichst keine nackte Haut zeigen. Klar, das sollte man als Frau in keinem muslimischen Land und die letzten Tage haben sich auch alle an diese „züchtigen" Kleiderregeln gehalten. Bis auf Robbie. Robbie sieht die letzten Tage schon sehr speziell aus. Es gibt Menschen, die nehmen wegen einer krankhaften Stoffwechselstörung extrem an Gewicht zu und irgendwann sehen sie eben dick aus. Die können aber nichts dafür. Robbie kann was für seinen Körper und wer ihn einmal am Buffet erlebt, der weiß auch, warum er so aussieht. Robbie hat größere Brüste als einige Frauen in unserer Gruppe, aber nur weil er ein Mann ist, denkt er, er müsste sie deswegen nicht bedecken. Da Robbie bei all den vielen Pfunden Übergewicht auch nicht gerade wenig schwitzt, läuft er seit Tagen rum, als ob er an einem „Miss-Wet-Shirt-Contest" teilnimmt und scharf auf den ersten Platz ist.

Das allein ist schlimm genug, aber dann trägt er ständig diese viel zu knapp geschnittenen T-Shirts und deswegen quillt zwischen dem unteren Rand seines Shirts und dem Gürtel an seinen kurzen Hosen immer sein weiß schimmernder, haariger Wabbelbauch heraus. Mich würde es nicht wundern, wenn Robbie hier in Ägypten wegen Aufruhr öffentlichen Ärgernisses verhaftet werden würde. Er selbst findet sich wahrscheinlich ziemlich sexy, denn er flirtet gerade heftig mit Vroni und die beiden trinken zwischenzeitlich ihren dritten Cocktail am Pool. Ich bin gespannt, ob man die Beiden nachher beim Abendessen sieht, aber wahrscheinlich wird bei Robbie der Hunger größer als der Fortpflanzungstrieb sein.

Meine drei Grazien laufen jetzt im Gänsemarsch zum Pool und ich nutze die Gelegenheit, mir das aus sicherer Entfernung anzuschauen. Ich bin übrigens nicht der Einzige. Außer Robbie, der nur Augen für seine Vroni hat, folgen offensichtlich alle Augenpaare den jungen Frauen. Die Männer gucken, weil sie eben immer gucken, wenn es was zu gucken gibt und die Frauen gucken, weil sie wissen wollen, warum ihre Männer so gucken. Ist das herrlich. In diesem Moment bin ich echt froh in keiner festen Beziehung zu sein. Ich will nicht wissen, was sich nachher hinter verschlossenen Türen für Dramen abspielen, wenn sich die Männer vor ihren Frauen erklären müssen. Die drei Mädels haben zugegebenermaßen alle einen halbwegs strammen und gut proportionierten Körper, aber das ist mit Ende Zwanzig, bzw. Anfang Dreißig auch keine Seltenheit. Da sollen die sich mal nichts drauf einbilden.

Demonstrativ richte ich meinen Blick auf Elvira, die hier eindeutig die beste Figur abgibt. Verdammt, jetzt habe ich sie wohl zu intensiv angestarrt, denn ihr Lächeln verrät mir, dass sie meine Gedanken lesen kann. Wie gerne wüsste ich, was ihr gerade durch den Kopf geht, aber nach meinen tollpatschigen Flirtversuchen am Staudamm fehlt mir heute das Selbstvertrauen auf sie zuzugehen. Schnell lege ich mir ein Handtuch über meine Badehose, damit Elvira nicht bemerken kann, wie sehr sie mir gefällt. Gottseidank schauen fast alle nach den drei Grazien und somit bleibt mein Erregungszustand unbemerkt.

Langsam neigt sich die Sonne immer mehr zum Horizont und spätestens gegen 18 Uhr wird das Sonnenuntergangs-Gebet den Ramadan wieder in Erinnerung bringen. Wir haben an diesem Nachmittag alle die Freiheit genossen, uns in der Abgeschiedenheit dieser Hotelanlage so bewegen zu dürfen, wie wir es auf Mallorca oder in Italien an der Adria getan hätten. Ich freue mich auf das Abendessen-Buffet und eine hoffentlich erholsame Runde Schlaf in meinem klimatisierten Zimmer.

12.
Philae-Tempel

Nach unserer netten Plauderstunde im Bus, hätte ich von Chantal erwartet, dass wir zumindest beim Abendessen zusammen am Tisch sitzen. Offensichtlich haben Yvonne und Lea auf sie Druck ausgeübt, denn die Drei saßen in sicherer Entfernung am anderen Ende des Speisesaals. Chantal hat wenigstens hin und wieder zu mir rüber geschaut, als ich am Buffet stand, aber das war`s auch schon. Elvira war wie immer im Schlepptau von Maria und ich hatte mir geschworen, dass ich mich bei Mahlzeiten nie wieder neben diese Frau setzen werde. Also saß ich mehr oder weniger unfreiwillig bei meinen beiden älteren Kabinen-Nachbarn aus dem Nachtzug und wir ließen den Abend bei einer Dose Sakkara-Bier ausklingen. Albert strahlte den ganzen Abend seine Frau an und ich spürte deutlich, wie glücklich er war, weil seine Frau so glücklich war. Das ist etwas, was ich an vielen älteren Paaren so toll finde. Diese Freude, die sie miteinander teilen, wenn sie sich wohlfühlen. Jüngere Paare sind da oftmals nicht so entspannt oder im Gleichklang, aber vielleicht ist das auch nur meine subjektive Wahrnehmung, weil ich es selbst noch nie so erfahren habe.

Auf jeden Fall waren in dieser Nacht die Gebets-Lautsprecher nicht ganz so nah am Hotel und deswegen konnte ich richtig gut schlafen. Nach einem ausgiebigen Frühstück sitzen jetzt wieder alle im Bus und es kann losgehen. Heute Vormittag wartet der Philae-Tempel auf uns.

Mustafa erklärt über Mikrofon, der Tempel wäre auf einer wunderschönen, im Nil gelegenen Insel erbaut worden und wir würden mit einem Schiff übersetzen. Das klingt nach Abwechslung, denn eine Bootsfahrt hatten wir bisher noch nicht auf dem Programm. Als wir dann im Pulk Richtung Bootsanlegestelle laufen, wird mir schnell klar, dass diese Art von Bootsfahrt absolut nichts Romantisches bieten wird. Irgendwann habe ich aufgehört zu zählen, aber ich glaube es lagen mindestens 100 Boote in der schmalen Bucht. Keine kleinen, schnuckeligen Ruderboote, wie diese, mit denen sie Touristen in die Blaue Grotte bei Capri reinbringen. Diese hier sehen eher aus wie die Boote, mit denen sie in Amsterdam in den Grachten herumfahren, nur ohne jeglichen Luxus und ohne Fenster.

So langsam dämmert es mir, dass es auf dieser wunderschön gelegenen Insel im Nil möglicherweise verdammt eng werden könnte, denn wenn die vielen Boote hier tatsächlich alle im Einsatz sind, dann treten mir dort gleich mehrere tausend Touristen auf meine Füße. Was soll`s, wir sind jetzt hier und dann nehmen wir diesen Philae-Tempel eben mit. Als unser Boot langsam um die Ecke biegt und den ersten Blick auf den Tempel freigibt, ist das wirklich ein sehr schöner Anblick. In diesem Moment wird mir sekundenschnell klar, warum diese Boote so breit gebaut wurden. Wie auf Kommando springen fast alle Fahrgäste auf die linke Seite des Bootes, um das beste Tempel-Panorama über den See hinweg zu fotografieren. Unser Boot fängt sehr bedenklich an zu schaukeln, aber es kippt nicht um. Gottseidank waren die Ägypter schon immer gute Schiffsbauer.

Vielleicht sollte ich besser sagen „Re sei Dank" oder „Allah sei Dank". Re war übrigens dieser altägyptische Sonnengott, aber in manchen schlauen Büchern steht, man hätte ihn „Ra" genannt. Ist aber auch egal, Hauptsache unser Boot ist nicht umgekippt. Angeblich soll es hier im Nil keine Krokodile mehr geben, aber deswegen muss man ja nicht gleich den Praxistest machen.

Ich muss zugeben, dass Mustafa nicht übertrieben hat, denn es ist wirklich sehr hübsch hier. Dieses Ambiente mit dem vielen Wasser drumherum, macht es für das Auge sehr angenehm. Hier wachsen sogar ein paar Pflanzen und Palmen und das ruft Johannes auf den Plan. Johannes und seine Frau sind mir die ganzen Tage immer nur kurz über den Weg gelaufen. Man grüßt sich und das war`s. Endlich gibt es für mich eine Gelegenheit die beiden wissbegierigen Rentner besser kennenzulernen. Dass sie schon lange im Ruhestand sind, hat mir gestern Marianne beim Abendessen gesteckt. Albert hat daraufhin etwas sarkastisch angemerkt, dass Clarissa, die Frau von Johannes, alles andere als im Ruhestand wäre. Ich habe gestern nicht weiter nachgefragt, wie er das meint, aber die Erklärung sollte nicht lange auf sich warten lassen. „Clarissa, schau doch mal! Ist das nicht eine wunderschöne Phoenix dactylifera dort am Ufer?" Marianne flüstert mir ins Ohr, dass Johannes früher mal einen Botanischen Garten geleitet hat und er hätte schon mehrere Fachbücher über Botanik geschrieben. Ich bin beeindruckt. Clarissa nicht! „So ein Quatsch, schau doch mal richtig hin du Schlaumeier, das ist eindeutig eine Phoenix reclinata!"

Urplötzlich breitet sich Totenstille aus. Die ganze Truppe dreht die Köpfe zu den Beiden hin und ich habe den Eindruck, dass alle nur darauf warten, dass es zum Showdown kommt. „Ach scheiß drauf, Hauptsache da wachsen Datteln drauf", grölt Horst dazwischen. Vielleicht denkt Horst, er könnte damit dem aufkeimenden Konflikt zwischen Clarissa und Johannes den Wind aus den Segeln nehmen, aber da hat er die Rechnung ohne Clarissa gemacht. „Gerade du solltest doch wissen, dass die Phoenix dactylifera" nur weiter nördlich wächst und dass ihre Blätter nicht ganz so spitz zulaufen. Das habe ich dir schon hundertmal erklärt, aber nein, der Herr Professor will ja immer alles besser wissen!" Damit war die Lunte zum Pulverfass in Brand gesetzt. Als ob das nicht schon genug gewesen wäre, schiebt Clarissa noch zynisch hinterher: „Vielleicht hätte besser ich die Bücher schreiben sollen!". Selbst Horst sitzt jetzt mucksmäuschenstill und gespannt auf seiner Bank und wartet, was passiert.

Alle warten. Wir warten und warten, aber es kommt nichts mehr. Was ist das denn? Johannes kann jetzt doch nicht einfach nur die Schnauze halten und diese öffentliche Schmach über sich ergehen lassen? Er kann! Wahrscheinlich kennt er diese Situationen tausendfach und weiß genau, dass Clarissa niemals Ruhe geben wird, egal was er jetzt noch sagen wird. Also hält er einfach seinen Mund und tut so, als ob das hier alles gar nicht stattgefunden hätte. Johannes hebt wie in Trance seinen Fotoapparat und während er die Dattelpalme fotografiert, höre ich ihn vor sich hin flüstern:

„Was für eine schöne Phoenix dactylifera!" Clarissa kommentiert seine kleinlaute Bemerkung lediglich mit einem lautstarken: „Du besserwisserischer Trottel!" und dann kehrt endgültig Ruhe ein.

Jetzt verstehe ich, was Albert damit gemeint hat, als er davon sprach, dass Clarissa alles andere als im Ruhestand wäre. Ruhe ist nicht so ihr Ding! Mein Gott, hoffentlich werden meine Eltern nicht auch mal so enden, das könnte ich nicht ertragen. Meine Mutter neigt hin und wieder auch dazu meinem Vater ins Wort zu fallen, aber dann geht es meistens um wirklich wichtige, teils elementare Themen und nicht um so einen unbedeutenden Schwachsinn. Bei Clarissa und Johannes geht`s offensichtlich nur um`s Recht haben, also die klassischen Machtspielchen. Können die das nicht unter sich ausmachen und den Kriegsschauplatz in ihr Hotelzimmer verlegen? Ich finde solche öffentlichen Hinrichtungen immer als extrem peinlich. Offenbar bin ich mit dieser Einstellung nicht der Einzige in der Gruppe, denn ich sehe gerade fast jeden mit dem Kopf schütteln. Naja, weiter in der Tagesordnung, der nächste Tempel ruft. Sollen sich die Beiden doch weiter „fetzen", aber dann muss ich hoffentlich nicht wieder nebendran sitzen.

Nach diesem live aufgeführten „Komödienstadel" flüchtet der Rest der Gruppe eilig vom Boot Richtung Tempelanlage. Da ich im Moment keine Lust auf weitere Eskalationen habe, gehe ich einfach alleine durch den Philae-Tempel. Die Eintrittskarten haben wir schon am Bootssteg bekommen.

Während Mustafa wieder sein umfassendes Wissen zum Besten gibt, streune ich kreuz und quer alleine über die kleine Insel. Chantal hatte wohl den gleichen Gedanken und jetzt stehen wir uns urplötzlich mitten in einem Säulengang gegenüber. „Na?" „Na?" Ich bin mir nicht sicher, aber wenn sich zwei Menschen so begrüßen, dann lässt das nicht unbedingt auf eine ausufernde und fröhliche Kommunikation hoffen. Ich nehme einen zweiten Anlauf: „War vorhin ganz schön schräg auf dem Boot, oder?" „Naja, fast so schräg wie deine letzte Anmache!" Gottseidank fängt sie sofort an zu Lächeln, ansonsten hätte mich gleich wieder der Mut verlassen. Wenn Chantal lächelt, sieht sie richtig hübsch aus. Die meisten Frauen sehen sehr hübsch aus, wenn sie lächeln!

Meine Mutter würde jetzt dazu sagen: „Dann ist es deine Aufgabe mein Junge, deine Frau immer schön bei Laune zu halten!". Mein Vater würde sicherlich anmerken: „Aber gib dabei nicht wieder dein ganzes Geld aus!". Oh Mann, selbst ein paar tausend Kilometer weg von der Heimat spuken mir meine Eltern noch im Kopf rum. Hört das denn die auf? Was soll`s, ein paar ägyptische Pfund kann ich ja investieren. „Darf ich dich zu einem Eis einladen?" Der Blick von Chantal gibt mir schon wieder das Gefühl, ich wäre 16 Jahre alt und hätte was Peinliches gesagt. Was ist bitteschön so verkehrt daran oder so peinlich, wenn ich einer Frau ein Eis spendieren will? Ich bin eben nicht James Bond, der einer hübschen Frau einfach nur in die Augen schaut, sich ein Glas Whiskey runterkippt und sie anschließend ohne unnötiges Rumlabern sofort ins Bett zieht.

Ich habe James Bond noch nie vorher großartig Konversation betreiben sehen, nein, Hengstblick und ab in die Kiste! Ich kann das nicht. Ich will Chantal doch nur ein Eis spendieren, mehr nicht. Zumindest für den Moment. Es ist ja nicht so, dass ich keine Hintergedanken hätte, aber ich kann doch wenigstens mal checken, ob es ihr ähnlich geht. Chantal guckt mich allerdings immer noch so komisch an, aber wenigstens durchbricht sie die peinliche Stille: „Basti, du musst mich nicht behandeln wie eine 13-Jährige. Wenn du mir was Gutes tun willst, dann spendiere mir heute Abend im Hotel einen Drink oder auch gerne zwei und dann sehen wir weiter, okay?" Auch, wenn sich ihre Lippen gerade nicht mehr bewegen, so höre ich in Gedanken: „So billig kommst du mir nicht davon, mein Lieber. Gib dir Mühe, wenn du mich ins Bett kriegen willst!".

Ich glaube, die ägyptische Sonne hat bei mir deutliche Spuren hinterlassen. Jetzt höre ich schon Stimmen, die lediglich meinen erotischen Fantasien entspringen. Hoffentlich steht mir meine Geilheit nicht ins Gesicht geschrieben, denn ansonsten werde ich Chantal nicht mal mehr zu einem Eis überreden können, geschweige denn zu einem gemeinsamen Besäufnis mit kurzem Weg ins nahegelegene Hotelzimmer. Nachdem wir unser vermeintliches Date schlussendlich mit einem kurzen Kopfnicken festgemacht haben, widmen wir unsere Aufmerksamkeit erneut dem Tempel und schlendern weiter durch die Anlage. Irgendwie sehen diese Tempel fast alle gleich aus, mal besser und mal schlechter erhalten. Chantal hat in ihrem Reiseführer gelesen, dass dieser Tempel für die Göttin Isis erbaut wurde.

Ich kannte mal eine Iris, aber der hätte ich nicht mal ein Eis spendiert. Egal, das ist eine andere Geschichte. Viel interessanter finde ich, dass dieser Tempel früher ganz woanders stand, nämlich 600 Meter weiter, dort, wo heute nur Wasser zu sehen ist. Dieser Tempel ist nicht der Einzige, der dem Assuan Staudamm und den Wassermassen zum Opfer fiel. Also mussten mal wieder ein paar tatkräftige Helfer aus dem Ausland anrücken und die haben den Tempel dann Ende der Siebziger Jahre Stück für Stück auf diese Insel hier umgesiedelt. Was für eine Arbeit. Respekt!

Morgen fahren wir zum Abu Simbel Tempel und dort haben die das bekanntlich genauso gemacht. Der soll allerdings noch viel größer sein und ich bin jetzt schon gespannt. Ich für meinen Teil habe für heute genug gesehen. Außerdem knallt die Mittagssonne ungnädig auf uns runter und wir finden kaum ein schattiges Plätzchen. Weil sich jeder Tourist auf der Insel in den Schatten retten will, wird es langsam eng. Mustafa sprach davon, dass wir heute einen langen freien Nachmittag am Pool haben werden. Ich freue mich schon auf Chantal in ihrem roten Bikini. Das ist genau das richtige Ambiente zum „Vorglühen" für unseren gemeinsamen Abend an der Bar. Ehrlich gesagt, ist mir der Tempel gerade ziemlich wurscht und ich will nur noch an den Pool. Lechz! Hoffentlich funken mir nicht wieder Yvonne und Lea dazwischen.

13.

Am Pool

Es wird höchste Zeit, dass Chantal aufkreuzt, denn alle paar Minuten fragt mich jemand, ob die Liege neben mir frei ist und so langsam gehen mir die Argumente aus. Robbie hat eben auch schon gefragt, aber der war eher auf der Suche nach zwei freien Liegen nebeneinander, nicht weil er mit seiner stattlichen Figur augenscheinlich mehr Fläche benötigen würde, sondern weil er natürlich unbedingt die Vroni in seiner Nähe haben will. In diesem Moment beobachte ich ihn dabei, wie er spontan sein Handtuch auf den Boden wirft, seine Badelatschen lässig unter die Liege kickt und in vollem Galopp Richtung Pool sprintet. Ich ahne Schlimmes!

„Aaaarschbombe", tönt es apokalyptisch aus seinem weit aufgerissenen Mund und in Sekundenschnelle bricht Panik aus. Im Pool herrscht blankes Entsetzen, denn so schnell kann sich niemand ausreichend in Sicherheit bringen. Mir selbst kommen in diesem Moment schlimme Bilder in den Kopf, die vor ein paar Jahren im Fernsehen zu sehen waren. Da hat dieser Tsunami in Thailand eine riesige Monsterwelle über das Land schwappen lassen und diese Welle hat die Menschen reihenweise in den Tod gerissen, nur weil sie sich nicht schnell genug in Sicherheit bringen konnten. Instinktiv kralle ich mich an meiner Sonnenliege fest und hoffe, dass mir nicht das gleiche Schicksal droht. Von allen Seiten hört man Schreie und die Botschaft ist eindeutig: „Nein, tu das nicht!", aber Robbie ist dermaßen in Schwung, dass man ihn nicht mehr abbremsen kann.

Das Gesetz der Schwerkraft lässt Robbie geradewegs mitten ins Kinderbecken klatschen und ich kann mir beim besten Willen nicht vorstellen, dass die 70 cm Wassertiefe seinen geschätzten 150 Kilo Lebendgewicht genügend Abfederungskomfort bieten können. Das Mindeste, was er davontragen wird, ist eine extrem schmerzhafte Steißbeinprellung. Ich sollte Recht behalten!

Wenn ich Robbies Flüche richtig interpretiere, dann tut ihm deutlich mehr weh, als nur sein Hintern. Oh Mann, wenigstens hat er keinen Kopfsprung gemacht, das hätte er nicht überlebt. Nachdem wir unser gestrandetes Walross mit vereinten Kräften an Land gezogen haben, sehen wir das ganze Ausmaß seiner Verletzungen. Ich wusste nicht, dass man Blutergüsse und Prellungen so schnell und so deutlich sehen kann. Ich war immer der Meinung, das braucht ein paar Minuten, aber Robbie lehrt mich das Gegenteil. Johannes und ich sind die ersten Helfer vor Ort. Man merkt Johannes sofort an, dass er als bibeltreuer Christ die Nächstenliebe tatsächlich lebt und ich bin froh, dass er mit anpackt. Alleine hätte ich Robbie definitiv nicht aus dem Becken schieben können. Es dauert nur wenige Momente und dann kniet auch schon Waltraut neben uns und begutachtet die vielen Verletzungen. Okay, die Prellung am Hintern ist mehr als offensichtlich. Glücklicherweise ist Robbie hier gut gepolstert, ansonsten wäre was gebrochen. An seinem linken Ellenbogen fließt Blut aus einer offenen Wunde und sein rechter Knöchel sieht aus, als ob er gleich abfaulen würde. Eine einzige Symphonie aus Blautönen, Dunkelrot und Gelb. Ich kann den Schmerz regelrecht sehen.

Inzwischen steht eine große Menschentraube um uns herum, denn es hat sich offensichtlich herumgesprochen, dass es am Pool was zu sehen gibt. Ich hasse diese Sensationsgier. Alle stehen drumherum, gucken neugierig, geben blöde Kommentare und einige machen sogar Fotos. Allen voran Hilde und Hannes, unser snobistisches Pärchen aus Hamburg.

„Tja, wenn alles an den Hüften landet, dann bleibt eben nichts mehr für den Kopf übrig. Wie kann man nur so ungebildet sein? Das weiß man doch, dass man nicht einfach so in ein Kinderbecken springen darf und dann auch noch diese proletarische Arschbombe. Selbst dran schuld." Ich habe die Beiden schon vorher nicht gemocht, aber jetzt haben die sie eine Grenze überschritten. Noch bevor ich auf diese Lästereien reagieren kann, mischt sich Horst ein. Als bekennender Sauf-Kumpel von Robbie sieht er sich offensichtlich in der Pflicht ihn zu verteidigen.

„Sei froh, dass du da nicht reingefallen bist, denn erstens hätte das dein knochiger Arsch nicht überlebt und zweitens würde dich keiner freiwillig aus dem Wasser rausholen. Wahrscheinlich nicht mal dein Göttergatte Hannes. So, wie der immer guckt, wäre er wahrscheinlich froh, wenn du im Pool absaufen würdest." Wow, das hat gesessen! Sowas hätte ich mich niemals getraut. Vielleicht liegt es daran, dass Horst schon das dritte Bier am Pool getrunken hat und Alkohol hat bekanntermaßen eine enthemmende Wirkung. Was jetzt passiert war zu erwarten. Ein Großteil der Menschenmenge fängt an zu lachen, einige klatschen sogar und Hilde dreht sich auf der Stelle pikiert um und flüchtet aus der Situation.

Hannes steht allerdings noch wie festgewurzelt auf seinem Platz. So, wie es aussieht, scheint er gerade darüber nachzugrübeln, ob es ihn tatsächlich freuen würde, wenn seine Hilde im Pool ersäuft. Hilde lässt ihm allerdings kaum Bedenkzeit, denn ich höre sie aus sicherer Entfernung, mit erkennbar aggressivem Unterton, seinen Namen rufen und irgendwie klingt es so, als ob man seinen ausgebüxten Hund zurückrufen will.

In diesem Moment schauen sich Waltraut und Johannes liebevoll an, als ob sie sich gegenseitig sagen wollen, du bist anders und deswegen liebe ich dich. Dieser Anblick lässt meine aufgestiegene Wut gegenüber Hilde und Hannes schnell abebben, wobei Hannes ja überhaupt nichts gesagt hat. Er hat aber auch nichts dagegen gesagt und somit hat er sich zum Verbündeten seiner Frau gemacht. Ich glaube, dass Hannes es über die Jahre verlernt und dann irgendwann einfach aufgegeben hat, sich eine halbwegs gleichberechtige Position in seiner Ehe zu erarbeiten. Irgendwann setzen dann diese Automatismen ein, denen du dich kaum mehr entziehen kannst und dann wird es zum Fluch, den du nie wieder loswirst. So, wie er jetzt augenscheinlich frustriert davontrottet, tut er mir sogar etwas leid.

Als Robbie merkt, dass sich die Aufmerksamkeit von ihm abwendet, fängt er sofort wieder an theatralisch zu jammern. Aua hier, aua da und überhaupt sei er ganz schlimm dran und deswegen sollte die Vroni schnell kommen und ihn gesund pflegen. Wenn er in dieser körperlichen Verfassung schon wieder an seine Vroni denkt, dann kann es nicht so schlimm sein.

Das sehen Waltraut und Johannes ähnlich und somit fragen wir Robbie zum Abschluss unserer Rettungsaktion noch höflich, ob wir einen Arzt anrufen sollen, aber Robbie fragt nur nach seiner Vroni und damit hat sich das für uns erledigt. Da das Kinderbecken direkt mit dem großen Pool verbunden ist, hat sich das Thema Schwimmen für heute erledigt. Dafür hat Robbie zu viel Blut verloren und jetzt schimmert überall an der Wasseroberfläche ein deutlich sichtbares Rosa. Da geht jetzt ganz bestimmt keiner mehr rein. Allerdings habe ich die Rechnung ohne Horst gemacht.

„Aaaarschbombe" tönt es von hinten und während ich mich hektisch umdrehe, sehe ich Horst in hohem Bogen in den Pool springen. Wenigstens hat er sich mit seinem besoffenen Kopf gemerkt, dass er die andere Seite nehmen sollte. Seine Frau steht teilnahmslos daneben und schüttelt nicht einmal ihren Kopf. Horst scheint solche Sachen ständig zu machen und irgendwann stumpfst du eben ab. Was soll's, ich werde mich hier in Ägypten ganz bestimmt nicht mit den Problemen anderer Menschen beschäftigen, davon habe ich selbst genug.

Obwohl es sich zwischenzeitlich in der ganzen Hotelanlage herumgesprochen haben müsste, haben sich weder Chantal, noch Yvonne und Lea und auch nicht Maria und Elvira am Pool blicken lassen. Sämtliche Singlefrauen sind abwesend. Das lässt viel Spielraum für Verschwörungstheorien und bei sowas bin ich sehr erfinderisch.

Mein erster Gedanke ist, dass Elyas M`Barek gerade in der Hotellobby eincheckt und die Mädels alle hechelnd im Halbkreis um ihn herumstehen und krampfhaft versuchen sich seine Zimmernummer zu merken. Mein zweiter Gedanke ist, dass sie alle bei Maria im Zimmer sitzen und beratschlagen, wie sie mich die nächsten Tage so richtig fertigmachen können. So ähnlich wie bei dem Film „Die Hexen von Eastwick". Maria ist natürlich die Ober-Hexe und ich soll leiden, wie damals Jack Nicholson. Chantal und Elvira sind in das vermeintliche Opfer natürlich immer noch verliebt und würden sich gerne gegen die Ober-Hexe wehren, aber auch die Beiden müssen sich letztendlich beugen.

Die dritte Verschwörungstheorie behalte ich besser für mich, die ist nicht jugendfrei. Verdammt, das muss doch einen Grund haben, warum man keine von denen sieht? Ich werde mich wohl gedulden müssen und so streune ich durch die Hotelanlage, immer in der Hoffnung, doch noch auf eine der Grazien zu stoßen.

14.
Die Patchwork-Familie

Natürlich war das alles totaler Quatsch mit meinen Verschwörungstheorien. Im Nachhinein ist man immer schlauer. Elvira wollte einfach nur gerne nach einem hübschen Kleid, einem Tuch oder vielleicht sogar einer Kette schauen und bat Mustafa ihr ein paar Einkaufs-Tipps zu geben. Weil der Eingang zum Basar direkt gegenüber unserer Hotelanlage liegt und er gerade nichts Besseres zu tun hatte, bot sich Mustafa an sie zu begleiten. Elvira war über diesen Bodyguard-Escort-Service natürlich begeistert, hat es Maria erzählt, die hat es Yvonne und Lea gesteckt und natürlich hat Chantal auch Wind davon bekommen und somit war die Bande den ganzen Nachmittag im Basar shoppen. Ist doch klar, dass ich bei dieser Alternative in der Prioritätenliste ein paar Plätze zurückfalle.

Jetzt sitzen sie alle gut gelaunt an einem großen Tisch und erzählen sich gegenseitig, was sie im Basar zusammen erlebt haben. Und wer sitzt mitten drin und grinst wie ein Honigkuchenpferdchen? Mustafa! Mustafa hat bestimmt diesen Film „Bodyguard" mit Kevin Costner und Whitney Houston im Kino gesehen und weiß daher ganz genau, wie emotional Frauen auf einen persönlichen Geleitschutz reagieren. Das hat der bestimmt nicht uneigennützig gemacht, der „Schluri". Das mit der Vielweiberei darf Mustafa gerne ausleben, wie er mag, aber bitteschön nicht mit meiner Chantal. Ich spüre einen Anfall von Wut in mir aufsteigen, aber letztendlich ist es wohl nichts anderes als der blanke Neid.

Verdammt, wie gerne würde ich jetzt ebenfalls an diesem Tisch sitzen und die Aufmerksamkeit genießen, die man ihm augenscheinlich zuteil kommen lässt. Vielleicht denken sich die Frauen auch, dass Mustafa als verheirateter Mann keine Gefahr darstellt und sind deswegen so ausgelassen?

Hierzu fällt mir der Spruch von meinem Vater ein, der mir bei solchen Gelegenheiten immer sagt: „Nicht wollen erzeugt wollen!". Ich konnte mit diesem Spruch über viele Jahre nichts anfangen, aber so langsam verstehe ich, was er damit meint. Wenn mir meine Geilheit regelrecht im Gesicht steht, dann zeugt das natürlich von einem ausgeprägten „Wollen"! Vielleicht sollte ich tatsächlich viel cooler unterwegs sein und mich einfach mal so verhalten, als ob ich vollkommen uninteressiert wäre. Ich werde Chantal heute Abend und auch morgen die kalte Schulter zeigen und ihr nicht mehr hinterherlaufen, wie ein kleines dressiertes Hündchen, das ständig gestreichelt werden will, auch, wenn es mir vermutlich ziemlich schwerfallen wird. In diese Frauenrunde am Nebentisch werde ich heute Abend sowieso nicht mehr aufgenommen, das kann ich mir abschminken. Mal gucken, welche Alternativen ich habe.

Nachdem ich ein paar aus unserer Gruppe schon vollends abgehakt habe, bleiben nur noch meine bibeltreuen Christen Waltraut und Johannes, die Bilderbuch-Senioren Marianne und Albert oder die Familie, zu der ich bis heute immer noch keinen Zugang gefunden habe. Ach, was soll`s, dann werde ich es eben mal wagen.

Ich setze meine freundliche „Hallo-wie-geht`s-Maske" auf und laufe schnurstracks zu ihrem Tisch. Da im Speisesaal nur 6er-Tische gedeckt sind, ist bei ihnen rein rechnerisch ein Platz frei und sie müssten mich jetzt schon regelrecht „ausladen", wenn sie meine Anwesenheit nicht wollen. Ich kann mir das allerdings schwer vorstellen, denn das wäre ziemlich unhöflich und so, wie ich die Familie einschätze, sollte es nicht so weit kommen. Bisher haben sie mich zumindest immer nett gegrüßt, also warum sollte es jetzt nicht für ein lockeres Gespräch reichen? Naja, vielleicht weil sie lieber unter sich bleiben wollen? Je näher ich zum Tisch komme, desto mehr verlässt mich der Optimismus. Entweder es herrscht gerade schlechte Laune oder sie gucken nur so abweisend, weil sie spüren, dass ich mich zu ihnen an den Tisch setzen will.

„Hallo zusammen. Darf ich mich ein wenig zu euch setzen? Alleine schmeckt es mir nicht so gut und außerdem haben wir uns bisher kaum kennengelernt". Wie so oft, sind es zuerst die Kinder, die offen und freundlich reagieren. „Klar, setz dich neben mich!", strahlt mich die Kleine an. Naja, so klein ist sie auch wieder nicht, aber für mich läuft eine höchstens Zwölfjährige definitiv unter der Kategorie Kind. Ihre Schwester scheint etwas älter zu sein, also mitten in der Pubertät, denn sie schaut schon während der gesamten Reise so, als ob sie Reißnägel verschluckt hätte. Ich bin mir nicht sicher, ob sie diese Ägypten-Rundreise freiwillig angetreten hat. Wenn ich so an meine Jugend zurückdenke, dann hätte ich mir in diesem Alter ganz bestimmt auch etwas mit mehr Spaßfaktor gewünscht, aber offensichtlich haben sich die Eltern durchgesetzt.

Dann wäre da noch der kleine Bruder, höchstens 7 oder 8 Jahre alt. Der scheint ein ziemlich aufgewecktes Kerlchen zu sein, denn sein erster Spruch hat es wahrlich in sich:

„Na, hat dir Mustafa deine Freundin ausgespannt?" Während seine ältere Schwester anfängt wie blöd zu kichern, rollt das Pubertier lediglich mit den Augen und die Eltern strafen ihren Sohn abwechselnd mit Blicken, die selbst mir Angst machen. „Ich bin der Sebastian und wie heißt du?" versuche ich die peinliche Situation zu überspielen. „Tut nichts zur Sache, aber ich weiß, dass deine Freundin Chantal heißt und dass sie klasse Möpse hat!"

„Luca, bist du jetzt still! Wo hast du nur diese Ausdrücke her?" raunzt ihm seine Mutter zu und die Antwort lässt nicht lange auf sich warten. „Die Arschbombe hat das gesagt und die andere Arschbombe auch. Beide Arschbomben haben gesagt, dass Chantal klasse Möpse hat, ich hab`s genau gehört!" Jetzt muss sogar ich anfangen zu lachen, aber ich habe das ungute Gefühl, dass es pädagogisch nicht unbedingt hilfreich ist. In diesem Moment habe ich die Kinder zwar auf meiner Seite, aber jetzt strafen mich die Eltern mit ihren Blicken ab, wie kurz zuvor diesen vorlauten Knirps. Wieder ist es die Kleine, die versucht mich zu retten:

„Komm Sebastian, erzähl mir mal, wie das so ist, wenn man eine Freundin hat?" Mein Gott, was ist das denn für eine Familie? Haben die keine anderen Themen?

Wenn die pubertäre „Null-Bock-Schwester" jetzt auch noch einsteigt, setze ich mich gleich an einen anderen Tisch. Ich hole tief Luft, setze mich erst einmal auf meinen Stuhl und versuche die Lage zu checken. Zwei von Fünf sind gesprächig und scheinen für jedes Wortgefecht gewappnet zu sein, was ich in diesem Alter allerdings so nicht erwartet hätte.

Das Pubertier scheint nur körperlich anwesend zu sein, also brauche ich aus dieser Ecke nichts zu fürchten. Hoffentlich! Bleiben die Eltern. Ich kann mir nicht helfen, aber mein Gefühl sagt mir schon seit Tagen, dass es sich hier um eine Familienkonstellation handelt, die mir eher zufällig zusammengewürfelt scheint, als dass sie über Jahre zusammengewachsen ist. Klassische Patchwork-Familie, schätze ich mal. Die beiden Vorlauten gehören zur Mutter und das geistesabwesende Pubertier vermutlich zum Vater, also aus erster Ehe oder was auch immer. Auf jeden Fall ist die Älteste ein absoluter Fremdkörper in dieser Gruppe, das ist nicht zu übersehen. Der Vater scheint ständig bemüht, seine Tochter zu integrieren, aber was willst du machen, wenn dir auf der anderen Seite nichts Anderes als Ablehnung, Langeweile und Genervtheit entgegenschlägt. Irgendwie tut er mir leid, aber ich will das jetzt nicht zu meinem Problem machen.

„Okay, du bist also der Luca und wie heißt du?", spreche ich meine Tischnachbarin direkt an und versuche damit die Runde etwas aufzulockern. „Lisa, nenn mich einfach Lisa, Lisa ist nicht mein richtiger Name, aber Lisa klingt viel cooler".

„Carolin ist ein großer Fan der Simpsons und deswegen möchte sie gerne Lisa genannt werden, so wie dieses kleine blonde Superhirn der Familie", ergänzt ihre Mutter. „Ich heiße übrigens Charlotte und er hier heißt Rafael!"

Er hier heißt Rafael? Hallo, was ist denn das für eine Beziehung? Okay, „der" hier heißt Rafael wäre noch unpersönlicher gewesen, aber irgendwie klingt das für mich gerade nicht nach einer liebevollen und respektvollen Beziehung. Das könnte ein spannender Abend werden.

„Hallo Charlotte, hallo Rafael und hallo junge Dame, die ich natürlich Lisa nennen werde, ich freue mich, dass ich bei euch sitzen darf!"

„Mich hast du nicht gefragt", blökt mich das Pubertier von der Seite an. Ach, sie kann also doch sprechen. „Sagst du mir auch deinen Namen?" Ich hätte es mir denken können, denn dieser rhetorische Ausrutscher wird wohl das Einzige gewesen sein, was das Pubertier heute Abend von sich geben wird. Mir bleibt nichts anderes übrig, als meine Frage unbeantwortet im Raum stehen zu lassen und mich wieder den anderen zuzuwenden. Nach den anfänglichen Hürden entwickeln sich unsere Gespräche dann doch unterhaltsamer als ich dachte. Rafael bestätigt mir im Laufe des Abends meine Vermutungen bezüglich seiner ersten Ehe und dass sich seine Tochter seit der Trennung etwas zurückgezogen hat. Ich finde, dass diese Umschreibung ausgesprochen liebevoll daherkommt, denn sie trifft nicht unbedingt die Realität.

Charlotte bringt das aus meiner Sicht etwas besser auf den Punkt, denn sie meint, dass Merle, so heißt das Pubertier, sich auch einfach „Fuck you" auf die Stirn tätowieren lassen könnte, denn das würde ihre Geisteshaltung für jeden gleich öffentlich machen. „Er", also Rafael, kann und will das natürlich nicht kommentarlos hinnehmen und so entwickelt sich eine sehr lebhafte Diskussion über die unterschiedlichen Erziehungsmethoden.

Im Grunde genommen ist das ein wichtiges Thema, über das man abendfüllend diskutieren kann, aber doch bitte nicht in Gegenwart der drei Kinder, um die es in der Praxis geht. Je länger ich Charlotte und Rafael zuhöre, desto mehr wird mir klar, dass diese Beziehung vermutlich nicht einmal diese Ägypten-Reise überdauern wird. So wie es aussieht, ist „Merle das Pubertier" der gleichen Überzeugung und deswegen hat sie auch keinen Bock sich mit der „Neuen" auseinanderzusetzen. So betrachtet, kann ich es ihr nicht verdenken, aber ich hätte mich darüber gefreut, wenn sie sich wenigstens mir gegenüber ein klein bisschen offener gezeigt hätte.

Interessanterweise sind Lisa und Luca ganz anders drauf. Sie behandeln ihren möglichen, potentiellen Stiefvater total offen und nett und strahlen dabei eine Souveränität aus, die mich staunen lässt. Vielleicht ist das nicht das erste Mal, dass sie so eine Familienkonstellation erleben und dann kriegt man irgendwann Routine. Als ob Lisa meine Gedanken lesen kann, kommentiert sie ganz beiläufig: „Ich bin ja so froh, dass der Rafael das alles hier bezahlt hat. Die anderen waren nicht so nett!"

Charlotte scheint diese beiläufige Bemerkung ihrer Tochter ausgesprochen unangenehm zu sein, denn man sieht ihr die Peinlichkeit regelrecht an. Als ob es nicht schon schlimm genug ist, grölt Luca noch:

„Ja, der Raffi ist super. Danke Papa!" Offensichtlich sind ihre Kinder gedanklich und emotional schon ein paar Schritte weiter als Charlotte selbst. Ja, so etwas kann passieren, wenn der „neue Papa" ausgesprochen nett und spendabel ist. Auf mich macht Rafael sowieso einen sympathischen Eindruck und so, wie er Charlottes Kinder behandelt, scheint er sehr froh darüber zu sein, dass sie dabei sind. Ich sitze jetzt seit knapp zwei Stunden in dieser Runde und habe das Gefühl, dass Rafael nur das Zugehörigkeitsgefühl zu einer netten Familie sucht und nicht unbedingt die Partnerbeziehung zu Charlotte. Luca und Lisa sind echt nett und an die Beiden könnte auch ich mich gewöhnen. Die bringen verdammt viel Leben in die Bude und genau das scheint Merle ganz besonders zu nerven. Ich habe schon andere Patchwork-Familien kennengelernt, bei denen war ich deutlich optimistischer, dass es funktionieren wird, aber hier ist noch einiges im Argen. Egal, auch das soll mich im Urlaub nicht belasten und so verbuche ich den gemeinsamen Abend als inspirierendes Zusammentreffen, bei dem ich viel über das Zusammenleben lernen durfte. Wer weiß, ob es mir in ein paar Jahren besser ergeht? Da die Kinder so langsam ins Bett müssen, löst sich unsere Gruppe auf und jeder umarmt noch mal den anderen, natürlich bis auf das Pubertier, das mich schon beim kleinsten Versuch einer Umarmung dermaßen anfaucht, als ob es mir gleich den Kopf abreißen wird.

Naja, man kann es nicht allen Menschen recht machen. Ich werfe noch einen letzten Blick zur fröhlichen Hexenrunde und ihren Hexenmeister Merlin, ich meine natürlich Mustafa und muss feststellen, dass die Bande augenscheinlich gewaltigen Spaß hat. Ohne mich!

15.
Aufbruch nach Abu Simbel

Die letzte Nacht war für mich ziemlich unruhig und nicht nur wegen des allnächtlichen Ramadan-Weckrufes kurz nach 3 Uhr. So einen Blödsinn habe ich schon lange nicht mehr geträumt. Wenn meine Fantasie erst einmal in Schwung kommt, kennt sie kein Halten mehr und was die Mädels da alles mit Mustafa getrieben haben, behalte ich besser für mich. Das habe ich sicherlich meiner Eifersucht zu verdanken. Ich habe mich in meinem Leben schon öfter gefragt: „Was hat der, was ich nicht habe?". Damit meine ich natürlich nicht explizit Mustafa, sondern einfach all diese Kerle, die mir mit tollen Frauen im Arm begegnen und ich mich frage, was die an diesem Typen anziehend finden? Ja, ich weiß, ich bin bei meinen vorschnellen Urteilen echt ungerecht, weil ich das natürlich meistens nur optisch beurteile und diese Menschen nicht näher kenne. Vielleicht sind das ja wirklich nette Kerle, die einer Frau viel zu bieten haben, was ich auf den ersten Blick nicht sehe. Trotzdem beschäftigt mich sowas und deswegen habe ich mich heute Nacht im Bett ständig hin und her gewälzt und dementsprechend übermüdet sitze ich jetzt in der Hotellobby und warte, bis sich der Rest unserer Gruppe einfindet.

Es ist gerade mal 4 Uhr und unser Frühstücksbuffet fällt heute aus. Dafür hat das Hotelpersonal für jeden Gast einen Frühstücksbeutel gepackt, in dem sich bei näherer Betrachtung alles befindet, was es an kalten Speisen am Buffet sonst auch gibt.

Wir fahren gleich zum Abu Simbel Tempel und weil auch an diesem Tag wieder rund 40 Grad erwartet werden, will Mustafa mit uns so früh wie möglich losfahren, damit wir der Mittagshitze weitestgehend aus dem Weg gehen können. Das ist ausgesprochen vernünftig, aber mein Schlafmangel macht mir im Moment extrem zu schaffen.

Als ob der Assuan-Staudamm seine Schleusen geöffnet hätte, kommen sie jetzt fast zeitgleich aus allen Ecken herangekrochen. Robbie kriecht am auffälligsten, aber nach dem „Arschbomben-Harakiri" von gestern kann er froh sein, dass er überhaupt noch laufen kann. Er trägt ein dickes Kissen unter dem Arm. Ich vermute mal, dass ihm diese Polsterung im Bus das Sitzen erträglich machen soll. Naja, ich möchte nicht in seiner Haut stecken, denn die Busfahrt wird lange dauern und bestimmt auch etwas holprig werden. So wie Horst und Vroni aussehen, haben sie die halbe Nacht das „Überleben" von Robbie gefeiert und unzählige Dosen Sakkara-Bier geschluckt. Waltraut trottet ihrem Mann wie immer schicksalsergeben hinterher. Allerdings macht sie heute Morgen ein deutlich grimmigeres Gesicht als sonst. Ich glaube, ich wäre auch ziemlich mies drauf, wenn ich an ihrer Stelle wäre. Normalerweise nehmen ihr Mann und Robbie Vroni in die Mitte und beflirten sie von beiden Seiten, während sie sich allabendlich besaufen, aber gestern Abend waren die Beiden alleine in der Hotelbar und so wie Horst und Vroni aussehen, scheinen sie gerade erst von ihren Barhockern aufgestanden zu sein. Ich bin gespannt, ob das zwischen den Beiden während unserer Reise noch eskaliert. Ich wäre fast bereit eine Wette darauf abzuschließen.

Unsere „Möchtegern-Botaniker" Clarissa und Johannes haben offensichtlich die halbe Nacht ausdiskutiert, wer von Beiden denn nun der bessere Palmenexperte ist, denn sie sehen nicht nur sehr müde aus, sondern haben auch diesen feindseligen Blick. Hilde und Hannes, unsere Snobs aus Hamburg, fühlen sich seit der gestrigen Mobbing-Attacke am Pool alles andere als wohl. Das sieht man ihnen deutlich an und ich vermute, dass sich die Beiden bis zum Ende unserer Reise eher zurückziehen werden. Endlich betreten auch Yvonne und Lea die Bühne und jetzt fällt mir zum ersten Mal auf, dass die Beiden händchenhaltend aus dem Aufzug gestiegen sind.

Hä, war ich die ganze Zeit etwa blind, dass mir das nicht schon vorher aufgefallen ist? Natürlich! Die Zwei kleben regelrecht aneinander, schauen sich immer so geheimnisvoll an und würdigen mich seit Tagen keines Blickes. Und ich dachte die ganze Zeit, dass ich ihnen nicht attraktiv genug bin. In diesem Moment fällt mir regelrecht ein Stein vom Herzen und meinem Gesicht entspringt ein breites Lächeln. Yvonne scheint mein breites Grinsen provoziert zu haben, denn sie kommt jetzt auf mich zu und sagt mir direkt ins Gesicht:

„Sag mal, geht`s noch? Wann kapierst du endlich, dass du mit deinen unbeholfenen Flirtversuchen bei uns nicht landen kannst?"

Ich grinse immer noch: „Mein Gott, entspann dich, ich hab`s kapiert, wenn auch ziemlich spät."

„Was hast du kapiert?", hakt Yvonne ziemlich feindselig nach und ich habe das beklemmende Gefühl, dass mir dieses Gespräch am frühen Morgen entgleiten wird. Eben hatte ich noch Traumsequenzen von den Beiden, wie sie mit Mustafa schlimme Sachen gemacht haben und jetzt soll ich sie vor der Gruppe als Lesben outen? Das wird nicht gut ausgehen! Verdammt nochmal, ich bin übermüdet und unkonzentriert und in so einer Verfassung fallen mir niemals respektvolle oder einfühlsame Worte ein, also haue ich einfach raus, was mir gerade durch den Kopf geht:

„Ich habe kapiert, dass ihr nicht auf Schwänze steht!" So, jetzt ist es raus und ich erwarte meine Hinrichtung. Yvonne ist ein Biest. Yvonne ist ein cleveres Biest. Yvonne ist ein cleveres Biest, das offensichtlich große Genugtuung empfindet, wenn sie einem Mann so richtig einen zwischen die Beine geben kann. Ihre rhetorische Hinrichtung lässt nicht lange auf sich warten:

„Doch schon, aber ganz sicher nicht auf deinen!" In der Lobby herrscht Totenstille. Selbst Horst und Robbie trauen sich nicht, einen dummen Spruch rauszuhauen. Peinliche Stille und keiner hat die Kraft oder den Mut, sich dieser Situation zu stellen und für Entspannung zu sorgen. Glücklicherweise kommt in diesem Moment Mustafa um die Ecke und ruft in gewohnter Fröhlichkeit:

„Guten Morgen liebe Gäste. Gut geschlafen? Jalla, jalla, auf geht`s, Abu Simbel wartet auf uns!".

Nach dieser öffentlichen Hinrichtung schleichen alle mehr oder weniger betroffen zu ihren Sitzen im Bus und die meisten tun so, als ob sie Schlafen wollen. Ich gebe zu, dass mein Spruch vorhin alles andere als angemessen war und deswegen war eine so starke emotionale Reaktion von Yvonne absehbar und sogar angebracht. Wenn ich aufgeregt bin, kommen die Worte manchmal einfach so unkontrolliert raus. Mein Vater sagt immer: „Worte sind wie Pfeile, wenn du sie einmal abgeschossen hast, kannst du sie nicht mehr aufhalten!".

Im Moment steckt mir der Pfeil von Yvonne mitten in der Brust, aber ich hätte ja nicht damit anfangen brauchen. Da es draußen noch nicht richtig hell ist, fallen mir nach wenigen Minuten Fahrt die Augen zu und ich versuche das alles zu vergessen. Dummerweise hat Yvonne vorhin so laut gesprochen, dass es auch Chantal und Elvira hören konnten und jetzt stelle ich mir vor, dass die beiden Frauen darüber sinnieren, ob sie vielleicht auch nicht auf meinen Schwanz stehen? Ich sollte die Themen Liebe und Erotik für den Rest des Urlaubes besser begraben, das wird nichts mehr.

Mit mehr oder weniger unschönen Gedanken döse ich endlich ein. Keine Ahnung, wie lange wir schon gefahren sind, aber wenn Mustafa eine Durchsage macht, dann sind wir meistens am Ziel. Es stellt sich heraus, dass wir schon über zwei Stunden unterwegs sind, aber gerade mal am Stadtrand von Assuan stehen. Mustafa versucht uns zu erklären, warum wir lediglich fünf Kilometer geschafft haben.

Es geht offensichtlich um die Tourismus-Polizei, die ausgerechnet heute Morgen alle Busse kontrolliert und wenn ein paar Dutzend Busse gleichzeitig Richtung Abu Simbel fahren, kommt es eben zu einem Stau. Da Mustafa der Einzige ist, der meinen peinlichen Auftritt vorhin nicht mitbekommen hat, habe ich mich schon beim Einsteigen direkt hinter ihn gesetzt. So fühle ich mich wenigstens halbwegs sicher vor weiteren Kommentaren aus der Gruppe. Irgendetwas stimmt hier aber nicht, das fühle ich.

Was will die Tourismus-Polizei denn großartig kontrollieren, was so einen Stau auslösen könnte? Mir kommen diese schlimmen Bilder in den Kopf, als 1997 in Ägypten einige Anschläge auf Touristen verübt wurden und vielleicht durchsuchen sie die Busse gerade nach Bomben oder sowas in der Art? Ich will mich da jetzt nicht hineinsteigern und frage Mustafa leise ins Ohr, ob er mir denn erklären könnte, was los ist? Offensichtlich hat es gestern auf der Straße nach Abu Simbel einen schlimmen Verkehrsunfall gegeben, bei dem ein Reisebus frontal in einen LKW gecrasht ist und es hat wohl ein paar Schwerverletzte gegeben. Mustafa meint, der Busfahrer hätte der Polizei nicht die erforderliche Fahrerlaubnis vorlegen können und jetzt kontrollieren sie eben intensiv alle Fahrzeugpapiere. Okay, das macht natürlich Sinn, aber ärgerlich ist es trotzdem, dass wir trotz des extrem frühen Aufstehens nach zwei Stunden nicht mal aus der Stadt Assuan raus sind. Dann werden wir wohl oder übel doch erst um die Mittagszeit vor Ort sein. Da fällt mir siedend heiß ein, dass ich vor lauter Schläfrigkeit vergessen habe meinen Sonnenhut einzupacken.

Oh Mann, was für ein Tag. Ich will echt nicht wissen, was mich heute alles noch erwartet.

16.
Abu Simbel

Meine Güte, wie kann eine Landschaft nur so öde und trostlos aussehen? Okay, ich wusste schon vor meiner Reise, dass die Landschaften Ägyptens weitestgehend von Wüsten geprägt sind, aber der Kontrast zwischen den saftig grünen Feldern an den Ufern des Nils und dieser staubtrockenen Sandwüste ist schon brutal. Sand, soweit das Auge reicht. Hier und da sieht man kleine Hügel am Horizont, aber alles im immergleichen Farbton zwischen Sandbeige und einem blassen Rosa.

Vom Bus aus sehe ich zum ersten Mal in meinem Leben eine Fata-Morgana. In weiter Ferne schimmert ein schmaler Streifen Wüstenboden wie ein See im glitzernden Sonnenlicht und spiegelt den dahinter aufragenden Hügel in perfekter Symmetrie. Wow! Ich stelle mir gerade vor, ich wäre ein Reisender auf einem Kamel und meine Wasservorräte wären seit Tagen aufgebraucht. Welche Begierde muss so ein Anblick auslösen und dann der Frust, wenn du darauf zu reitest und die Wüste will einfach nicht enden. Irgendwie bin ich sehr froh darüber, dass ich in einem klimatisierten Bus sitze und unser Fahrer über einen schier endlosen Vorrat an kleinen, kalten Wasserflaschen verfügt. Natürlich alle aus Plastik. Mehrwegflaschen kennen die in Ägypten offensichtlich nicht. Wir sind auf der langen Fahrt nach Abu Simbel schon an mehreren Raststätten vorbei-gekommen und da ich von oben aus dem Bus hinter die Zäune dieser Rasthäuser blicken kann, sehe ich fast jedes Mal Berge von Plastikmüll und leeren Wasserflaschen.

Spätestens jetzt wird klar, warum so viele Umwelt-aktivisten gegen Nestle protestieren. Die beherrschen bekanntlich nicht nur den Weltmarkt für Wasser in Plastikflaschen auf dem afrikanischen Kontinent. Ich frage mich, warum Nestle von dem vielen Plastikmüll nicht auch ein paar gelbe Tonnen produziert und sie gleich mitliefert. Ich kann mir beim besten Willen nicht vorstellen, dass die Ägypter Mülltrennung oder Recycling kennen, zumindest nicht in diesen ländlichen Regionen. Da braucht doch nur ein kleiner Windstoß zu kommen und schon verteilen sich die tausenden Plastikflaschen quer über die Wüste. Die sammelt da bestimmt keiner mehr ein und weil es so heiß und trocken ist, werden die in den nächsten 100 Jahren auch nicht verrotten.

Immer, wenn ich praktizierte Umweltverschmutzung sehe, werde ich wütend und könnte geradewegs losschimpfen. Mein Vater sagt dann immer: „Junge, wenn du erst einmal die Welt gesehen hast, wirst du feststellen, dass es nur sehr wenige Länder auf diesem Planeten gibt, die sich so für den Umweltschutz einsetzen, wie die Deutschen!". Wenn ich nur daran denke, dass es überall auf der Welt ähnlich aussehen könnte, kriege ich regelrecht Bauchschmerzen. Es wird Zeit, dass wir endlich ankommen, damit ich mich wieder ablenken kann. Es soll sogar Menschen geben, die nur wegen der Ablenkung verreisen, damit sie für ein paar Wochen ihren Kopf ausknipsen und den ganzen Müll in ihrem Leben verdrängen können. Vielleicht ist das der Grund, warum immer mehr Flugzeuge unterwegs sind, weil sie die Menschen weit wegbringen, weit weg von ihren Problemen.

Blöd ist nur, dass die meisten Menschen ihre Probleme irgendwie nicht loslassen können und sie deswegen persönlich mit sich rumtragen. Da kannst du 20.000 Kilometer bis ans andere Ende der Welt fliegen, aber deine Probleme bleiben immer schön treu und brav an deiner Seite. Das sieht man auch bei unserer Reisegruppe. Offensichtlich haben die alle was von Zuhause mitgebracht, die einen mehr und die anderen etwas weniger, aber ich habe hier keinen getroffen, der ohne mitgebrachten Müll im Bus sitzt.

Naja, vielleicht Marianne und Albert, meine Lieblings-Rentner. Die machen auf mich einen recht ausgeglichenen und glücklichen Eindruck und scheinen mit sich und der Welt einigermaßen im Reinen zu sein. Irgendwie finde ich den Ausdruck „Im Reinen sein" befremdlich, das erinnert mich so an Putzen und sauber machen. So gesehen, müsste meine Mutter die glücklichste Frau auf der Welt sein, ist sie aber nicht. Dafür sorgt schon mein Vater, aber das ist ein anderes Thema. Ich persönlich empfinde nicht das geringste Glücksgefühl, wenn ich mein Zimmer aufgeräumt oder gestaubsaugt habe, nicht einmal, wenn ich das dreckige Geschirr vom Vortag gespült habe. Meine Mutter hat mal zu diesem Thema gesagt, sie würde die Hausarbeit deswegen glücklich machen, weil sie etwas tut und gleich darauf das Ergebnis ihrer Arbeit sieht und das würde sie befriedigen. Daraufhin hatte ich sarkastisch angemerkt, dass das normalerweise der Job meines Vaters wäre, aber entweder hat sie den Seitenhieb auf ihre „Befriedigung" nicht verstanden oder sie hat das Thema schnell unter den Teppich gekehrt, weil mein Vater in Hörweite saß.

Ich würde auch gerne mehr unter den Teppich kehren, aber leider hat meine Wohnung durchweg Laminatboden und daher kann ich mir das abschminken. Oh Mann, warum schweifen meine Gedanken gerade so sehr um meine Baustellen, eigentlich wollte ich doch im Urlaub abschalten?

Vielleicht liegt es daran, dass es da draußen einfach nichts zu sehen gibt und im Bus herrscht die totale Stille. Naja, nicht ganz, denn Horst und Robbie schnarchen seit rund einer Stunde um die Wette, aber ich kann es ihnen nicht verdenken. Wir hatten alle eine sehr kurze Nacht und dann fallen einem eben die Augen zu, wenn es nichts Spannendes zu sehen gibt. Da wir seit der Buskontrolle schon knapp drei Stunden unterwegs sind, müssten wir bald da sein. Ich freue mich total auf Abu Simbel, weil dieser Tempel nach meiner Meinung am spektakulärsten aussieht. Diese riesigen Figuren an der steilen Fassade bieten einen viel imposanteren Anblick als die meisten anderen Tempel in Ägypten. Da kann uns Mustafa noch so viel erzählen, dass der eine oder andere Tempel in Ägypten historisch viel wichtiger ist, aber am Ende ist für mich das Gesamtbild entscheidend und natürlich, wie fotogen der Tempel ist. Ich habe sowieso das Gefühl, dass es den meisten Leuten mehr auf die schönen Fotomotive als auf die geschichtlichen Hintergrundinformationen ankommt. Außer bei unseren Botanikern Clarissa und Johannes, die sind regelrecht heiß auf Geschichte. Seit ihrem „Palmen-Disput" herrscht Eiszeit, denn sie schweigen sich nur noch an und ich glaube, ich bin nicht der Einzige, der sich darüber freut.

Falls die beiden allerdings heute wieder auftauen sollten, dann werden sie Mustafa Löcher in den Bauch fragen. Der arme Mustafa, als ob er durch sein Hungern während des Ramadans nicht auch so schon ein großes Loch in seinem Bauch spürt. Ich frage mich ernsthaft, ob Allah dieses Fasten explizit so gewollt hat oder ob sich das ein Religionsführer später nur ausgedacht hat. Wenn ja, was soll das bezwecken? Naja, Religion muss man nicht verstehen. Ich verstehe auch nicht, warum die Moslems Schweinefleisch verachten, die Christen aber nicht, sich beide Religionen beim Verzehr von gebratenen Hähnchenschenkeln aber in Nichts nachstehen. Die Christen schütten sich seit Menschengedenken Wein hinter die Binde und die Moslems, die keinen Alkohol trinken dürfen, brauen ein superleckeres 10%iges Starkbier, das einem nach zwei Dosen das Hirn ausknipst. Während sich die Christen schon länger etwas aussuchen dürfen, auf was sie während der Fastenzeit verzichten wollen, lässt man den Moslems keine Wahl. Dafür dürfen die Moslems ohne ein religiöses Verbot mehrere Frauen heiraten und die katholische Kirche verbietet mancherorts hartnäckig eine zweite kirchliche Trauung, wenn es beim ersten Mal vor dem Altar nicht so gut geklappt hat. Meine Mutter kennt sogar ein lang verheiratetes katholisches Ehepaar, das sich nur deswegen nicht scheiden lässt, weil sie denken, sie kämen deswegen direkt in die Hölle. Wie ist das eigentlich bei den Moslems? Ich weiß nur, dass sich die Männer mehrere Ehefrauen nehmen dürfen, aber was passiert denn, wenn sie die eine oder andere wieder loswerden wollen oder eine Frau möchte gerne andere Wege gehen?

Ich will das jetzt nicht im Koran nachlesen, denn da stehen genauso schlimme und ultrabrutale Geschichten drin wie in der Bibel und da habe ich echt keine Lust drauf. Ich werde Mustafa bei passender Gelegenheit darauf ansprechen, auch wenn er mir wahrscheinlich ausweichen wird. Mustafa hat letztens schon so komisch geguckt, als ich ihn darauf angesprochen habe, warum er denn nur eine Frau hat? Ich warte heute noch auf seine Antwort. Während ich so darüber nachdenke, wie es wäre, mit mehreren Frauen verheiratet zu sein, reißt mich Mustafas Stimme aus meinem feuchten Traum.

„Liebe Gäste, wir sind gleich da!" Es folgen die üblichen Ansagen, was es kostet, wie lange wir Zeit haben, wann wir uns wieder treffen und so weiter. Während Mustafa mit einem dicken Bündel Geldscheinen aus dem Bus steigt, folgen ihm seine Schäfchen Richtung Eingangsportal. Auch hier stehen diese elektronischen „Pseudo-Röntgen-Apparate" rum und das Sicherheitspersonal tut so, als ob sie unsere Rucksäcke und Taschen auf Sprengstoff untersuchen würden. Wir gehen im Gänsemarsch durch das elektronische Überwachungs-Portal und bei jedem von uns piepst es unüberhörbar. Wie immer kümmert das niemanden und das uniformierte Personal hängt nur unmotiviert auf den Stühlen und guckt teilnahmslos Löcher in die Luft. Ich könnte hier mit einem 50-Kilo-Bombengürtel Sprengstoff durch diese Kontrolleinrichtung gehen und es würde wahrscheinlich niemanden bocken. Mustafa hat erwähnt, in Ägypten wären über zwei Millionen Polizisten im Einsatz, aber ich frage mich jedes Mal wofür, wenn ich ihnen dann begegne.

Entweder hängen sie unmotiviert und planlos auf ihren Stühlen rum oder sie sitzen in unzähligen Straßenkontroll-Stützpunkten zusammengekauert, in voller Kampfuniform und dicken Schutzwesten, hinter Panzerplatten und warten auf den Feierabend. Vielleicht haben wir aber nur dieser körperlichen Anwesenheit zu verdanken, dass es in Ägypten so friedlich ist? Die einzige Gefahr, die allgegenwärtig ist, droht uns ausschließlich von den aufdringlichen Händlern, die uns auch jetzt wieder belagern. Ich komme mir hier vor, wie in diesen Autobahnraststätten in Deutschland. Wenn du zur Kasse musst, um dein Benzin zu bezahlen, führen sie dich erst einmal im Zickzackkurs durch den ganzen Shop und dann musst du mit deinen Kindern vorbei an vollen Regalen mit Süßigkeiten oder es locken an jeder Ecke frisch gebrühter Kaffee oder lecker duftende Frikadellen. Am Ende zahlst du für den ganzen Krimskrams, den du unterwegs mitgenommen hast, mehr, als das Benzin kostet. Die Ägypter machen das hier genauso schlau, denn sie führen die Touristen zuerst vorbei an dutzenden Buden, die mehr an einen gutsortierten Basar erinnern, als an einen Zugang zu einer Tempelanlage. Der Weg zwischen den Buden ist so schmal, dass du den Händlern immer in die Arme läufst, egal wie sehr du auch versuchst auszuweichen. Weil du immer wieder gezwungen bist abzubremsen oder zur Seite zu springen, sind die meisten von uns schon fix und fertig, bevor wir am Kassenhäuschen ankommen. Jetzt sind wir schon eine Woche in Ägypten, aber es ist jedes Mal eine Herausforderung für Körper und Geist, die es echt in sich hat und daran werde ich mich auch nach so vielen Tagen nicht gewöhnen.

Mein monotones „No, thank you" oder „No, I have no money" hilft schon lange nicht mehr. Dagegen sind die Händler offensichtlich resistent. Glücklicherweise gibt es immer wieder den einen oder anderen Touristen, der tatsächlich stehen bleibt und sich interessiert zeigt. Dann stürzen sich alle auf ihn oder sie und meistens sind es die Frauen, die dann doch neugierig gucken und somit ergeben sich für mich plötzlich ganz neue Fluchtwege. So komme ich auch diesmal unbeschadet zum regulären Eingang und endlich können wir in Ruhe den restlichen Weg zur Tempelanlage laufen, ohne dass uns ständig ein Tuch, eine Statue oder ein lustiger Hut vor die Augen gehalten wird.

Ich habe mir den Abu Simbel Tempel ganz anders vorgestellt. Ein Hinweisschild zeigt, dass wir in 200 Metern da sind, aber ich vermisse den Berg oder zumindest den hohen Felsen, in den die vier bekannten Statuen gehauen wurden. Ich sehe lediglich einen sanft ansteigenden Sandhügel, um den wir herumgehen sollen. Da war doch was? Jetzt fällt mir wieder ein, dass dieser Tempel ursprünglich den Fluten des Nasser-Stausees zum Opfer gefallen wäre, wenn man ihn nicht Stück für Stück umgesiedelt hätte. Wenn die das nicht kurz vor der Inbetriebnahme des Assuan-Staudamms gemacht hätten, dann müssten wir jetzt in Tauchanzüge steigen, um uns den Tempel anzuschauen. Jetzt wird mir klar, dass dieser Tempel hier in einer künstlich geschaffenen Umgebung wiederaufgebaut wurde und deswegen wurde dieser „Berg" hier aufgeschüttet. Von hinten sieht man lediglich den sanften Hügel und von vorne die spektakuläre Fassade.

Wenn man sich an dieses Bild erst einmal gewöhnt hat, bekommt alles seine Ordnung. Endlich kommen wir um die Ecke und sehen die ganze Tempelanlage in voller Pracht. Ich hatte gar nicht mehr in Erinnerung, dass es sich um zwei Tempel handelt, der eine, mit den vier großen Pharaonen-Figuren und daneben ein kleinerer, mit einer ebenfalls schönen Fassade, aber nicht ganz so spektakulär. Nachdem die ersten aus unserer Gruppe schon wieder ausschwirren um Fotos zu schießen, versucht Mustafa die Interessierten unter uns im Halbkreis um sich zu scharen. Da wir heute nur Abu-Simbel auf unserer Liste stehen haben, stelle ich mich dieses Mal dazu und lausche, was Mustafa zu erzählen hat. Ich kann mir natürlich wieder nicht merken, welche Nummer der Ramses hatte, der das hier in Auftrag gegeben hat und ehrlich gesagt, ist es mir auch egal. Was ich mir aber gemerkt habe ist, dass der kleinere Tempel von den beiden für seine Lieblingsfrau Nefreteti gebaut wurde. Die anderen Ehefrauen gingen offensichtlich leer aus. Naja, dumm gelaufen, aber sie waren damals auch nicht unbedingt in der Position, sich darüber zu beschweren. Oppositionelle Pharaofrauen wurden damals gerne an die Krokodile verfüttert. Die Ägypter hatten zu dieser Zeit bereits eine Hochkultur, aber das mit den Frauenrechten kriegen sie bis heute nicht besonders gut auf die Rolle.

Witzig fand ich die Geschichte, dass der Abu Simbel Tempel angeblich nach dem kleinen ägyptischen Jungen benannt wurde, der ihn im Jahr 1817 beim Spielen entdeckt hat. Kleine Jungs buddeln gerne im Sand und dabei findet man eben manchmal auch was.

Der kleine Abu ist anschließend zum Schweizer Entdecker Johann Ludwig Burckhardt gelaufen, der damals irgendwo anders mit Ausgrabungen beschäftigt war und hat ihm aufgeregt von seinem Fund erzählt. Ich habe Mustafa gefragt, warum zu dieser Zeit ausgerechnet ein Schweizer Entdecker vor Ort war. Das konnte er mir leider nicht genau erklären. Manchmal sind Menschen eben zur richtigen Zeit am richtigen Ort und dieser Burckhardt hatte Jahre zuvor auch schon die Felsenstadt Petra entdeckt oder zumindest wiederentdeckt, da streiten sich die Gelehrten drüber. Auf jeden Fall nannte sich dieser Schweizer Orientreisende damals „Scheich Ibrahim Ibn Abdallah", trug lange Gewänder und wickelte sich einen Turban um den Kopf, damit er nicht so auffiel. Das war schlau, denn ansonsten hätten ihn die Kinder bestimmt ständig um Schokolade angebettelt. Burckhardt ist übrigens im gleichen Jahr gestorben, nachdem er vom kleinen Abu den Tipp bekommen hat. Offensichtlich war er zu diesem Zeitpunkt schon zu alt oder zu schwach, um den Tempel selbst auszubuddeln und deswegen hat er das seinem damaligen Kumpel Giovanni Belzoni gesteckt und der hat ihn dann später freigelegt. „Giovanni Belzoni", das ist wenigstens ein wohlklingender Name, viel besser als Sebastian Knotenbock. Auf jeden Fall soll der Tempel nach seinem minderjährigen Finder benannt worden sein und ich dachte immer, Abu Simbel wäre ein Pharao gewesen.

Während ich Mustafas profundem Wissen lausche, frage ich mich, warum ich mich nicht schon häufiger mit in den Halbkreis gestellt habe, denn seine Geschichten sind echt spannend.

Vielleicht gehöre ich auch zu den Menschen, die im Urlaub lediglich abschalten wollen, weil ihnen diese Informationsflut über das ganze Jahr einfach schon zu viel ist. Ich lese zuhause auch keine Geschichtsbücher, weil mir das zu anstrengend ist. Höchstens mal ein Asterix-Heftchen und nur deswegen kann ich auch ein bisschen Latein. Nachdem sich Mustafa über die Geschichte des Tempels ausgetobt hat, gibt er uns 90 Minuten Freizeit und so, wie ich die Fläche der Tempelanlage einschätze, werden wir die Zeit auch brauchen. Wegen der Buskontrollen sind wir etwas spät dran und deswegen knallt die Sonne unbarmherzig auf unsere Köpfe und ganz besonders auf meinen. Vielleicht hätte ich mir vorhin in der Basarstraße doch einen lustigen Hut aufschwatzen lassen sollen. Ich fotografiere schnell die schönsten Motive von außen und flüchte mich anschließend in das Innere des Tempels. Wow! Da ich vor meiner Abreise bewusst darauf verzichtet habe, mir Bilder im Internet anzuschauen, bin ich gerade extrem positiv überrascht, wenn nicht sogar begeistert. Erst diese wuchtigen Säulen mit den wunderschönen Maserungen und Symbolen und dann überall die in leuchtendem Gold schimmernden Wände, die mit klassischen Schlacht-szenen, gruseligen Opferritualen und Krokodil-fütterungen und natürlich auch mit hübschen Frauen verziert sind. Die Darstellungen der Frauen aus dieser Zeit erinnern mich an die Frauenzeitschriften und Mode-magazine, die bei meiner Mutter auf dem Couchtisch liegen. Die Frauen sind sehr schlank, maximal Kleidergröße 36, sind offensichtlich gepflegt, tragen hübsche Klamotten und meistens eine Menge Schmuck um den Hals und an den Armen.

Alle haben sie lange Haare und tragen irgendwelche Krönchen oder sonst einen Kopfschmuck. Da ich in Sachen Hausarbeit nicht nur ungeschickt, sondern auch ziemlich unmotiviert bin, gefallen mir die Darstellungen besonders gut, bei denen diese hübschen Frauen ein Tablett vor sich hertragen, auf denen abwechselnd Getränke oder Speisen zu sehen sind. Oh Mann, was muss das damals für ein Leben gewesen sein, zumindest, wenn man sich Pharao nennen durfte. Im Innern des Tempels haben sie auf Bodenhöhe gut versteckte Lichtleisten mit gelbem Licht installiert und so hat man den Eindruck, dass der ganze Tempel innen mit Blattgold überzogen ist. Ist er natürlich nicht, sieht aber trotzdem sehr hübsch und beeindruckend aus.

Ich kann mich kaum daran satt sehen und knipse wie ein Irrer jedes Motiv, das mir vor die Linse kommt. Hier erlebe ich zum wiederholten Mal ein Phänomen, das mir auch schon bei den anderen Sehenswürdigkeiten aufgefallen ist. An den schönsten Stellen stehen sich, wie bei einem Revolverduell, zwei Fotografen gegenüber und jeder wartet darauf, dass der andere endlich aus dem Bild verschwindet, damit man sein eigenes Foto ohne Menschen drauf knipsen kann. Je nach Ausdauer und Gemütslage können diese Rituale bis zu zehn Minuten dauern, weil natürlich jeder davon ausgeht, dass der andere früher aufgibt und weiterzieht. Manchmal kommt es sogar zu heftigen verbalen Vertreibungsaktionen, was natürlich Gaffer anlockt und dann stehen noch mehr Menschen im Bild. Das ist ziemlich kontraproduktiv, aber was soll man machen, wenn jeder Tourist denkt, er hätte das verbriefte Recht auf einen menschenleeren Tempel.

Während ich über so viel Dummheit und Ignoranz den Kopf schüttele, warte ich darauf, dass dieser dicke Amerikaner hoffentlich bald hinter der nächsten Säule verschwindet, damit ich endlich fotografieren kann. Für solche Aktionen musst du allerdings viel Zeit mitbringen, aber ein kurzer Blick auf meine Uhr zeigt mir, dass schon mehr als die Hälfte unserer Freizeit vorbei ist. Erstens will ich mir noch den Tempel seiner Lieblingsfrau nebenan angucken und zweitens muss ich die Zeit für den Rückweg zum Bus berücksichtigen. Also los zum Tempel der Nefreteti. Die Fassade von „Nefreteti" ist übrigens deutlich besser erhalten als die vom Pharao. Tja, es muss ja einen Grund geben, warum er ausgerechnet diese Frau zu seiner Lieblingsfrau auserkoren hat. Wahrscheinlich war der Pharao ein alter, hässlicher Sack und Nefreteti ein hübsches junges Ding, die damals schon mit einer 1-A Fassade zu überzeugen wusste. Ich muss zugeben, Nefreteti sieht von außen echt klasse aus und ich bin sehr gespannt auf die inneren Werte.

Naja, was soll ich sagen, ohne dass es jetzt verletzend klingt? Ich sag mal: „Hübsche Fassade aber nichts dahinter!". Dem Ramses wird`s egal gewesen sein und mir steht es nicht zu, über ein Bauwerk abzulästern, das 1.300 Jahre vor Christus gebaut wurde. Wenn man überlegt, dass meine germanischen Vorfahren zu dieser Zeit noch im Lendenschurz, grunzend wilden Tieren nachgejagt sind, darf man diese Hochkultur einfach nicht kleinreden. Auf jeden Fall ist das Innere des Nefreteti-Tempels schnell abgehakt und ich mache mich nach wenigen Minuten wieder auf den Weg zurück zum Bus.

Wie immer hat Mustafa die Cafeteria als Sammelpunkt benannt und weil das offensichtlich alle Reiseleiter so machen, ist die Cafeteria brechend voll. Oh Mann, jetzt bin ich wie ein Bekloppter hierher gehetzt, damit ich auf die Minute pünktlich bin und dann hocken die alle noch eine halbe Stunde hier rum und bestellen teilweise ihren dritten Kaffee. Mustafa sitzt wieder wie aufgedreht in einer Menschentraube und erzählt lebhaft Geschichten aus 1001 Nacht. Ich muss nicht erwähnen, dass ihn seine weibliche Fangemeinde von gestern Abend auch diesmal abfeiert. Neid und Eifersucht sind echt beschissene Gefühle und ich merke gerade, wie es mir unbewusst die Stimmung versaut. Ich hole mir frustriert ein Eis am Stiel aus der Kühltheke, damit ich mir mein Leben wenigstens etwas versüße.

Während ich schmollend im Abseits stehe, lasse ich meinen Blick umherschweifen. Ist das nicht faszinierend? Gestern noch haben sich unsere ewigen Streithähne Clarissa und Johannes heftig gefetzt und jetzt sitzen sie schon wieder fröhlich nebeneinander und man hat den Eindruck, sie wären das glücklichste Paar der ganzen Reisegruppe. Wahrscheinlich gehören diese Sticheleien und Machtspiele zum festen Ritual ihrer Ehe und es wirkt nur auf Außenstehende so bedrohlich. Auf jeden Fall scheint es ihnen nicht viel auszumachen, denn nach jedem öffentlichen Streit kommen sie nach wenigen Minuten wieder zurück in den „Normal-Modus". Irgendwie bin ich neugierig, wie sie das schaffen, aber ich mag sie nicht danach fragen, weil sie sich dann ganz bestimmt wieder über die richtige Antwort streiten.

Waltraut und Johannes sitzen wie so oft etwas abseits und scheinen mit ihren Gedanken weit weg zu sein. Sie sitzen händchenhaltend nebeneinander auf einer Bank und ich habe das Gefühl, sie denken beide an Zuhause, an ihre Kinder und Enkelkinder. Diese „Einheit" macht mir Mut für eine Beziehung, die vielleicht mehr als nur die Silberhochzeit überlebt. Wenn ich ehrlich bin, kenne ich außer meinen Eltern und vielleicht noch einer Handvoll Paare aus meinem Umfeld niemanden, die es überhaupt bis zur Silberhochzeit geschafft haben, geschweige denn mehr als das. Dass Robbie sich von seiner Frau getrennt hat, kann ich nachvollziehen. Ich meine natürlich, dass ich gut nachvollziehen kann, warum sich seine Frau von ihm getrennt hat. Robbie erzählt zwar unentwegt, dass er sich von ihr getrennt hat und schiebt auch dutzendweise Gründe hinterher, die sich gut anhören, aber jeder der ihm zuhört merkt überdeutlich, dass er sich lediglich seine eigene Wahrheit zurechtlegt. Wenn Robbie schon länger so war, wie er sich auf dieser Reise benimmt, muss man als Frau schon extrem liberal, verständnisvoll und manchmal sogar blind und taub sein, damit man so einen Mann an seiner Seite erträgt. Irgendwie tut mir Robbie leid, aber er allein wird wissen, wie es tatsächlich war und wie er sich jetzt damit fühlt.

Auf der einen Seite gibt es Schicksale, wie das von Robbie und auf der anderen Seite solche, wie die von Waltraut und Johannes oder auch Marianne und Albert, die mir zeigen, dass Beziehungen auch bis ins hohe Alter gut funktionieren können. Und was ist mein Schicksal?

Ich habe mir zwar gestern Abend geschworen, dass ich den Druck aus dem Kessel nehmen will, aber es stinkt mir leider immer noch ganz gewaltig, dass mir Chantal so wenig Aufmerksamkeit schenkt. Selbst Elvira schenkt mir mehr freundliche Blicke und ich weiß das im Moment sehr zu schätzen. Ich habe sowieso den Eindruck, dass Elvira von ihrer stets unpässlich wirkenden Freundin Maria so langsam genervt ist. Ich weiß nicht genau, warum ich Maria immer so rechthaberisch, ablehnend und vorwurfsvoll wahrnehme, aber ich kann nichts gegen meine Gefühle tun. Vielleicht liegt es sogar mehr an mir, als an ihr. Irgendwie erinnert mich Maria an eine meiner Tanten, die ich schon als Kind ätzend fand und das beruhte damals auf Gegenseitigkeit. Ich weiß bis heute nicht, was sie gegen mich hatte und warum ich immer schlecht gelaunt war, wenn sie meine Eltern besuchen kam. Da ich ihr seit vielen Jahren erfolgreich aus dem Weg gehe, haben wir auch keine Gelegenheit mehr, das final zu klären. Das wird wohl für immer unser Geheimnis bleiben. So ähnlich geht es mir mit Maria. Den blöden Spruch beim Abendessen habe ich dieser martialischen Veganerin schon längst verziehen, aber da ist offensichtlich noch mehr, was ich leider nicht benennen kann. Manchmal begegnet man eben Menschen, mit denen man nicht warm wird und Maria ist so eine.

Elvira scheint mit ihrer Freundin weitestehend klar zu kommen, ansonsten würden sie sich auf dieser Reise nicht ein Doppelzimmer teilen. Vielleicht ist aber auch genau diese intensive Nähe ein Grund dafür, dass es zwischen den Beiden gerade nicht so gut funktioniert.

Mit jemanden gut befreundet zu sein, ist eine Sache, aber mit jemanden jede Nacht im gleichen Zimmer zu verbringen, eine ganz andere. Wenn ich Elvira bei nächster Gelegenheit alleine erwische, werde ich sie einfach in ein Gespräch verwickeln und dann erzählt sie möglichweise auch von sich aus, was ihr auf dem Herzen liegt. Der Gedanke, mit Elvira allein zu sein und ihre Nähe zu genießen, lässt meinen Stimmungspegel wieder etwas ansteigen. Ich muss mir immer wieder in Erinnerung rufen, dass Elvira nicht meine Altersklasse ist, also sollte ich mich ihr besser nur platonisch nähern. Aber vielleicht sieht das Elvira ja anders und dann könnten wir...

Ein lautstarkes „Jalla, jalla" reißt mich brutal aus meinem Tagtraum und wir ziehen mit Mustafa als Anführer in die Schlacht gegen die Händler in der Basar-Straße Richtung Busparkplatz. Ausgerechnet jetzt setzen mir ein halbes Dutzend Händler ihre Hüte auf meinen Kopf und ich spüre schmerzhaft einen heftigen Sonnenbrand auf meiner Kopfhaut. Auch, wenn sich meine Wut gerade gegen die Händler richtet, so bin ich doch ganz alleine dafür verantwortlich. Als der Spießrutenlauf nach rund 100 Metern endet und wir wieder im Bus sitzen, lässt uns Mustafa wissen, dass wir vermutlich gegen 15 Uhr wieder am Hotel ankommen, sofern nichts dazwischenkommt. Naja, abwarten. In typisch deutscher Manier setze ich mich natürlich wieder auf meinen angestammten Platz, auch wenn ich kein Handtuch draufgelegt habe. Lustigerweise machen das alle so, als ob wir am frühen Morgen Platzkarten verteilt hätten. Ich frage mich, ob das bei anderen Nationalitäten auch so funktioniert?

Die Rückfahrt ist genauso unspektakulär wie die Hinfahrt und wie auch heute Morgen, hört man den Großteil im Bus vor sich hin schnarchen. Die Mädels-Truppe hat sich offensichtlich im hinteren Bereich des Busses zusammengerafft, denn man hört von ganz hinten immer wieder mal Gekicher und es beschleicht mich das Gefühl, dass auch ich thematisiert werde. Was habe ich den Frauen denn getan, dass sie mich so behandeln? Verdammt, ich kann mich gegen diese bescheuerten Gedanken einfach nicht wehren. Warum glaube ich ständig, dass ich der Grund für ihr Gekicher bin? Meine Mutter sagt immer, ich solle mich nicht so wichtig nehmen und sie würde wahrscheinlich auch jetzt herzhaft über mich lachen und darüber den Kopf schütteln, wenn sie wüsste, dass ich das alles auf mich beziehe. Unreif, das ist eindeutig unreif und das ist genau das, was mir Chantal durch die Blume zu verstehen gegeben hat. Das ist doch ein beschissenes Spiel. Um reif zu werden, brauchst du die Erfahrungen aus Beziehungen, aber die Frauen geben dir keine Chancen, weil dir die Reife fehlt. Wie soll das denn in der Praxis funktionieren? Wahrscheinlich ist das auch der Grund, warum die Mädels alle Singles sind. Jetzt bin ich tief im Thema und was mir dazu noch alles durch den Kopf geht, behalte ich besser für mich. Hoffentlich sind wir bald wieder im Hotel, dann brauche ich mir wenigstens nicht mehr dieses alberne Gekicher anhören. Irgendwann setze ich genervt meine Kopfhörer auf und drehe den Lautstärkeregler so hoch, dass es in meinen Ohren fast schon schmerzt. Alles ist besser, als dieses Gekicher. Ausgerechnet jetzt läuft „Let`s talk about sex" von „Salt`n Pepa". Was für ein Tag. Mal gucken, was mich heute noch erwartet...

17.
Elvira

Natürlich kommt es wieder anders als man denkt. Während der Rückfahrt spürte ich hin und wieder die leise Hoffnung, dass ich Chantal aus dieser Zicken-Clique loseisen könnte, aber es war Elvira, die sich am späten Nachmittag von sich aus am Pool zu mir gesellte. Freiwillig! Das macht mich gerade besonders stolz! Elvira hat wieder diesen „Hammer-Badeanzug" an, der mich schon gestern total wuschelig gemacht hat. Es gibt solche Badeanzüge, die sind dermaßen sexy geschnitten, dass sie mehr preisgeben als jeder normale Bikini und genau das macht mich gerade ziemlich nervös.

Oh Mann, sie könnte vom Alter her auch meine Mutter sein und ich bin gerade am Zweifeln, ob ich vielleicht von diesem Ödipus-Komplex befallen wurde. Diesen Ödipus kenne ich ansonsten nur von dem gleichnamigen Film mit Loriot und da war die Mutter im Gegensatz zu Elvira total unsexy. Elvira könnte es mit jeder Dreißigjährigen aufnehmen, aber diese Erkenntnis trage ich schon länger mit mir rum. Jetzt stellt sich nur die Frage, wie ich mit ihr umgehe? Soll ich wie so oft den Unreifen spielen, weil es vielleicht genau das ist, was sie antörnt? Soll ich besser den coolen Frauenversteher raushängen lassen, der genau weiß, was er an einer reifen Frau zu schätzen hat? Oder soll ich einfach nur der Sebastian sein, der gerade jetzt, in diesem Moment ziemlich verlegen und unbeholfen auf seiner Sonnenliege herumrutscht und möglichst keine peinlichen Sachen von sich geben will? Ich entscheide mich für Letzteres.

Elvira scheint sehr empathisch zu sein, denn sie lässt mir die nötige Zeit, mich auf ihre körperliche Nähe einzulassen. Natürlich spürt sie meine Erregung und damit meine ich ausnahmsweise mal nicht meine Lendengegend, sondern diesmal wirklich nur meine emotionale Anspannung.

„Na, wie geht`s dir heute, nach dem gestrigen Debakel mit Yvonne?" Oh Mann, muss sie denn schon in der Gesprächs-Ouvertüre meinen angeblich zu kleinen Pimmel thematisieren? Elvira bemerkt umgehend an meinem Gesichtsausdruck, dass sie unsere Begegnung etwas unglücklich angegangen ist und will intuitiv sofort gegensteuern.

„Also, um das klarzustellen, ich fand diese Bemerkung nicht angebracht!" Hoppla, heißt das etwa, dass sie denkt, ich hätte einen großen Pimmel? Basti, hör auf, das ist Wortklauberei, mach dich nicht lächerlich. Elvira ist souverän genug, ihren rhetorischen Faux pas mit einem süffisanten Lächeln zu überspielen und dieses Lächeln bringt mich endgültig um den Verstand. Ich bin Wachs in ihren Händen, auch wenn sie diese noch nicht einmal annähernd in die Nähe meines Körpers gebracht hat. Jetzt sitze ich schon wieder wie ein verliebter Sechszehnjähriger mit Testosteronüberschuss bis zum Abwinken auf meiner Sonnenliege und laufe rot an. Gottseidank macht Elvira keine Bemerkungen, die mich jetzt noch tiefer reinreiten. Offensichtlich versucht sie mich gezielt zu entkrampfen und ändert schlagartig das Thema.

„Wie hat dir denn Abu Simbel gefallen?" Endlich mal ein unverfängliches Thema und so entwickelt sich nach zähem Beginn ein durchaus eloquentes Gespräch und nach und nach legt sich dann auch meine Nervosität. Wenn da nur nicht dieser tief ausgeschnittene Badeanzug wäre, der mich ständig aus dem Konzept bringt. Elvira spielt regelrecht mit mir und legt sich auf der Nachbarliege immer wieder in Positionen, die ich mit fortlaufender Dauer fantasievoll überinterpretiere. So langsam gehe ich auf dem Zahnfleisch und ich wünsche mir sehnsüchtig, dass sie mich an der Hand nimmt und mit mir auf's Zimmer verschwindet. Wenn ich ein wenig mutiger wäre, würde ich ihr jetzt eindeutige Signale senden und schauen, ob sie darauf eingeht. Ich bin aber nicht mutig und so liegt es an ihr, ob da jetzt was läuft oder nicht.

Ich glaube, ich spinne. Das, was jetzt passiert, übertrifft jeden feuchten Traum, den ich während dieser Reise hatte. Elvira steht lächelnd auf, schnappt sich meinen Zimmerschlüssel, wirft mir einen aufreizenden Blick zu und schreitet mit wippenden Hüften davon. Flash! Meine Erregung ist dermaßen stark, dass ich jetzt unmöglich aufstehen kann. Natürlich hat uns die halbe Reisegruppe die ganze Zeit über mehr oder weniger heimlich beobachtet und alle warten nur darauf, dass ich liebestoll, mit einem Ständer in der Badehose hinterherrenne. Als wäre das nicht schon peinlich genug, grölt Robbie quer über die Poollandschaft: „Los, schnapp sie dir Kleiner!" In diesem Moment bin ich drauf und dran aufzuspringen und Robbie ein zweites Mal ins Kinderbecken zu stoßen, aber diesmal mit dem Kopf voran.

Jetzt kommt immer mehr Leben in die Gruppe und selbst meine beiden Rentnerpärchen machen motivierende Handbewegungen. Was ist denn hier los? Haben die alle nur darauf gewartet, dass der kleine Basti endlich entjungfert wird? Hat mir denn keiner von denen zugetraut, dass ich schon mal eine Freundin hatte? Das macht mich gerade so wütend, dass ich von einem Moment auf den anderen meine Erektion verliere. So, jetzt kann ich wenigstens aufstehen und Elvira auf mein Zimmer folgen. Während ich trotzig meine Sachen unter den Arm klemme und loslaufe, höre ich hinter mir tosenden Beifall aufbrausen Mein Gott, wo bin ich hier nur reingeraten? Im Moment ist mir das aber völlig egal, denn meine Gedanken kreisen nur um Elvira. Hoffentlich hat sie es sich nicht wieder anders überlegt, denn sie hat meinen Zimmerschlüssel und entscheidet gleich ganz alleine, ob ich reindarf oder nicht. Kurz vor meiner Zimmertür verlässt mich plötzlich der Mut und jetzt stehe ich fast ohnmächtig davor, während ich hilflos mit ansehen muss, wie der letzte Funke Zuversicht in mir erlischt.

Ich weiß nicht, wie lange ich totenstill davorgestanden habe, aber plötzlich öffnet sich die Tür und Elvira lächelt mich an, so wie eine Frau lächelt, die mehr will als nur Lächeln. Was dann über mich kommt, lässt sich nicht in Worte fassen, aber jeder, der so etwas im Leben schon mal erlebt hat, kann sich vorstellen, was jetzt abging. Alles andere geht niemanden etwas an. Mein Gott, waren wir hungrig, aber wir haben später beide freiwillig auf´s Abendessen verzichtet und einfach noch ein paar Runden drangehängt.

Ich weiß nicht, wann wir eingeschlafen sind, aber als ich mitten in der Nacht aufwachte, war Elvira verschwunden und mir kam das alles vor, wie in einem schönen Traum. Während ich langsam wieder eindöse, stelle ich mir vor, dass ich am nächsten Morgen in den Frühstückssaal trete und sich unsere ganze Reisegruppe von den Stühlen erhebt, um mir zu applaudieren. Ein grässlicher Gedanke.

Mir ist viel wichtiger, wie Elvira nach diesem gemeinsamen Abend reagieren wird und mir ist nicht ganz wohl bei dem Gedanken. Ich kann mir vorstellen, dass Maria sie sofort nach dem Heimkommen ins gemeinsame Zimmer mit Vorwürfen überschüttet hat, nur um ihr ein schlechtes Gewissen zu machen. Blöde Kuh! Warum kann sie nicht einfach weiterhin ihr Gras fressen und auf ihrer Weide glücklich vor sich hin furzen? Irgendwann bin ich dann doch eingeschlafen und in meinem Traum habe ich heftig weitergekuschelt. Im Moment geht`s mir gut und was morgen kommt, wird sich zeigen...

18.
Tod auf dem Nil

Heute steht ein Segelturn mit einer Feluke auf dem Plan und das bedeutet intensive Nähe mit allen Mitreisenden. Ich bin mir nicht sicher, ob ich das nach der „Applaus-Aktion" von gestern tatsächlich will, geschweige denn ertragen kann. Hoffentlich lassen die mich und Elvira in Ruhe, ansonsten werfe ich den einen oder anderen in den Nil. Vielleicht findet sich dann doch ein vereinsamtes Krokodil mit Appetit auf deutsches Frischfleisch und die Aktion dient zur Abschreckung für die anderen. Bevor es auf's Boot geht, muss ich erst einmal den schweren Gang zum Frühstücksbuffet antreten.

Ich habe mal den Film „The day after" im Fernsehen geguckt. Da geht es um den Tag nach dem Ausbruch eines Atomkrieges und seinen schrecklichen Auswirkungen auf die Menschen. Mein Gott, war das traurig. Ich will nur hoffen, dass mein persönlicher „Day after" nicht ähnlich tragisch verläuft. Egal, ich muss mich der Situation stellen. Ich habe nicht nur Angst vor der Reaktion unserer Gruppe, sondern noch viel mehr Angst vor Elvira, denn ich bin mir nicht ganz sicher, ob sie heute Morgen immer noch so gut drauf ist wie die letzte Nacht. Am meisten habe ich Angst vor Maria, denn die wird mich vermutlich wie eine Furie in Stücke zerreißen. Ein bisschen Angst habe ich auch vor der Reaktion von Chantal, der ich vorgestern ja ebenfalls, wenn auch auf eine sehr subtile Art zu verstehen gegeben habe, dass ich nichts gegen ein Techtelmechtel mit ihr einzuwenden hätte.

Nach der Aktion von gestern stehe ich jetzt im Rampenlicht, wie ein ausgehungertes Sexmonster auf Beutezug und damit muss ich erst einmal klarkommen. Seit Minuten stehe ich in sicherer Deckung in einer dunklen Ecke der Hotellobby und traue mich nicht in den Speisesaal zu gehen. Ich glaube, ich pack das nicht. Eigentlich müsste ich mit erhobenem Haupt und einem lässigen Gang zum Frühstückbuffet schlendern und die neidischen Blicke der anderen mit Stolz genießen, aber in mir fühlt es sich gerade ganz anders an. Das hat nichts mit Stolz zu tun. Die halten mich sicherlich alle für „notgeil", ansonsten hätten die nicht so ein Theater gemacht. Der notgeile Basti wird jetzt von allen mitleidig getätschelt, weil man sich mit ihm freut, dass er endlich mal zum Schuss gekommen ist. Verdammt, ich kann mich da echt reinsteigern.

Schluss jetzt! Ich straffe meine Körperhaltung, versuche möglichst normal zu gucken und gehe jetzt schnurstracks in den Speisesaal. Ich bin noch nicht richtig durch die Tür, da falle ich schon zu einem Häufchen Elend zusammen. Wenigstens die neidischen und teils aufmunternden Blicke der anwesenden Männer geben mir Auftrieb. Nicht wenige wären gestern gerne an meiner Stelle gewesen, das spüre ich. Selbst die älteren Frauen gucken mich so komisch an, als ob sie sich ernsthaft vorstellen, wie es ist, mit einem deutlich jüngeren Mann Sex zu haben. Okay, bis hierhin alles gut, aber da hinten wartet die Zicken-Clique und dummerweise sitzt Elvira mit am Tisch. Ich habe den Eindruck, dass Elvira ein wenig prophylaktische Vorarbeit geleistet hat, denn keine der anwesenden Ziegen fängt an zu blöken. Noch nicht!

Selbst Maria guckt mich nur grimmig an, aber das tut sie auch, wenn ich mir ein paar gebratene Würstchen auf meinen Teller schaufele. Yvonne und Lea ignorieren mich vollends, aber das wundert mich nicht. Yvonne hält sich sogar damit zurück, einen weiteren Spruch zur Größe meines Gemächts nachzulegen. Das muss man Elvira lassen, sie hat die Mädels offensichtlich im Griff.

Allerdings habe ich die Rechnung ohne Chantal gemacht, denn die kommt gerade erst in den Speisesaal getänzelt und ruft mir schon von weitem zu: „Na, du Casanova, ging es dir mal wieder nicht schnell genug!". Gottseidank straft sie Elvira sofort mit einem eindeutigen Blick und nur ihr habe ich es zu verdanken, dass auch Chantal gleich wieder Ruhe gibt. Bleiben noch Horst, Robbie und Vroni, die erfahrungsgemäß immer die letzten beim Frühstück sind, weil sie jede Nacht volltrunken die Tür in der Bar hinter sich abschließen. Da ich trotz Elvira keine Lust auf den „Zicken-Tisch" habe, hauche ich meiner Angebeteten noch schnell einen zärtlichen Kuss über meine ausgestreckte Hand zu und suche mir sicheres Terrain am Tisch meiner Lieblingsrentner Marianne und Albert. Waltraut und Johannes gehe ich heute Morgen besser aus dem Weg, denn mein amouröses Abenteuer passt bestimmt nicht zum Moralverständnis von bibeltreuen Christen.

Kaum sitze ich am Tisch, höre ich Robbie quer durch den Speisesaal grölen: „Na du Hengst, kannste noch Laufen, hahahahahaha!" Okay, das war nicht anders zu erwarten und natürlich ist sich auch Horst nicht zu schade, einen seiner primitiven Macho-Sprüche hinterher zu schieben.

Nachdem alle herzhaft gelacht, abgelästert oder getuschelt haben, beruhigt sich die Stimmung wieder und die Gedanken gehen mehr und mehr Richtung Feluken-Segeltörn auf dem Nil. Eine Feluke ist ein traditionelles Segelschiff aus Holz, wie man sie häufiger auf dem Nil sieht. Diese Schiffe wurden ursprünglich für den Transport von allen möglichen landwirtschaftlichen Erzeugnissen oder Waren gebaut, aber seitdem Ägypten bekanntlich fast ein Drittel seines Bruttoinlandsproduktes mit dem Tourismus erzielt, werden immer mehr Feluken zweckentfremdet und schippern jetzt Touristen über den Fluss. Da unser Hotel direkt am Nil liegt und sogar einen Anlegesteg hat, liegen die Schiffe dort schon für uns bereit.

Das vertraute „Jalla, jalla" klingt durch den Speisesaal und sorgt für Aufbruchstimmung. Jeder schnappt sich seinen Koffer oder seinen Rucksack und trottet über die Sonnenterasse zum Anlegesteg, wo uns zwei schöne, bunt angemalte Feluken erwarten. Ich bin gespannt, wie sich die Gruppen finden, denn wir müssen uns gezwungenermaßen aufteilen. Vermutlich habe ich jetzt die Wahl zwischen der Pest und der Cholera. Entweder ich gehe zur Zicken-Clique oder ich muss die ganze Zeit die Sprüche von Robbie und Horst ertragen, denn die gehen ganz sicher nicht zusammen auf ein Boot. Dafür werden Maria und Yvonne schon sorgen. Jetzt stehe ich ziemlich unbeholfen und unentschlossen am Anlegesteg und während sich die Gruppen so aufteilen, wie ich mir das dachte, muss ich eine Entscheidung treffen.

Mein Herz und meine Lenden wollen unbedingt zu Elvira, aber das macht heute keinen Sinn, denn auf dem Schiff werden wir dermaßen eng aufeinander hocken, dass an Privatsphäre nicht zu denken ist. Ich glaube auch nicht, dass Elvira vor ihren Freundinnen meine Annäherungsversuche dulden würde. Dann ist es vielleicht doch besser, ich gehe gleich auf das „Säuferboot", denn da habe ich vermutlich mehr Ruhe als mitten in der Mädels-Truppe. Außerdem haben Robbie, Horst und Vroni bestimmt ein paar Dosen Sakkara-Bier mit auf's Boot geschmuggelt und wenn ich lieb frage, lassen sie mich vermutlich mittrinken. Alkoholisiert kann ich das alles bestimmt besser ertragen. Ich schenke Elvira noch einen liebevollen und verständnisvollen Blick und sie scheint meine Entscheidung zu akzeptieren, denn sie lächelt verheißungsvoll zurück, als ob sie mir sagen, will, das holen wir morgen Abend alles nach. Gut, wenigstens das ist jetzt geregelt. Jetzt muss ich nur noch dafür sorgen, dass Elvira und ich nicht während des ganzen Segeltörns Dauerthema werden. Während ich meinen Rucksack verstaue und meinen Schlafsack schon mal in Position bringe, lasse ich meinen Blick über das Boot schweifen.

Hoffentlich geht das gut. Ich weiß nicht warum, aber irgendwie haben sich unsere Hamburger Hilde und Hannes auf unser Boot verirrt und das, obwohl sie ständig von Horst und Robbie verbal angegangen werden. Das könnte auf diesem engen Raum eine Menge emotionalen Sprengstoff bedeuten. Wahrscheinlich sind sie nicht freiwillig hier, aber auf dem anderen Boot sind die fünf Mädels und die fünfköpfige Familie, macht zusammen zehn Personen und damit ist das Limit erreicht.

Ich vermute, dass es auf dem anderen Boot ganz bestimmt ruhiger zugehen wird, obwohl die zwei kleineren Kinder ganz schön Gas geben können. Ich mag die Kleinen. Kinder sind in diesem Alter meistens erfrischend vorbehaltlos und legen nicht jedes Wort auf die Goldwaage. Klar, fragen sie dir Löcher in den Bauch, aber meistens geben sie nach einer halbwegs gut klingenden Antwort schnell wieder Ruhe. Nicht so Erwachsene. Da ist ab einem Punkt alles gesagt und man denkt, es ist geklärt, aber nein, es muss immer und immer wieder hochgekocht werden, bis es im Streit endet oder man sich ein paar Tage nicht mehr anschaut. Trotzdem bin ich froh, dass mich die Kleinen gerade nicht mit Fragen löchern können, denn wahrscheinlich wollen sie dann von mir wissen, ob ich wirklich ein Hengst bin und warum ich jetzt wieder laufen kann? Robbie hat bei seinem Spruch beim Frühstück natürlich nicht daran gedacht, dass auch Kinder im Saal sind.

Robbie gehört offensichtlich zu den Menschen, die möglichst vor allen anderen was sagen wollen und dann bleibt eben keine Zeit zum Nachdenken. Wahrscheinlich hat man ihn als Kind selten zu Wort kommen lassen und dann hat er irgendwann erkannt, dass er wenigstens auf diesem Weg Beachtung findet. Ich nehme an, dass er hin und wieder schon zur Ruhe kommt und ihm dann halbwegs bewusst wird, was er da alles raushaut. Ich hoffe es zumindest. Robbie ist in meinen Augen eine traurige Gestalt und das wird auch einer der Gründe sein, warum er so viel Alkohol trinkt. Manchmal braucht es offensichtlich ein wenig Betäubung um sich selbst zu ertragen.

Im Moment würde mir ein wenig Betäubung ebenfalls guttun, aber es ist gerade mal 10 Uhr morgens und wenn ich um diese Zeit ein Bier trinke, werde ich den Tag nicht überleben. Endlich legen wir ab und der Wind bläht die Segel unserer Feluke auf. Es geht von Assuan nilabwärts Richtung Luxor. Natürlich nicht die ganze Strecke, aber wenigstens ein kleines Stück, soweit man mit dem Wind an einem Tag kommt. Gemächlich treiben wir im Zickzackkurs von einem Ufer zum anderen, während uns immer wieder die großen Nil-Kreuzfahrtschiffe den Weg kreuzen. Plötzlich herrscht große Unruhe auf unserem Boot, denn direkt vor uns taucht ein riesiger Raddampfer auf.

„Das ist doch die SS Sudan? Wurde auf diesem Schiff nicht Tod auf dem Nil gedreht?", ruft Johannes ganz aufgeregt.

„Nein, das war nicht die SS Sudan, sondern die SS Memnon!", kommt es überdeutlich feindselig aus dem Mund seiner Frau. Natürlich sind sich Clarissa und Johannes wieder mal nicht einig. Das ist mir allerdings gerade völlig egal, auf welchem Schiff dieser Film damals gedreht wurde, denn der Anblick des Raddampfers ist schon sehr beeindruckend. Ich habe den Film „Tod auf dem Nil" vor gar nicht so langer Zeit wieder mal im TV gesehen. Diese alten Schinken werden ja ständig wiederholt. Was für eine Starriege: Peter Ustinov, Bette Davies, Mia Farrow, Jane Birkin und David Niven und eine Menge Schauspieler, deren Gesichter zumindest die Älteren noch gut kennen.

Ich kann mich gut an die dunkelbraunen Schiffsplanken im Film erinnern, vor denen der in weiß gekleidete Detektiv Hercule Poirot stand und vor sich hin philosophierte. Im Hintergrund die Sanddünen am Ufer des Nils und das alles in diesen grellbunten Technicolor-Farben, die so intensiv waren, dass einem fast schon die Augen schmerzten. In Natura ist das zwar nicht ganz so farbintensiv, aber trotzdem irre schön.

Während sich unsere „Botaniker" weiter über den im Film verwendeten Namen des Raddampfers die Köpfe heiß diskutieren, lasse ich meine Blicke zum gegenüberliegenden Ufer schweifen. Herrlich! Am Ufer des Nils sieht man dichtbewachsene, saftig grüne Palmenhaine und gleich dahinter steigen hohe Sanddünen auf oder manchmal auch bizarre rote Felsformationen, die allesamt einen wunderschönen Kontrast setzen. Ich weiß nicht, wie oft ich diese Motive jetzt schon fotografiert habe, aber jedes einzelne Bild ist für mich etwas Besonderes. Hin und wieder sehen wir am Ufer einen einsamen Wasserbüffel stehen oder eine kleine Erhebung im Wasser, auf der ein paar Fischreiher sitzen. Mir macht es besonders Freude, den Kindern zuzusehen, wie sie in der Nähe kleinerer Siedlungen am Ufer herumtoben und fröhlich ins Wasser springen.

„Siehste Robbie, so macht man eine Arschbombe", höre ich Horst hinter mir nuscheln, aber Robbie liegt schon seit einiger Zeit schnarchend im Schatten unseres Sonnensegels, weil ihn die vielen Schmerztabletten offensichtlich sehr müde machen.

Vielleicht ist auch der Restalkohol vom gestrigen Abend schuld oder die Mischung aus beidem. Robbie ist alt genug und es ist seine eigene Gesundheit, die er mit seiner Sauferei auf's Spiel setzt. In Sachen Gesundheit ist nicht jeder gleichermaßen vernünftig. Mir ist auch bei unserer Reisegruppe aufgefallen, dass immer weniger Menschen rauchen und wenn, dann sind es meistens mehr Frauen als Männer. Ich habe keine Ahnung warum das so ist, aber es ist schon mehr als offensichtlich. Yvonne und Lea ziehen sich zusammen jeden Tag mehr als nur ein Päckchen rein und Johanna, unsere strenge Lehrerin hat sich aus Solidarität oder vielleicht auch aus Langeweile zwischenzeitlich dazugesellt. Vroni zieht auch öfter mal an einer selbstgedrehten, aber da habe ich den Verdacht, dass da mehr drinsteckt als nur Tabak. Wahrscheinlich braucht sie eine zusätzliche Droge, damit sie Horst und Robbie im Doppelpack ertragen kann, aber was willst du machen, wenn du einfach nicht alleine sein kannst.

Vroni ist eindeutig ein „Feierbiest", die kann und will nichts auslassen. Bei ihr habe ich immer das Gefühl, dass sie deswegen so aufgedreht ist, weil sie einfach nichts verpassen will. Wenn sie in ihrem Alter weiterhin so Gas gibt, könnte sich das irgendwann einmal gesundheitlich rächen. Ich muss aber ganz ruhig sein, denn wer im Glashaus sitzt, sollte nicht mit Steinen werfen. In meiner Cliquen-Phase habe ich zwischen meinem 15. und 19. Lebensjahr auch jeden Tag ein Päckchen weggequalmt, das war ganz normal. In dem Alter machst du dir keine Gedanken über Raucherlunge oder Krebs.

Natürlich musste ich mir täglich die Warnungen meiner Eltern anhören, aber der Gruppendruck in meiner Clique war so groß, dass meine Kumpels mehr Einfluss auf mich hatten als meine Eltern, auch wenn deren Argumente die klar besseren waren. Naja, beim Rauchen und Saufen helfen in der Regel keine sachlichen Argumente, aber irgendwann bin ich dann selbst draufgekommen.

Mustafa, der mit auf unserem Boot ist, erklärt uns gerade, dass wir demnächst am Ufer anlegen und dann ein Restaurantschiff zu uns stoßen wird. Stimmt, wir haben auf der Feluke ja überhaupt keine Möglichkeit zu kochen oder Lebensmittel artgerecht zu lagern. Da fällt mir ein, dass wir hier noch nicht einmal die Möglichkeit haben unsere Notdurft zu verrichten. Gottseidank habe ich meine Blase unter Kontrolle und gestern nichts Falsches gegessen. Das hätte heute fatale Folgen haben können. Du kannst dich ja nicht einfach an der Reling festhalten, deinen Hintern raushalten und in den Nil kacken.

Langsam treibt unsere Feluke ans Ufer und wir haben endlich Gelegenheit, uns die Beine zu vertreten. Während ich gemächlich am Ufer entlang schlendere und auf die Ankunft unseres Restaurantschiffes warte, höre ich ständig genervte weibliche Stimmen: „Basti, geh weiter und lass mich in Ruhe Pipi machen!" Erst jetzt fällt mir auf, dass fast hinter jeder Palme eine Frau in der Hocke sitzt. Dieses Restaurantschiff hat offensichtlich Verspätung und dann bleiben eben wenige Optionen, was loszuwerden. Ich senke meinen Blick verschämt auf den Boden und gehe schnellen Schrittes zurück zu unserem Anlegeplatz.

Zwischenzeitlich ist auch die andere Feluke angekommen und da die Frauenquote dort nochmals deutlich größer ist, sind bald sämtlich Baumstämme im Umkreis von 100 Metern im Einsatz. Es gibt Momente im Leben, da bin ich meiner Mutter sehr dankbar, dass sie mich damals als Junge zur Welt gebracht hat.

Endlich sehen wir das Restaurantschiff auf uns zukommen, aber es ist nicht unbedingt das, was ich mir unter einem Restaurantschiff vorstelle. Im Parterre gibt es ein paar schmuddelige Sitzbänke und ein paar ziemlich beschädigte Türen, hinter denen sich vermutlich die Toiletten und die Küche verbergen. Außen führt eine kleine Treppe zum Oberdeck, das ein wenig einladender wirkt. Ein langer Tisch, ausgelegt mit einer speckig glänzenden Plastiktischdecke und links und rechts Sitzbänke mit bunten Kissen drauf. Wir werden vom Personal freundlich empfangen und ich darf feststellen, dass wir nicht nur auf unseren Feluken, sondern auch hier sehr nett behandelt werden. Die Jungs an Bord schaffen es schnell eine Wohlfühlatmosphäre zu schaffen. Bevor das Mittagessen serviert wird, mag ich dann auch ein wenig Blasendruck abbauen und suche die Toilette auf. Ich hatte schon eine schlimme Vorahnung, aber wenn das hier unsere Frauen sehen, werden die ganz bestimmt wieder freiwillig ihre bereits markierten Palmen aufsuchen. Zum urinieren im Stehen mag das gerade noch passen, aber da werde ich mich definitiv nicht draufsetzen, selbst dann nicht, wenn ich ein Dutzend Dosen Sakkara-Bier getrunken und einen Joint von Vroni reingezogen habe.

Ohne große Zuversicht drücke ich die Spülung und es kam, wie es kommen musste. Ich will mir nicht vorstellen, wie sich jemand fühlt, der hier gerade was anderes, etwas Größeres hinterlassen hat und dann kommt aus dem vermeintlichen Spülkasten nichts anderes als ein furztrockener Gurgellaut. Verdammt, jetzt habe ich Bilder im Kopf, die mir den Appetit aufs Mittagessen verderben.

Ich flüchte zum Oberdeck und versuche einfach nicht mehr daran zu denken. Nach kurzer Zeit haben sich dann wieder alle eingefunden und das Schiffspersonal tischt auf. Es beschleicht mich das Gefühl, dass die Einheimischen immer nur die drei gleichen Gerichte kochen können. Das kommt davon, wenn man keine Frauen an Bord lässt. Die ägyptischen Männer glauben wohl, sie könnten alles besser, aber beim Kochen leiden die echt unter Selbstüberschätzung. Die Jungs haben offensichtlich nur diese drei Gerichte drauf und deswegen essen wir jetzt wieder einmal Kebab aus Lammfleisch, gebratene Hähnchenschenkel und gekochten Reis, mit kleinen angebratenen Fadennudeln drin. Wenigstens gibt es noch ein paar Schälchen mit einer Art Knobi-Joghurt, würziger Sesampaste und das obligatorische Fladenbrot. Gottseidank sitze ich am anderen Ende des Tisches, denn ich will nicht wissen, welche Flüche unsere „Vegan-Queen" Maria ausstößt, nachdem sie die ganzen Fleischberge gesehen hat. Mir schmecken die Fleischberge, aber ich muss auch hier auf dem Schiff sachlich feststellen, dass in der ägyptischen Küche sehr wenig gewürzt wird. Normalerweise esse ich Zuhause salzarm, aber hier scheint es manchmal völlig zu fehlen.

Was ich auch nicht verstehe ist, dass die Ägypter in ihren Basaren säckeweise die leckersten und schärfsten Gewürze auf dem ganzen Kontinent verkaufen, diese aber nach meinem persönlichen Empfinden in ihrer eigenen Küche kaum verwenden. Egal, an der frischen Luft schmeckt fast jedes Essen irgendwie gut und so sind wir alle glücklich. Naja, nicht alle, aber das ist mir gerade völlig wurscht. Verstohlen schaue ich rüber zu Elvira und beobachte sie gedankenversunken, wie sie sich nach dem Verzehr der Hähnchenschenkel genüsslich die Finger ableckt. Dieser Anblick bringt mich in Sekundenschnelle in Wallung und ich kann das Ende unseres Feluken-Törns kaum abwarten.

Jetzt geht die Fahrt auf dem Nil aber erst einmal in die zweite Runde und unser Restaurantschiff werden wir erst wieder zum Abendessen treffen. Nachdem jeder seinen Platz auf seiner Feluke eingenommen hat, geht es weiter. Da die Nachmittagssonne inzwischen ziemlich schräg steht, finden wir auf unserer Matratzenlandschaft kaum noch schattige Plätzchen. Das gespannte Sonnensegel kann uns um diese Zeit nicht mehr vor der brennenden Sonne schützen und so fängt einer nach dem anderen an, sich mit Sonnenschutzmittel einzucremen. Nach wenigen Minuten riecht es an Deck nach einer Mischung aus Chemielabor und Douglas-Parfümerie, aber immer noch besser als ein schmerzender Sonnenbrand. So gleiten wir Stunde um Stunde gemächlich auf dem Nil und es kehrt immer mehr Ruhe ein. So wie es aussieht, schwelgt wohl jeder in seinen Gedanken oder genießt einfach nur das Glitzern auf dem Wassern, das die tiefstehende Sonne auf den Nil zaubert.

Es wird nicht mehr lange dauern, dann erleben wir hoffentlich einen schönen Sonnenuntergang. Die Abendsonne taucht die Sanddünen am Ufer des Nils in einen ganz besonderen Rotton und dieses Bild brennt sich nach und nach in mein Gedächtnis. Gut, dass ich als Kind „Asterix und Kleopatra" gelesen habe, denn ansonsten wäre ich wohl nicht hier und könnte das alles genießen.

Ist das nicht komisch? Da lesen Millionen Schüler und Schülerinnen Geschichtsbücher und sind von dem trockenen Stoff oftmals nur genervt. Dann kommt so ein gewitzter Gallier als Zeichentrick-Held und vermittelt auf seine Art mehr Sehnsucht nach fernen Reisezielen, als alle Geschichtsbücher zusammen. Was könnten wir an unseren Schulen nicht alles erreichen, wenn wir die Kinder mehr emotional erreichen und motivieren könnten? Ich finde, da darf man über jedes unkonventionelle Mittel nachdenken. Während ich in Gedanken meine Heftchen-Sammlung durchgehe, steuert unsere Feluke wieder einem Anlegeplatz am Ufer entgegen. Das wird also nun unser Schlafplatz für heute Nacht werden. Sieht hübsch aus, denn hinter dem kleinen Strand erhebt sich eine ca. 20 Meter hohe Sanddüne und wir scheinen weit weg von den lärmenden Dörfern des Nils zu landen.

Das sollte sich allerdings als Fehleinschätzung erweisen. Kaum hat unsere Feluke den Anker geworfen, strömen aus dem Nichts Händler an den kleinen Strand und legen ihre Waren auf mitgebrachten Teppichen aus. Keiner von uns verspürt auch nur annähernd Lust einen Fuß auf den Strand zu setzen und somit bleiben wir auf Abstand.

Natürlich dauert es mehrere Stunden, bis das auch beim letzten hartnäckigen Händler angekommen ist, aber in Sachen Ausdauer sind die Ägypter ihren deutschen Vertriebskollegen deutlich überlegen. Manchmal frage ich mich, von was diese Händler überhaupt leben? Ich habe die letzten Tage lediglich zwei oder drei Touristen beobachtet, die sich wenigstens was bewusst angeschaut haben und selbst da war ich mir nicht sicher, ob die schlussendlich auch was gekauft haben. Die müssen doch auch ihre Familien ernähren. Ich habe keine Ahnung, ob deren Frauen ebenfalls arbeiten gehen und irgendwo Geld verdienen, aber mit so einem Job kannst du schwerlich eine Familie durchbringen.

Während die Sonne dann leider ziemlich unspektakulär hinter dem Horizont verschwindet, bereiten die Jungs auf dem Restaurantschiff das Abendessen vor. Die Speisekarte bietet auch diesmal keine Überraschungen, aber wenigstens gibt es heute Abend kaltes Bier. Damit habe ich nicht gerechnet, denn in Ägypten ist es auch außerhalb des Ramadans nicht üblich, Alkohol in der Öffentlichkeit trinken zu dürfen. Da wir hier aber weit weg von jeder Zivilisation nächtigen, scheinen die Jungs auf dem Boot damit kein Problem zu haben. Außerdem wollen sie Geld verdienen und die wissen ganz genau, wie viel eine deutsche Kehle schlucken kann. So entwickelt sich eine lebhafte Stimmung auf dem Oberdeck und es dauert nicht lange, dann zaubern die Jungs ein paar Instrumente hervor und es folgt das, was man gerne einen Folkloreabend nennt.

Naja, Folklore ist maßlos übertrieben, weil die Jungs der Überzeugung sind, dass wir uns über eine Mischung aus ägyptischen Klängen in Verbindung mit internationalen Schlagertexten besonders freuen und irgendwann singen wir dann alle zusammen eine skurrile orientalische Coverversion von „Country Roads". John Denver würde sich im Grab rumdrehen, wenn er das jetzt hören könnte, aber mit ein paar Dosen Bier in der Birne, lässt sich so manches ertragen. Unsere musikalische Ekstase ebbt dann schneller ab als gedacht. Vermutlich deswegen, weil wir uns selbst nicht mehr singen hören wollen und auch die einheimischen Musiker scheinen genug von unseren Gesangskünsten zu haben.

Nach und nach verschwinden die ersten Richtung Matratzenlager und so wie es aussieht, traut sich tatsächlich keiner auf die Toilette zu gehen. An Land gehen ist allerdings auch keine Option, weil sich inzwischen ein Rudel wilder Hunde am Strand versammelt hat, die zu unserem Entsetzen vom Schiffspersonal mit Essensresten gefüttert werden. Die hungrigen Hunde werden ganz bestimmt die ganze Nacht hier ausharren, immer in der Hoffnung auf Nachschlag. Da kannst du nicht mal entspannt zur nächstgelegenen Palme pissen gehen, denn so wie die Hunde vor sich hin knurren, scheinen die auch nicht vor meinen Waden haltzumachen. Ich habe den Eindruck, ich bin nicht der Einzige, der sich gerade Sorgen über einen nächtlichen Toilettenbesuch macht. Ich muss es jetzt irgendwie schaffen, dass ich meinen Verdauungstrakt für die nächsten zehn bis zwölf Stunden in den Stand-by-Modus schalte.

Oh Mann, versuche dich mal auf sowas zu konzentrieren, ohne dass du automatisch ans Scheißen denken musst. Im Nachhinein war das aber nur eines von vielen Problemen. Erstens habe ich das Schaukeln auf dem Wasser nach vier Dosen Bier als viel schlimmer empfunden, als es vermutlich war. Zweitens gibt es am Nil natürlich Stechmücken ohne Ende und die lachen sich tot über die europäischen Insektenschutzmittel. Naja, sie haben sich nicht wirklich totgelacht, auf jeden Fall nicht, bevor sie mich an jeder zugänglichen Hautpartie gestochen haben. Drittens waren da noch die Hunde, die sich die ganze Nacht gegenseitig zu Höchstleistungen angespornt haben und wahrscheinlich sind wir daran selbst schuld, denn das Bellen klang verdächtig nach „Country Roads". Viertens waren da noch die Nil-Kreuzfahrtschiffe. Es ist ja nicht nur so, dass die Autos auf den Straßen im Sekundentakt hupen, nein, das machen auch die Lokführer und natürlich auch die Kapitäne auf den großen Schiffen. Es würde mich nicht wundern, wenn auch die Flugzeuge am ägyptischen Himmel hupen würden. Auf jeden Fall geben die keine Ruhe und wenn die Schiffe hupen, haben natürlich die Hunde wieder angefangen zu bellen und so haben die sich die ganze Nacht abgewechselt. Um 3 Uhr morgens müssen wir dann völlig entnervt feststellen, dass der Wind so ein Morgengebet auch über Kilometer hinweg tragen kann und dann kannst du einfach nicht mehr an Schlaf denken. Ich habe in der Morgendämmerung meine Mückenstiche mit Spucke versorgt und hoffe nun auf ein wenig Linderung. Der Sonnenaufgang könnte ganz nett gewesen sein, aber meine Augen sind vor Müdigkeit dermaßen geschwollen, dass ich kaum was sehen kann.

Als ich von unserem Restaurantschiff Geklapper aus der Küche vernehme, überkommt mich ein Glücksgefühl, denn das schürt die Hoffnung auf einen Becher heißen Kaffee. Jetzt sitze ich als Erster auf dem Oberdeck und warte darauf, all die übernächtigten, genervten Menschen zu treffen, die diese sehr spezielle Nacht wie ich ganz bestimmt nie wieder vergessen werden.

19.
Kom Ombo Tempel

Nachdem wir mehr oder weniger komatös unser karges Frühstück an Bord unseres Restaurantschiffes eingenommen haben, sitzen wir nun wieder in unserem Bus und niemals war die Bordtoilette begehrter als heute. Ich habe den Eindruck, dass die ganze Gruppe nach dieser schlaflosen Nacht am liebsten gleich ins Hotel nach Luxor weiterfahren würde, aber zuerst steht noch ein Besuch des Kom Ombo Tempel auf dem Plan. Dieser Tempel ist im Gegensatz zu vielen anderen Tempeln in Ägypten etwas Besonderes und das sprichwörtlich in doppelter Hinsicht, denn er ist gleich zwei Gottheiten gewidmet. Irgendwie kann ich mir Bilder viel besser merken als Namen. Kurz nachdem es uns Mustafa im Bus erklärt hat, sind mir die Namen der Götter schon wieder entfallen, aber der eine ist ein Kriegsgott, der wohl als Falke dargestellt wird und der andere ist der Gott der Krokodile, die man hier vor Jahrtausenden wohl sehr verehrt hat. Wahrscheinlich haben sich die armen Opfer damals auch noch geehrt gefühlt, wenn man sie den Krokodilen zum Fraß vorgeworfen hat. Auf jeden Fall soll das der einzige Tempel sein, der für zwei Gottheiten gebaut wurde.

Außerdem geht der Tempel fast noch als Neubau durch, denn er wurde erst kurz vor Christus Geburt erbaut und es sollen dort sogar Abbildungen des damaligen römischen Kaisers zu sehen sein. Mustafa erwähnt was von einer schlimmen Überschwemmung des Nils, weil der Tempel, der erst 1893 freigelegt wurde, bis dahin fast vollständig mit Nilschlamm zugedeckt war.

Deswegen hat wohl auch die Bausubstanz ein wenig gelitten, denn so, wie sich der Tempel gerade zeigt, ist doch einiges abgebröckelt. Wenn ich mir die Gegend so anschaue, kann ich mir nicht vorstellen, dass der Nil jemals ein solches Hochwasser geführt haben soll, dass die Leute hier oben auch nur annähernd nasse Füße bekommen haben. Mustafa meint, das sind über 20 Meter Höhenunterschied zum normalen Wasserstand des Nils und so langsam bekomme ich einen Eindruck davon, was man unter Katastrophen biblischen Ausmaßes versteht.

Aufgrund meiner Müdigkeit bin ich heute definitiv nicht besonders motiviert, wie sonst jeden erdenklichen Winkel zu fotografieren, aber an einer Stelle werde ich dann doch besonders aufmerksam. Vielleicht liegt es daran, dass Maria gerade einem kleinen Teil unserer Reisegruppe vollkommen aufgeregt und lautstark einen moralischen Vortrag über gesunde Ernährung gibt, während sie immer wieder auf bestimmte Symbole in der Steinwand zeigt. Normalerweise würde ich Maria bei solchen Aktionen sofort aus dem Weg gehen, aber Elvira steht direkt neben ihr und deswegen genieße ich einfach nur den schönen Anblick. Auf halbem Ohr höre ich Maria erklären, dass die alten Ägypter damals viel schlauer waren als heute, denn damals haben sie viel mehr Obst und Gemüse gegessen und viel weniger Fleisch, was man an diesen Ornamenten genauestens ablesen könnte. Tatsächlich sehe ich ganz viele gesunde Lebensmittel in Stein gehauen und darüber eine männliche Gestalt, die mit einer Art Gießkanne das Grünzeug wässert. Angeblich ist der Typ irgendeine Gottheit für gesunde Ernährung.

Wie immer kann ich mir den Namen nicht merken, ich glaube „Vegasmus" oder so ähnlich, ist mir aber auch egal. Deswegen werde ich nicht aufhören, weiterhin Kebab-Spieße und Hähnchenschenkel zu futtern.

Elvira wirft mir verstohlene Blicke zu und ich spüre regelrechte Erregungswellen durch meinen Körper zucken. Hoffentlich sind wir bald im Hotel! Offensichtlich hat Mustafa bemerkt, dass wir nach dieser Nacht alle ziemlich unmotiviert sind und deswegen ruft er uns bereits nach 45 Minuten mit einem „Jalla, jalla" zur Weiterfahrt nach Luxor zusammen. Diesmal setzt sich Elvira neben mich und damit ist dieser Tag schon jetzt ein wunderbarer Tag, egal, was noch kommen mag. Wobei ich inbrünstig hoffe, dass da noch was kommt, gerne auch mehrmals. Elvira hat kein Bedürfnis viel zu reden, denn sie legt einfach nur ihren Kopf auf meine Schulter und schließt die Augen. Ich genieße es einfach und mich beschleicht ein Gefühl der Glückseligkeit, wie ich es schon lange nicht mehr empfunden habe.

Wird das zwischen uns Beiden nur ein Urlaubsflirt bleiben oder wird daraus vielleicht doch mehr? Warum kann ich das nicht einfach nur genießen und muss mir schon wieder so viele Gedanken über die Zukunft machen? Anstatt mich an sie ran zu kuscheln und zärtlich ihre Unterarme zu streicheln, sitze ich völlig verkrampft auf meinem Sitz und grübele darüber nach, ob ich mit einer mindestens zwanzig Jahre älteren Frau überhaupt noch eine Familie gründen sollte und ob ich sie in zehn Jahren körperlich auch noch so begehre wie in diesem Moment?

In zehn Jahren wird Elvira entweder stramm auf die Sechzig zugehen oder vielleicht sogar schon darüber hinweg sein und ich bin dann gerade mal Vierzig. Ich will kleine Kinder um mich herumtoben lassen und sie geht dann zum Senioren-Yoga, um ihre Ruhe zu haben. Das wird doch niemals gutgehen, oder? Oh Mann, warum kann ich nicht einfach meinen Kopf ausschalten, wenigstens für die nächsten sieben Tage, bis wir wieder im Flieger nach Deutschland sitzen.

Anstatt mich auf die gemeinsame Zeit mit Elvira im Hier und Jetzt zu freuen, überfällt mich ein Sorgen-Szenario nach dem anderen und diese lasten mir schwer auf meinen Schultern. Apropos Schultern, wenn ich mir Elvira so anschaue, wie sie sich an mich schmiegt, muss ich damit rechnen, dass ich diese Entscheidung über unsere Zukunft ganz bestimmt nicht alleine treffen werde. Vielleicht sieht sie in mir auch nur ein rolliges Versuchs-kaninchen, bei dem sie austesten kann, wie attraktiv sie noch wahrgenommen wird und somit falle ich bestenfalls in die Kategorie „Toy-Boy" und nicht in die Kategorie Familienvater. Ja, wenn das so ist, dann werde ich eben ihre Erwartungen erfüllen und tue genau das, was Kaninchen eben so tun, wenn sie rollig sind. Jawoll, das hat sie jetzt davon! Es dauert keine zwei Minuten und ich bin schon wieder in meinem Familienvater-Modus, ich kann eben nicht raus aus meiner Haut. Hoffentlich geht das gut.

20.
Ankunft in Luxor

Mustafa erklärte uns bei der Abfahrt vom Busparkplatz in Kom Ombo, dass es lediglich 150 Kilometer bis nach Luxor sind, aber die Fahrt zieht sich doch länger als gedacht. Unser Bus kommt alle zwei bis drei Kilometer fast zum Stehen, weil ihn ständig diese künstlichen Bodenwellen ausbremsen und sich der Fahrer verständlicherweise keine Achse brechen will. In Deutschland gibt es diese „sleeping policemens" auch, aber bei uns werden die meistens nur in der Nähe von Schulen oder Kindergärten installiert. Hier in Ägypten gibt es diese blöden „Hubbel" auf jeder Landstraße auch weit außerhalb von jeder Ansiedlung. Was soll dieser Quatsch? Die ganze Welt grübelt darüber nach, wie man den Verbrauch fossiler Brennstoffe reduzieren kann und hier werden Autofahrer gezwungen, alle paar Kilometer unnötig abzubremsen, um dann gleich wieder mit Vollgas zu beschleunigen. Das jagt den Benzinverbrauch doch drastisch in Höhe. Manchmal habe ich das Gefühl, dass solche globalen Themen in Ägypten niemanden wirklich interessieren. Die scheinen hier alles mit stoischer Gelassenheit zu ertragen, was man ihnen von oben zumutet. Nach so vielen Jahren Militär-Diktatur stumpfen die Menschen eben ab. Offiziell nennt sich das hier eine Demokratische Präsidialrepublik, allerdings ist das Demokratieverständnis bei einem Großteil der ägyptischen Bevölkerung offensichtlich noch nicht wirklich angekommen. Von denen „da oben" will ich erst gar nicht reden.

Wenn ich aus dem Busfenster schaue, sehe ich in jedem noch so kleinen Ort und an fast allen großen Straßenkreuzungen Sperrgitter und diese militärisch schwer bewaffneten Kontrollpunkte. Da stehen dann junge Soldaten mit Schutzwesten und Maschinengewehr im Anschlag und schauen grimmig vor sich hin, als ob sie bei nächster Gelegenheit losballern wollen. Da wollte ich als Ägypter dann besser auch nicht auffällig werden. Mustafa hat uns erklärt, der Staat macht das nur, damit sich die Touristen sicher fühlen, aber das nehme ich ihm nicht ab. Diese augenscheinliche Präsenz schwerer Waffen in der Öffentlichkeit ist für mich alles andere als beruhigend. Der Staat stellt hier alle paar Kilometer Jungs mit Maschinengewehren an den Straßenrand oder in die Nähe von den stark frequentierten Sehenswürdigkeiten und es bleibt offensichtlich ruhig. Da es seit Jahren so gut wie keine Anschläge mehr gibt, macht der Staat offensichtlich vieles richtig.

Allerdings habe ich vor nicht langer Zeit in der Zeitung einen Artikel über die Todesstrafe gelesen und dass Ägypten bei der Anzahl der Hinrichtungen im internationalen Vergleich ganz weit oben steht. Ich glaube sogar gleich hinter dem Iran und Saudi-Arabien auf Platz 3. Wahrscheinlich ist diese Abschreckung der wahre Grund für die geringe Kriminalitätsquote in Ägypten. Je mehr ich darüber nachdenke, desto weniger will ich darüber wissen, also schaue ich mir lieber die Menschen am Straßenrand an. Ich sehe sowohl ganz junge, als auch ganz alte Männer, die direkt am Straßenrand ein großes Tuch ausgelegt haben, um dort ihre Waren zu verkaufen.

Da muss unser Busfahrer echt aufpassen, dass er die Leute nicht versehentlich überfährt. Die hocken da den ganzen Tag auf dem Boden, warten geduldig auf Kundschaft und lächeln jeden Touristen an, der im Bus an ihnen vorbeifährt, obwohl sie genau wissen, dass so ein Touristenbus niemals anhalten wird. Wie gerne würde ich von solchen Menschen etwas kaufen, denn diese sehr sympathische Unaufdringlichkeit ist ein wohltuender Gegenpol zu der aufdringlichen Hektik in den Basaren.

Diese Siedlungen und kleineren Städte am Rande des Nils an denen wir vorbeikommen, sehen teilweise ganz schön heruntergekommen und trostlos aus. Ganz ehrlich, ich wollte hier nicht wohnen. Viele Häuser hinterlassen bei mir den Eindruck, als ob da vor kurzem ein Bombenhagel niedergegangen ist, denn da sind nicht nur Dächer und Fassaden abgebröckelt. Ich kann mir beim besten Willen nicht vorstellen, dass in diesen „Trümmerbuden" tatsächlich Menschen wohnen können, aber selbst auf der übelsten Trümmerbude ist oben auf dem Dach eine Satellitenantenne angeschraubt und hin und wieder kommen tatsächlich Menschen aus den Löchern gekrochen. Selbst in der kleinsten Straße wuseln Menschen herum und jeder scheint irgendeiner Tätigkeit nachzugehen. Links und rechts vom Nil gibt es Unmengen von fruchtbaren Feldern und die Menschen hier scheinen mehr oder weniger alle auf diesen Feldern zu arbeiten oder ihre Ernten von A nach B bringen zu wollen. Oft sehe ich kleine Karren, vollgeladen mit Zuckerrohr oder frischem Klee, gezogen von abgemagerten Eseln und immer sitzen Männer mit langen Gewändern drauf, die aussehen, als ob sie gerade aus dem Bett gefallen sind. Wenn ich Frauen sehe, dann bestenfalls hinten auf der Ladefläche eines Karrens oder in der Regel zu Fuß unterwegs und meistens in schwarz gekleidet. Wo sind nur all die vielen Frauen, die es hier in Ägypten geben soll? In Kairo gehörten sie zum Stadtbild und spätestens auf den Märkten konnte man sie zahlreich sehen, aber hier auf dem Land bestimmen eindeutig die Männer das Bild.

Naja, diese augenscheinliche Vormachtstellung der Männer in Nordafrika oder im arabischen Raum ist nichts Neues, aber für mich als Mitteleuropäer doch immer wieder befremdlich. Ich will nicht wissen, wie unsere Frauen im Bus darüber denken, allen voran Maria. Wahrscheinlich brodelt es in ihnen und sie würden ihre aufgestaute Wut über diese Ungerechtigkeit und Unterdrückung am liebsten rausschreien. Ich bin froh, dass sie es nicht tun, denn ansonsten wäre es die ganze Zeit ziemlich laut im Bus. Im Moment ist es sehr still um mich herum, denn die meisten schlafen wieder. Elvira schlummert auch schon die ganze Zeit an meiner Schulter. Vielleicht sollte ich sie langsam mal aufwecken, denn ihr läuft schon die ganze Zeit der „Sabber" aus dem Wundwinkel und mein T-Shirt hat bereits einen großen feuchten Fleck. Wenn sie das nachher bemerkt, wird ihr das ganz bestimmt total peinlich sein und ich will nicht, dass es so weit kommt. Ich krame in meiner Hosentasche nach einem Papiertaschentuch und tupfe ihr sanft die Spucke von der Unterlippe. Wenn ich Elvira so friedlich an meiner Schulter schlummern sehe, wird es mir ganz warm ums Herz.

Ein wenig Wärme könnte ich jetzt allerdings gut gebrauchen, denn für diese bescheuerte Klimaanlage im Bus gibt es vermutlich nur zwei Knöpfe: An und Aus. Offensichtlich lassen sich weder die Temperatur, noch das Gebläse vernünftig einstellen, denn mir bläst schon seit Stunden aus jeder Ritze eiskalte Luft entgegen und so langsam bekomme ich Frostbeulen. Draußen hat es rund 40 Grad und im Bus herrscht Eiszeit, das nenne ich gelebten Klimawandel! Kein Wunder, dass die Hälfte der Gruppe den ganzen Tag über in ihre aus Deutschland mitgebrachten Papiertaschentücher schnäuzt. Es grenzt fast an ein Wunder, dass man sich bei solchen extremen Temperaturschwankungen keine handfeste Grippe einfängt. Ich spüre zwar auch schon seit Tagen ein Kratzen im Hals, aber wenigstens läuft meine Nase nicht.

Die Häuser entlang der Straßen sehen seit rund einer halben Stunde nicht mehr ganz so baufällig aus. Das deute ich als Zeichen, dass wir uns Luxor nähern, denn Luxor soll sich durch den starken Tourismus zu einer halbwegs modernen Stadt entwickelt haben. Tatsächlich sehe ich mehr und mehr moderne Wohnsiedlungen und das ganze Straßenbild erinnert mich an mediterrane Städte in Europa. Um die Mittagszeit sind die ansonsten belebten Plätze aber gespenstisch leer. Während des Ramadans haben die allermeisten Geschäfte und Märkte bis zum Sonnenuntergang geschlossen. Ich finde das konsequent und mir macht das auch nichts aus, aber ein paar Frauen unserer Gruppe sind darüber ziemlich enttäuscht, einige sogar verärgert. Da hast du im Urlaub endlich mal die Zeit zum Shoppen und dann haben die ganzen Läden zu.

Wenn sie dann abends aufmachen, ist es so dermaßen voll und laut, dass du dich schon gestresst fühlst, wenn du gerade mal 50 Meter in den Basar hineingelaufen bist. Wenn dich dann noch ein paar übermotivierte Händler antatschen, um dir T-Shirts oder Tücher an den Körper zu pressen, flüchtest du schnell wieder ins Hotel. Tja, andere Länder, andere Sitten. So etwas kann man mögen, muss man aber nicht.

Da wir uns langsam unserem Ziel nähern, wecke ich Elvira ganz sanft, in dem ich ihr zärtlich durch die Haare fahre. Sie reibt sich wie ein kleines Kind die Augen und streckt sich nach allen Seiten. Natürlich hat sie den Spucke-Fleck auf meiner Schulter sofort entdeckt und ihr steigt die Schamröte ins Gesicht. Ich finde das süß, denn dann bin ich wenigstens nicht der Einzige, der hin und wieder einen roten Kopf bekommt. Ich greife verstohlen nach ihrer Hand und streichle ihr über den Handrücken, denn für leidenschaftliche Küsse oder noch mehr ist hier im Bus nicht der richtige Ort. Das muss bis zur Ankunft im Hotel warten.

Es dauert nicht lange, da greift Mustafa wieder zu seinem Mikrofon und erklärt uns das Programm für den restlichen Tag und was morgen auf dem Plan steht. Gottseidank war der Kom Ombo Tempel heute der einzige Programmpunkt und da es zwischenzeitlich schon früher Nachmittag ist, haben wir den Rest des Tages frei. Elvira lächelt mich von der Seite an und ich habe eine Vorahnung, welche Programmpunkte sie auf ihrem eigenen Plan stehen hat.

Mein Vater predigt mir seit Jahren, ich sollte mich von einer Frau nicht immer so schnell einwickeln lassen, aber im Moment spüre ich nicht das geringste Verlangen nach Gegenwehr. Wenn mein Vater hier an meiner Stelle sitzen würde, dann ginge es ihm sicherlich nicht anders. Dieses Szenario ist natürlich nur hypothetisch, weil mein Vater noch niemals ohne meine Mutter verreist ist. Mein Vater hatte vermutlich noch niemals Gelegenheit für ein Techtelmechtel und deswegen musste er auch noch nie solche Entscheidungen treffen oder sich von diesen Gewissensbissen quälen lassen. Ich will nicht wissen, wie viele Männer hier im Bus jetzt gerne an meiner Stelle sitzen würden, denn meine Vorfreude auf die nächsten Stunden steht mir ins Gesicht geschrieben. Elvira sieht nicht nur klasse aus, sie fällt aufgrund ihres Lebensalters vermutlich auch ins Beuteschema eines jeden Mannes über 50 und davon sitzen hier einige im Bus.

Vielleicht sitzen ja auch ein paar Frauen im Bus, die gerne mit Elvira tauschen wollten? Maria, Yvonne und Lea fallen definitiv raus. Lisa und Merle sind viel zu jung, aber selbst Mädchen und Teenies verfallen manchmal in romantische Schwärmereien. Bei unseren Rentner-Damen will ich mir das erst überhaupt nicht vorstellen. Ja, ich weiß, das ist unfair und die können mich deswegen auch doof finden, aber alles hat seine Grenzen. Charlotte hat mit ihrer Patchwork-Familie gerade selbst genug zu tun und außerdem hätte ich ein moralisches Problem damit, weil sie in einer festen Beziehung lebt und ihr Partner und ihre Kinder in der Nähe sind. Ich will mir nicht vorstellen, welche Sprüche die kleine Lisa und der rotzfreche Luca von sich geben, wenn die was spitzkriegen sollten.

Dann bleiben noch zwei übrig: Die trinkfeste Vroni, die ganz bestimmt alles mitnimmt, was sie kriegen kann und Chantal. Bei Chantal bin ich mir immer noch im Unklaren, ob und was sie für mich empfindet. Irgendwie endete bisher jeder Annäherungsversuch im emotionalen Chaos und war durchseucht von Missverständnissen. Da findest du einfach keine vernünftige Basis, deine wahren Gefühle zu zeigen. Deswegen bin ich mir nicht sicher, ob sie meine Liaison mit Elvira emotionslos von der Seitenlinie beobachtet oder ob sie mir am liebsten auf dem Spielfeld hinterherrennen würde, um mir die Eier abzureißen? Warum mache ich mir darüber überhaupt Gedanken, es sollte mir doch egal sein, oder? Vielleicht hätte mir Chantal heute das T-Shirt vollgesabbert, wenn unsere Zusammentreffen nicht immer so unglücklich verlaufen wären? Chantal und ich liegen altersmäßig kaum auseinander und ich glaube schon, dass diese Beziehung auch eine Zukunft hätte haben können. Hätte, wenn und aber? Das ist doch alles „Schnee von gestern".

Während Chantal nachdachte, hat es Elvira einfach getan. Manchmal steht einem der Kopf nur im Weg, wenn es um das Genießen von Glücksmomenten geht. Elvira hat in ihrem Leben vermutlich auch Einiges verpasst, weil sie zu viel nachdachte und irgendwann lernst du daraus und machst es einfach. Es weiß doch sowieso keiner vorher, wie es ausgeht, also warum nicht einfach spontan sein und es ausprobieren? Wenn es sich im Nachhinein als Fehler herausstellt, kannst du immer noch einen Rückzieher machen. Vielleicht machen es deswegen so wenige Menschen, weil sie Angst davor haben abgelehnt zu werden oder im Nachgang ein Nein zu hören?

Im Grunde genommen ticke ich genauso und deswegen musste auch Elvira den ersten Schritt machen. Bevor ich noch weiter darüber nachdenken kann, öffnen sich die Bustüren und wir stürzen alle Richtung Hotellobby, wo das übliche Verteilungsritual der Zimmerschlüssel erfolgt.

Maria fragt erst gar nicht, schnappt sich ihren Schlüssel und zieht ohne Elvira ab. Tja, dann werde ich mir wohl bis zum Ende unserer Reise mein Zimmer mit Elvira teilen. Ich bin mir nicht sicher, ob ich das überhaupt will, denn im Grunde genommen kennen wir uns kaum und dann ist so eine erzwungene Nähe eher belastend. Ich will mit dieser Frau Sex haben, mich aber nicht um die Belegungszeiten im Badezimmer streiten oder mir am nächsten Morgen vorwerfen lassen, ich hätte laut geschnarcht. Elvira scheint gerade Ähnliches durch den Kopf zu gehen, denn sie schaut ihrer Freundin Maria etwas verdutzt hinterher und wirkt dabei nicht gerade besonders glücklich. Ach, was soll`s, für eine Nacht wird es schon funktionieren und morgen sehen wir weiter, wobei ich vergessen habe, dass insgesamt drei Übernachtungen in diesem Hotel auf dem Plan stehen. Basti, hör auf zu denken und fange an zu leben!

21.
Karnak-Tempel

Den Rest des gestrigen Nachmittags und die gemeinsame Nacht, hülle ich in ein dunkelrotes Samt-Tuch des Schweigens. Ich habe keine Ahnung, was die anderen gemacht haben oder was es zum Abendessen gab, denn ich war viel zu sehr abgelenkt. Elvira ist mir in Sachen Lebenserfahrung deutlich voraus, denn sie griff kurz vor Schließung des Restaurants zum Telefonhörer und bestellte in perfektem Englisch ein paar Leckereien auf`s Zimmer, damit wir nicht mitten in der Nacht hungrig aufwachen. Kurz ein Häppchen essen und weiter ging`s. Nach so vielen Runden Horizontal-Akrobatik habe ich diese Nacht so fest geschlafen, dass ich nicht einmal vom allnächtlichen Ramadan-Gebetsruf aufgewacht bin.

Jetzt sitzen wir mit den anderen zusammen im Frühstückssaal und ich habe den Eindruck, dass man uns so langsam in Ruhe lässt. Einige behandeln Elvira und mich sogar schon wie ein altes Paar, obwohl unsere Liebelei gerade mal etwas mehr als zwei Tage andauert. Ich will nicht hoffen, dass wir uns auch schon wie ein altes Ehepaar verhalten. Auf jeden Fall kommen keine peinlichen Kommentare mehr und selbst Robbie, Horst und Vroni widmen sich wieder anderen Themen. Die Einzige, die immer noch nachbohrt, ist die kleine neunmalkluge Lisa und da sie ständig ihren kleinen Bruder Luca im Schlepptau hat, lässt der es sich natürlich nicht nehmen, immer nochmal einen doofen Spruch draufzusetzen.

Da fragt mich der Kleine Rotzlöffel am Frühstücksbuffet doch tatsächlich, ob ich heute Nacht wieder reiten war? Warum musste Robbie mich auch ausgerechnet als „Hengst" bezeichnen? Kleine Kinder merken sich sowas. Lisa hat ihren kleinen Bruder dann sofort zur Seite genommen und ihm erklärt, dass man in seinem Alter sowas nicht fragen darf. Ich dachte: Sehr vernünftig, die Kleine, wenn auch nur für einen kurzen Augenblick. Lisa wendet sich daraufhin an Elvira und fragt in ihrer direkten und kaltschnäuzigen Art:

„Mal im Ernst, sind junge Männer im Bett wirklich besser als ältere Männer?" Elvira schaut mich entsetzt an und ich schaue Elvira entsetzt an und dann schauen Elvira und ich Lisa entsetzt an, die daraufhin ihren kleinen Bruder mit einem breiten Grinsen anblickt und trocken hinterherschiebt: „Siehste Luca, habe ich dir doch gesagt!".

Das ist mir jetzt echt zu viel! Kann mir einer mal erklären, wieso Kinder in diesem Alter über sowas reden? Reden die zuhause beim Abendessen im Familienkreis etwa auch über das Sexualleben ihrer Eltern? Kennen die denn keine Tabus? Als ich hilfesuchend zu ihrer Mutter Charlotte hinüberschaue, muss ich feststellen, dass sich der Rest der Familie offensichtlich köstlich über diese Szene amüsiert. Selbst die ansonsten düstere Merle lacht sich die Seele aus dem Leib. Wenn ich mir diesen Familienkreis so anschaue, dann passen diese sonderbaren Gestalten offensichtlich doch besser zusammen als ich dachte. Von mir aus sollt ihr glücklich werden, aber haltet mir bitte diese peinlichen Kinder vom Leib.

Nachdem Elvira und ich unsere Schnappatmung wieder im Griff haben und die Kleinen grölend zurück in die Arme ihrer Mutter gelaufen sind, hören wir das vertraute „Jalla, jalla". Vielleicht ist es besser, wenn wir uns über das vorlaute Verhalten dieser Kinder keine Gedanken mehr machen und uns auf den heutigen Höhepunkt konzentrieren.

Der Karnak-Tempel soll die größte Tempelanlage in Ägypten sein, über 30 Hektar groß, hat mir Elvira erklärt. Hektar? Was war nochmal ein Hektar? Verdammt, ich habe in Mathe nicht immer so gut aufgepasst. Elvira bemerkt meinen fragenden Blick und baut mir intuitiv eine Eselsbrücke. Ein Hektar ist ungefähr so groß wie knapp acht Fußballfelder, das heißt, die Tempelanlage ist etwa so groß wie 240 Fußballfelder. Wow, ich staune doppelt: Über die Größe des Tempels und noch mehr über Elvira. Einen besseren Vergleich hätte sie nicht bringen können. Elvira weiß offensichtlich ganz genau, wie man Männern etwas erklären muss. Wenn ich sie jetzt gefragt hätte, wie viel Wasser im Nasser-Stausee ist, hätte sie es mir bestimmt mit einer Anzahl von Bierdosen erklärt. Ich mag es sehr, wenn man Wissen mit Rücksicht auf den persönlichen geistigen Horizont seines Gegenübers vermittelt.

Während der kurzen Fahrt vom Hotel zum Tempel, erklärt uns Mustafa noch ein paar Details, die uns gleich erwarten. Der Tempel wurde wie fast alle Tempel am Ostufer des Nils gebaut, weil Osten immer Leben bedeutet und der Westen für den Tod steht.

Da wundert es mich nicht, dass die arabischen Staaten mit dem Westen öfter ein Problem haben. Ich habe das allerdings noch nie so richtig verstanden. Wenn man nur lange genug Richtung Osten unterwegs ist, kommt man doch irgendwann in den Ländern an, die man hier als Westen bezeichnet, vorausgesetzt man akzeptiert, dass die Erde rund ist. Bevor ich wieder in meinen philosophischen Gedanken versinke, höre ich Mustafa was von Obelisken reden und bin hochkonzentriert. Vielleicht liegt es auch nur daran, dass ich „Obelix" verstanden habe und schon war ich wieder in meinen alten Kindheitsträumen. Irgendwie sind die Hinkelsteine, die Obelix ständig gehauen und auf seinem Rücken getragen hat, mit den Obelisken verwandt, sozusagen eine weniger kunstvolle Rohversion und nicht ganz so hoch und spitz.

Ich habe mal einen Obelisken am Place de la Concorde in Paris gesehen und der war echt beeindruckend. In genau diesem Moment erzählt Mustafa die Geschichte, in der die Franzosen diesen Obelisken im Jahr 1830 gemopst haben sollen, denn dieser Obelisk stand vormals am Eingang des Luxor-Tempels und ist 23 Meter hoch. Naja, wenn man den Franzosen Glauben schenken soll, war es damals ein Geschenk an Frankreich. Wie bei so vielen „Geschenken" in der Kolonialzeit streitet man heute allerdings darüber, ob es tatsächlich freiwillig war oder eben nicht. Bei dieser Gelegenheit erfahre ich, dass der Luxor-Tempel und der Karnak-Tempel zwei unterschiedliche Tempel sind, Ich dachte bisher immer, man würde den Karnak-Tempel Luxor-Tempel nennen, weil er in Luxor steht.

Gut, dass ich nicht nachgefragt habe, denn das hätte bei meinen Mitreisenden vermutlich nur heftiges Kopfschütteln und Lästereien hervorgerufen. Es ist nicht das erste Mal, dass ich betroffen feststellen muss, dass sich die anderen viel besser auf diese Reise vorbereitet haben. Am besten, ich höre einfach nur zu und halte meinen Mund.

Natürlich hat der Tempel wieder was mit der „Ramses-Bande" zu tun und auch jetzt, habe ich mir die laufende Nummer nicht gemerkt. Beim Sonnengott Ra, warum habt ihr euren Pharaonen nicht einfach unterschiedliche Namen gegeben? Man stelle sich nur mal vor, man hätte Angela Merkel „Kohl Nr. 2" genannt und alle Bundeskanzler oder Kanzlerinnen danach einfach nur durchnummeriert. Bei der Namensgebung sind die Ägypter grundsätzlich nicht so kreativ. Angeblich sollen über 90% der Männer in Ägypten mit Vornamen, Mohammed, Mustafa oder Ahmed heißen. Da fällt mir ein, dass unser Reiseleiter bisher auch nur zwei ägyptische Frauennamen erwähnt hat: Kleopatra und Nefreteti, wobei ich schon wieder vergessen habe, ob eine von den Pharaomüttern nicht auch Nefretiti hieß. Teti, Titi? Warum heißen die auch alle so ähnlich? Egal, denn ich bin nicht hier um mir Frauennamen zu merken oder mir die laufende Nummer irgendeines Ramses in ein kleines Buch zu schreiben, so wie es Hannes und Hilde oder Johannes und Clarissa machen. Letztens habe ich Clarissa tatsächlich dabei beobachtet, wie sie sich heimlich das kleine Notizbuch ihres Mannes geschnappt und dort offensichtlich ein paar seiner persönlichen Notizen korrigiert hat. Mein Gott, was für eine Ehe!

Mustafa verteilt jetzt erst einmal die Eintrittskarten und bittet uns, dass wir uns gleich am Eingangsportal des Tempels versammeln sollen, denn er hätte noch ganz viel zu erzählen. Während sich Elvira sichtlich darauf freut, verabschiede ich mich von ihr mit einem Kuss auf die Wange und gehe meine eigenen Wege. Ich kann mir das beim besten Willen nicht alles merken, also warum soll ich es mir dann überhaupt erst anhören? Wie jedes Mal teilen wir uns in drei Gruppen. Die einen lauschen aufmerksam und interessiert den Erklärungen von Mustafa. Andere stehen gelangweilt daneben, tun so als ob es sie interessieren würde, starren dabei aber nur den vorbeilaufenden Menschen hinterher. Die dritte Gruppe zieht mit ihren Fotoapparaten sofort los und geht auf Fotosafari. Ich bin auch so einer von denen und hier in der Tempelanlage von Karnak kann ich mich austoben bis zur Schmerzgrenze.

Alle paar Meter bleibe ich ehrfürchtig stehen und knipse, was das Zeug hält. Alleine schon diese Dutzenden von Widderköpfen, die links und rechts in Reih und Glied vor den großen Tempelmauern am Eingang stehen, sind eine Augenweide. Ich bin mir nicht sicher, ob das tatsächlich Widder sein sollen, aber zumindest sehen sie so aus. Dann dieses riesige Eingangsportal, deren Höhe der Steinmauer ich einfach nicht schätzen kann. Vor mir die endlose Allee der Säulenhalle, mit Säulen so dick, als ob man mindestes zehn „Robbies" eng zusammengebunden hätte, aber dafür enden sie nicht bei knapp über 175 cm, sondern ragen bestimmt 15 bis 20 Meter in die Höhe. Wenn du hier mitten drinstehst, verlierst du irgendwann das Augenmaß für die Größenordnungen.

Einige der Säulen haben noch sichtbare farbige Maserungen, was mich als Hobbyfotografen natürlich am meisten begeistert, aber auch in die anderen Säulen wurden reichlich Symbole hineingemeißelt. Natürlich sind die Wände ebenfalls mit tausenden Symbolen verziert und ich weiß bald nicht mehr, was ich schon alles fotografiert habe und was nicht. Hier ein Obelisk, da eine riesige Statue, dort eine kleine Allee von Tierfiguren und überall diese eindrucksvollen Säulen, lassen mich im Minutentakt staunen. Hin und wieder treffe ich zufällig unsere Gruppe um Mustafa und stelle mich ein paar Minuten dazwischen, damit ich wenigstens ein bisschen was mitbekomme.

Glücklicherweise höre ich gerade noch, dass wir uns in ca. 90 Minuten wieder in der Cafeteria treffen sollen. Dass wir ständig versuchen, der brütenden Hitze der Mittagssonne aus dem Weg zu gehen, halte ich mehr und mehr für eine sinnvolle Idee. Wir haben noch nicht einmal 10 Uhr und mir klebt schon mein T-Shirt am Leib. Bei dieser Hitze brauchst du die Wasserflasche erst gar nicht in deinen Rucksack zu verstauen, weil du sowieso ständig daraus trinkst. 90 Minuten können schnell vorbeigehen und deswegen ziehe ich gleich wieder los. Elvira gibt mir ein Zeichen, dass sie mit ein paar Leuten aus der Gruppe gleich Richtung Cafeteria gehen wird. Wenn ich mir Mustafas Geschichten aus 1001 Nacht den ganzen Vormittag hätte anhören müssen, wäre ich jetzt auch fertig mit der Welt und wollte nur noch im Schatten der Cafeteria eine kalte Cola oder einen leckeren Tee trinken wollen.

Je länger ich durch die äußeren Randbezirke der Tempelanlage schlendere, desto mehr fällt mir auf, dass die hier noch lange nicht alles aus der Erde herausgebuddelt haben, was es möglichweise noch zu finden gibt. Wahrscheinlich graben die hier noch in 100 Jahren und wer weiß, wie das hier irgendwann einmal aussieht?

Nachdem sich die Fotomotive dann immer öfter wiederholen und mich mehr und mehr meine Motivation verlässt, schleiche ich ebenfalls langsam Richtung Cafeteria und treffe dort, weit vor der vereinbarten Zeit, die komplette Truppe. Überall hängen sie augenscheinlich müde und ausgelaugt in ihren Korbsesseln und halten sich an Kaltgetränken oder einem Eis am Stil fest. Ich bin mir sicher, dass wir auch schon jetzt aufbrechen könnten, wenn Mustafa früher als geplant „Jalla, jalla" rufen würde. So aber bleiben wir im Zeitplan und treten pünktlich um 12 Uhr den Rückweg an. Ist das nicht verrückt? Da hast du die letzten drei Stunden gefühlt 100.000 Fotos von der Tempelanlage geknipst und dann hast du auf dem Rückweg ständig das Bedürfnis, alles nochmal zu fotografieren. Das ist doch krank, oder? So wie es aussieht, scheine ich aber nicht der Einzige zu sein, der von dieser Krankheit befallen wurde. Natürlich war ich wieder mal der Letzte, der in den wartenden Bus eingestiegen ist, aber heute sind meine Miteisenden zu müde, um mich mit ihren sonst üblichen Sprüchen zu empfangen. Erst jetzt bemerke ich, dass sich Elvira neben Maria gesetzt hat und ich bin mir in diesem Moment nicht sicher, ob das ein gutes oder ein schlechtes Omen ist?

Abwarten, vielleicht will sie mit ihrer Freundin auch nur klären, wie sie das die nächsten Tage mit dem gemeinsamen Hotelzimmer handhaben wollen. Basti, hör auf, dir immer Sorgen zu machen. Für den Moment bin ich ruhig, aber das sollte nicht lange so bleiben.

22.
Eine unruhige Nacht

Vielleicht hätte ich beim Besuch des Karnak-Tempels besser in der Nähe von Elvira bleiben sollen, denn irgendwas hat sich in den letzten Stunden verändert. Ich kann es nicht benennen, aber ich kann es fühlen. Es kann sein, dass sich Elvira darüber geärgert hat, dass ich nicht die ganze Zeit bei ihr geblieben bin. Es kann aber auch sein, dass Maria, Chantal, Yvonne oder Lea interveniert haben, vermutlich alle zusammen. Ich glaube schon, dass es ihnen nicht egal ist, dass eine aus ihrem Kreis glücklicher ist, als der Rest. Die gönnen Elvira ihr Glück nicht, das wird es sein. Wahrscheinlich hat die ganze Bande den Tag über mich gelästert, gehetzt und versucht Elvira davon zu überzeugen, doch besser die Finger von mir zu lassen. Jetzt ist sie natürlich verunsichert und geht auf Abstand. Wäre ich doch nur an ihrer Seite geblieben. Sich jetzt darüber zu ärgern macht keinen Sinn, denn ich kann mir bestenfalls überlegen, mit welcher Strategie ich sie wieder für mich gewinnen kann.

Die Rückfahrt zum Hotel dauert zwar nur 15 Minuten, aber diese Zeit kommt mir vor wie Stunden. Mein Kopf fährt emotional Achterbahn und ich weiß überhaupt nicht mehr, was ich über Elvira denken soll. War`s das jetzt? Keine Ahnung, wie oft ich diese Lektion noch lernen muss, denn auch diesmal waren meine Sorgen offensichtlich unberechtigt. Während sich einer nach dem anderen an meinem Sitz Richtung Ausstieg vorschiebt, spüre ich plötzlich eine vertraute Hand meinen Nacken graulen.

Elvira wirft mir einen liebevollen Blick zu und sagt nur: „Komm!". Mehr nicht, aber es klingt für mich in diesem Moment wie eine wunderbare Liebeserklärung. Ich springe wie ein dressiertes Schoßhündchen von meinem Platz auf und folge ihr in Duftweite. So langsam habe ich das Gefühl, dass ich nicht mehr Herr meiner eigenen Sinne bin. So habe ich bisher noch nie gefühlt. Ich frage mich, warum es bei Elvira so intensiv ist und bei den vorherigen Freundinnen nicht? Okay, da gab es nicht so viele. Auf jeden Fall reicht es nicht für eine statistische Erhebung. Wenn ich so darüber nachdenke, komme ich ins Zweifeln, ob das bei meinen vorherigen Freundinnen auch nur annähernd was mit Liebe zu tun hatte? Elvira katapultiert mein Gefühlsleben in eine andere Liga.

Marius Müller-Westernhagen hat dieses Lied „Willenlos" gesungen und ich denke, das trifft meinen Zustand gerade ziemlich gut. Elvira geht wie selbstverständlich direkt mit mir auf`s Zimmer und kommt überhaupt nicht auf die Idee, ihre Abwesenheit im Bus zu thematisieren. Auch wenn sie selbst kein Wort darüber verliert, so nagt es doch an mir, aber ich halte besser meinen Mund, bevor ich etwas Falsches sage. Elvira schließt unsere Zimmertür, zieht sich ihre verschwitzte Bluse aus, streift sich die Jeans runter und swingt mit ihrem erotischen Hüftschwung mehr oder weniger nackt Richtung Badezimmer um eine Dusche zu nehmen. Meine Augen saugen sich regelrecht an ihrem tollen Hintern fest und am liebsten wäre ich sofort zu ihr unter die Dusche gesprungen um dort weiterzumachen, wo wir heute vor dem Frühstück aufgehört haben.

Mit letzter Willenskraft halte ich mich unter Kontrolle und lasse sie in Ruhe, denn ich will trotz meiner zügellosen Lust erst einmal abwarten, bis wir miteinander gesprochen haben. Oh Mann, das dauert. Was machen Frauen eigentlich immer so lange im Badezimmer? Wenn ich ins Bad gehe, dann geht das ratzfatz. In weniger als zehn Minuten bin ich geduscht, habe mir die Haare gekämmt, bin eingecremt und falls nötig, habe ich mir in der kurzen Zeit auch die Zähne geputzt. Wenn du lange Haare hast, brauchst du natürlich etwas mehr Zeit, aber Elvira ist schon fast eine Stunde im Badezimmer und ich würde am liebsten an die Tür klopfen und fragen, ob bei ihr alles in Ordnung ist? Nach meinen bisherigen Erfahrungen reagieren Frauen allerdings oft gereizt, wenn sie im Badezimmer gehetzt werden. Sie werden teilweise sogar aggressiv und das ist im Moment das Letzte, was ich bei Elvira erreichen will, also sitze ich weiter auf dem Bett und warte ab.

Normalerweise hätte ich schon längst meine Stinkesocken und meine verschwitze Unterhose in die Ecke gefeuert, aber ich will nicht nackt auf dem Bett sitzen, wenn Elvira aus dem Badezimmer kommt. Nach einer gefühlten Ewigkeit kommt sie endlich aus dem Bad und so, wie sie jetzt vor mir steht, kann ich unmöglich einen klaren Gedanken fassen, um mit ihr über die Situation im Bus zu sprechen. Elvira genießt mein Starren in vollen Zügen, lächelt und schickt mich erst einmal unter die Dusche. Während ich unter der Dusche stehe, denke ich mir: „Basti, lass es besser bleiben, du musst weder alles wissen, noch musst du alles verstehen. Genieße den Augenblick, mehr nicht!".

Genau das habe ich dann auch gemacht als ich aus dem Bad kam und es war nochmals schöner und intensiver als die Tage zuvor. Beim Abendessen haben wir uns dann, abseits der Meute, an einen separaten Tisch gesetzt, damit wir unsere Ruhe vor den üblichen Kommentaren hatten. Ich will diese Innigkeit und den Zauber unserer Zweisamkeit ungestört genießen und habe daher geschwiegen, obwohl mir die Fragen immer noch durch den Kopf gingen. Der Abend ist wunderschön, zumindest bis zu dem Punkt, an dem mir Elvira, wie aus dem Nichts offenbart, dass sie diese Nacht in ihrem Zimmer bei Maria schlafen wird. Sie trinkt einfach noch ihr Glas Wein aus, schnappt sich meinen Zimmerschlüssel, um ihre Sachen aus meinem Zimmer zu holen und verspricht ihn mir gleich wieder vorbeizubringen. Basta, keine Widerrede! Ihr Blick zeigt offenkundig, dass ich besser nicht mir ihr darüber diskutieren sollte.

Jetzt sitze ich hier wie „bedröppelt" alleine am Tisch und starre Löcher in die Luft. Meine Kumpels haben mir in den letzten Jahren öfters von ihren Freundinnen erzählt, die sie hin und wieder vor den Kopf stoßen, weil sie manchmal so vollkommen überraschend und emotional reagieren. Wir haben in unserer Runde nicht großartig versucht zu ergründen, warum die Frauen das machen und haben einfach noch ein Bier zusätzlich getrunken. Damit war das Thema für den Betroffenen erledigt und die anderen mussten sich nicht weiter den Kopf darüber zerbrechen. Jetzt sitze ich hier alleine, ohne dass mich meine Kumpels trösten können. Sich in so einer Situation selbst eine Runde Bier auszugeben, ist weder besonders spaßig, noch löst es mein Problem.

Warum tun Frauen so etwas? In einem Moment so leidenschaftlich und wild und im nächsten Moment so vernünftig und sachlich? Meine Mutter ist da völlig anders, die ist meinem Vater gegenüber immer vernünftig und sachlich. Das ist zwar nicht einfach für ihn, aber da weiß er wenigstens schon vorher, was ihn erwartet und er kann sich darauf einstellen. Das ist eine wichtige Konstante in seinem Leben und die beiden kommen damit seit über drei Jahrzehnten gut klar. Dieses ständige Auf und Ab in der Achterbahn der Gefühle vertrage ich schon seit vielen Jahren nicht mehr und wenn es um Emotionen meines Gegenübers geht, empfinde ich das genauso.

Elvira hat mir jetzt im Vorbeigehen den Zimmerschlüssel auf den Tisch gelegt, haucht mir noch schnell einen leichten Kuss auf die Wange und schon ist sie wieder verschwunden. Keine Erklärung und kein Hinweis, wie es morgen mit uns weitergeht. Ist sie jetzt offiziell „ausgezogen" und das vorhin war lediglich ihr Abschieds-geschenk? Nach dem Motto: „So sollst du mich ewig in Erinnerung behalten" oder etwas in dieser Art? Was ist denn das für ein perfides Spiel? Erst heiß machen und mich dann eiskalt abservieren. Man könnte fast meinen, das ist ein abgekartetes Spiel, das sich die „Zicken-Clique" gemeinsam ausgedacht hat. Vermutlich haben die sich das vor ein paar Tagen nach der dritten Runde Sakkara-Bier ausgedacht, dann haben sie „Streichhölzer gezogen" und Elvira hat das kürzeste erwischt und war damit die Auserwählte, die den teuflischen Plan umsetzen musste.

Oh Mann, ist das fies. Man stelle sich nur mal vor, Maria hätte dieses Streichholz gezogen oder eine von den Lesben? Je mehr ich darüber nachdenke, desto bescheuerter kommen mir meine Gedanken vor. Das macht doch alles keinen Sinn! Vielleicht hätte ich vorhin nicht so viel Alkohol trinken sollen, denn so langsam geht die Fantasie mit mir durch. Die Einzige aus der „Zicken-Clique", die auch nur annähernd sonst noch in Frage kommt, ist Chantal. Meine Verschwörungstheorie ist einfach nur absurd. Elvira wird sich morgen im Bus ganz bestimmt wie selbstverständlich wieder neben mich setzen und wenn ich mich nicht ganz bescheuert anstelle, auch am Abend wieder mit mir schlafen. Alles andere mag ich mir gerade nicht vorstellen.

In diesem Moment kommt ausgerechnet Vroni zielstrebig an meinen Tisch gewankt. „Na, Kleiner, biste traurig, weil du alleine trinken musst?", lallt sie mich frontal an. Hilfesuchend schaue ich an ihr vorbei und meine verzweifelnden Blicke suchen Robbie und Horst. Warum sitzt sie denn nicht wie jeden Abend mit den Beiden am Tisch? Vor meinen Augen offenbart sich das ganze Dilemma. Die Köpfe von Horst und Robbie liegen mehr oder weniger komatös auf dem Tisch. Vroni scheint den allabendlichen Trinkwettbewerb gewonnen zu haben und jetzt ist ihr offensichtlich langweilig. Erst die Szene mit Elvira und jetzt das drohende Fiasko mit Vroni. Lieber Gott, was habe ich denn heute nur getan? Vroni lässt sich mit Worten nicht abschütteln, egal wie deutlich ich ihr sage, sie solle doch besser ins Bett gehen oder sich einen anderen Saufkumpel suchen.

Ab einem bestimmten Promillegehalt im Blut kommst du nicht mehr an die Leute ran, da kannst du sagen und machen was du willst. Es ist zwar nicht vernünftig, aber möglicherweise zielführend, also bestelle ich uns noch eine Runde Bier in der stillen Hoffnung, dass ihr diese Dose endgültig den Rest geben wird. Ich sollte Recht behalten, denn Vroni hat bereits nach der halben Dose kapituliert und jetzt sehe ich nur noch ihren lockigen Hinterkopf vor mir auf dem Tisch liegen. Mein Plan hat funktioniert und irgendwie ist das ein gutes Gefühl, mit dem ich jetzt ins Bett gehen kann. Wenigstens das ist mir heute gelungen. Manchmal muss man sich an den kleinen Dingen erfreuen.

Die Nacht war einfach nur beschissen. Ich habe Sachen geträumt, die könnten mehrere Horror-Romane füllen und sexistisch waren sie auch. Das ist eine Mischung, die mich echt fertig macht. Natürlich hat die ganze „Zicken-Clique" im Traum mitgespielt und jetzt sitze ich übermüdet und dennoch aufgedreht am Frühstückstisch und schaue zu, wie die ganzen Alptraum-Traumfrauen an mir vorbeilaufen. Wenn die wüssten, was ich heute Nacht in meinen Träumen mit ihnen gemacht habe. Ich muss dieses wirre Zeugs schnellstmöglich aus meinem Kopf kriegen, denn heute steht eines der absoluten Highlights unserer Reise auf dem Programm und dafür brauche ich volle Konzentration.

23.
Tal der Könige

Elvira sitzt wieder auf der Rückbank, ich vorne neben unserem Reiseleiter. Augenscheinlicher können unsere ungeklärten Differenzen nicht sein. Ich schiebe das Problem in die hinterste Ecke meiner Hirnrinde und blende alles aus, was mich ablenken oder belasten könnte. Ich habe mich die ganze Zeit total auf die Pharaonen-Gräber gefreut und ich will das jetzt auch genießen. Nachdem wir vorhin in der Nähe des Hotels mit einem Fährschiff ans Westufer des Nils übergesetzt sind, fahren wir jetzt mit dem Bus Richtung Tal der Könige.

Hier irgendwo lag früher die sagenumwobene Stadt Theben, aber heute sehe ich nur überall diese Shops und Fabriken für Alabaster-Produkte, von denen wir heute Mittag eine besuchen wollen. Naja, in der Türkei fahren sie dich auf halber Strecke zum Teppich-Händler und hier eben zur Alabaster-Fabrik. Sieht anders aus, erfüllt aber den gleichen Zweck. Früher haben sie hier die Gräber ausgeraubt und heute plündern sie die Geldbörsen der Touristen. Es hat sich in den Jahrtausenden offensichtlich nicht viel verändert.

Jetzt fahren wir aber erst einmal auf den riesigen Busparkplatz am Eingang zum Tal der Könige. Ich will nicht wissen, was hier los ist, wenn alle diese Parkplätze belegt sind. Da wir wieder einmal sehr früh unterwegs sind, ist noch nicht ganz so viel los, aber die haben hier auch gerade erst vor 30 Minuten geöffnet.

Wenn ich ehrlich bin, hätte ich mit allem gerechnet, aber nicht mit dem, was uns hier jetzt erwartet. Nachdem wir alle ausgestiegen sind und unsere Eintrittskarten erhalten haben, laufen wir im Pulk geschlossen zu einer provisorischen Bushaltestelle. Eigentlich hätte ich hier in dieser abgelegenen Gegend Horden von Kamelen und Eselskutschen erwartet, deren Besitzer sich an jeden Touristen dranhängen, um ihn die letzten 100 Meter zum Ziel zu bringen, aber nein, offensichtlich ist die Zukunft in der Vergangenheit angekommen. Uns erwarten keine Kamele, sondern nagelneue Elektrobusse, die mich sehr an diese elektrischen Golf-Carts erinnern, aber eben nur etwas größer, sodass ungefähr 20 Leute zusteigen können. Nachdem alle aufsitzen, fahren wir auf einer asphaltierten Straße, die wohl erst vor wenigen Tagen fertiggestellt wurde, geschätzte 200 Meter, dann ist die Fahrt schon wieder zu Ende. Naja, wenn ich jetzt darüber nachdenke, kommen mir erhebliche Zweifel, ob man auf so einer Kurzstrecke dieses Fortbewegungsmittel wirklich gebraucht hätte. Mein Gott, den Weg wären wir in weniger als fünf Minuten gelaufen. Ob das hier ökologisch Sinn macht, darf gerne diskutiert werden. Egal, hier darf keiner zu Fuß gehen und basta! Überall steht die Tourismus-Polizei und achtet auf die Einhaltung der Vorschriften, ob diese sinnvoll sind oder nicht. So ist das in Ägypten, naja, nicht nur in Ägypten!

Als Howard Carter am 4. November 1922 zum ersten Mal den Eingang zu einem Pharaonengrab ausgebuddelt hat, sah es hier bestimmt ganz anders aus. Im Grunde genommen ist das hier eine total öde und versandete Gegend, in der du nichts vermuten würdest.

Auf jeden Fall keine reich mit Schätzen gefüllten Pharaonen-Gräber. Mustafa hat uns erklärt, dass man dieses Tal damals deswegen ausgesucht hat, weil es hier in direkter Nähe das wertvolle Alabaster gibt, was man für den Bau der Gräber benötigte. Außerdem thront über dem Tal ein Berg, der aus der Entfernung ein wenig an die Spitze einer Pyramide erinnert. Im Grunde genommen war das hier einfach zu finden, wenn man ein wenig nachgedacht hat. Das Ostufer des Nil steht für die Lebenden und das Westufer für die Toten. Am Ostufer stehen zwei der wichtigsten Tempel des alten Ägyptens in Luxor und auf der anderen Seite sieht man einen Berg, der aussieht wie eine Pyramide. Wenn das Westufer also für die Toten reserviert ist, brauchte man nur Gegenüber der Tempel zu suchen. Das wusste allerdings nicht nur Howard Carter, sondern vor ihm schon etliche Grabräuber. Was Carter hier im Jahr 1922 an Gräbern vorfand, war zum größten Teil bereits geplündert. Bis auf das legändere Grab von Tutanchamun, das ihn letztendlich berühmt machte.

Insgesamt wurden im Tal der Könige bisher über 60 Gräber gefunden und zugänglich gemacht, aber man schätzt, dass man noch mehr finden wird. Es hält sich sogar das hartnäckige Gerücht, dass unter den Wohnhäusern und Alabaster-Fabriken in der näheren Umgebung ebenfalls Gräber sind, die allerdings von den Hauseigentümern verschwiegen werden. Tja, mein Onkel hat einen Weinkeller und die hier einen Pharaonenkeller. Ich finde diese Vorstellung irgendwie ziemlich cool.

Mustafa hat uns vorhin im Bus erklärt, unsere Eintrittskarten würden uns den Zutritt für drei Gräber erlauben, wenn wir aber mehr sehen wollten, dann müssten wir dafür zusätzliche Eintrittskarten kaufen. Natürlich kosten die schönsten Gräber extra, das war zu erwarten. Mustafa wurde von allen Seiten gefragt, was er denn empfehlen würde und keiner wollte ihm so recht glauben, dass das Grab von Tutanchamun weniger schön ist, als das Grab Ramses VI. Letztendlich war der Eintrittspreis entscheidend, denn Tutanchamun kostet locker das Doppelte und wir Deutschen gelten nicht nur als gründlich und zuverlässig, sondern achten auch auf's Geld. Natürlich haben ein paar Leute aus unserer Gruppe trotzdem beide Gräber besucht, aber interessanterweise haben sie im Anschluss alle bestätigt, dass Mustafa mit seiner Beurteilung richtig lag.

Jetzt stehe ich hier erst einmal vor einer Treppe, die mich durch einen vergitterten Eingang hinab ins erste führt und ich bin wie elektrisiert, was mich da unten erwarten wird. Wie immer habe ich mir vorher keine Bilder im Internet oder in Reiseführern angeschaut, weil ich diese Überraschungsmomente liebe, wenn ich eine Sehenswürdigkeit zum ersten Mal besuche. Vielleicht tue ich das auch nur, weil ich mich vor Enttäuschungen schützen will. Wenn du vorher diese tollen Bilder siehst, die sie meistens mit superteuren Kameras, bei strahlendblauem Himmel oder ohne störende Touristen im Vordergrund machen, dann kann dich die Realität nur enttäuschen. Jetzt sehe ich das hier nicht nur mit meinen eigenen Augen, sondern auch ohne irgendwelchen fertigen Bilder in meinem Kopf.

Ich genieße diese Spannung sehr, die mich auf jedem Meter, den ich in diesen Berg hineinlaufe begleitet. Schon das erste Grab lässt mich ehrfürchtig staunen und ich flippe regelrecht aus, wenn es darum geht, jedes noch so kleine Detail zu fotografieren. Wenn das hier zum „Standard" gehört und das Grab von Ramses VI so viel toller sein soll, kann ich meine Vorfreude kaum noch in Zaum halten. Die Wände sind hier übersät mit in den Felsen gehauenen Symbolen und ich versuche andauernd zu begreifen, was sie bedeuten könnten. Nach wenigen Minuten gebe ich es auf und erfreue mich einfach nur an der Vielfalt dieser geheimnisvollen Symbole, die hier ihre Geschichten erzählen, die ich sicherlich niemals verstehen werde. Diese Gräber hier wurden vor über 3000 Jahren gebaut und wie sollte ich auch nur erahnen, wie die hier damals gelebt haben, was denen wichtig war und was das alles zu bedeuten hat? Selbst Mustafa, der Ägyptologie studiert hat, kennt nur einen Bruchteil der Bedeutungen.

Vor lauter Anspannung und Freude bemerke ich erst jetzt, wie heiß es hier unten ist. Ich dachte, es wird etwas kühler, wenn ich nach unten steige, aber weit gefehlt. Gefühlt sind es hier unten noch mindestens fünf Grad wärmer als oben in der prallen Sonne und die üble Luftqualität will ich erst gar nicht weiter kommentieren. Kein Wunder, denn hier werden jeden Tag tausende Touristen durchgeschleust und alle lassen ihren Schweißgeruch oder sonstige Duftspuren zurück. Ich darf nicht weiter darüber nachdenken, denn ansonsten werde ich vielleicht ohnmächtig.

Ich orientiere mich einfach an den vielen alten Menschen, die hier tapfer durch die Gänge stapfen und sich an der Schönheit dieser Gräber berauschen und nicht wegen der schlechten Luftqualität draußen geblieben sind. Ich habe mir die Gänge zu den Grabkammern etwas schmaler vorgestellt. Hier unten können links und rechts die Leute in Ruhe fotografieren und trotzdem passen in der Mitte selbst noch die korpulentesten unter uns durch. Endlich komme ich in der ursprünglichen Grabkammer an und es bedarf schon einer Menge Fantasie sich vorzustellen, dass hier mal alles voller Gold und Edelsteinen gelegen haben soll. Eine große Felsenplatte in der Mitte des ungefähr 50 qm großen Raumes lässt erahnen, dass hier vermutlich der Sarkophag stand. Im ägyptischen Nationalmuseum in Kairo habe ich eine Menge Sarkophage gesehen und ich stelle mir gerade vor, wie eines dieser Exemplare hier wohl ausgesehen hätte.

Schade, dass uns Mustafa für das Tal der Könige nur zwei Stunden Zeit gegeben hat, denn ansonsten wäre ich den Rundgang durch dieses Grab gleich nochmal gelaufen, aber es warten ja noch die beiden anderen und zum Abschluss Ramses VI. Das nächste Grab ist vollkommen anders als das erste. Der Gang ist noch etwas größer, viel höher und die Grabkammer ist riesig, man könnte meinen fast viermal so groß wie die andere. Allerdings sind die Wände im Vergleich zum anderen Grab sehr sparsam verziert und über lange Strecken sogar aus blankem Stein. Nachdem sich die erste Enttäuschung gesetzt hat, sehe ich die vielfältigen Gründe, warum auch dieses Grab als besonders sehenswert gilt. Es ist die Architektur, die es so besonders macht.

Wenn du hier unten wie selbstverständlich durch die Gänge gehst, denkst du nicht unbedingt darüber nach, unter welchen Strapazen die das hier ausgehöhlt und gebaut haben. Da haben tausende Arbeiter über Jahre den Felsen bearbeitet, die Steine rausgeschleppt und ihre größten Künstler und besten Handwerker die Gräber ausstatten lassen.

Heute fährt ein Schweizer Präzisionsbohrer auf einem Kettenfahrzeug in einen Berg und der ganze Schutt wird dahinter über Transportbänder automatisch entsorgt, ohne dass auch nur ein Bauarbeiter einen Stein in die Hand nehmen muss. Damals ist das alles unter schwersten körperlichen Bedingungen in Handarbeit entstanden. Ich will nicht wissen, wie viele Menschen unter diesen Arbeitsbedingungen gelitten haben und bei der Ausübung ihrer Arbeit gestorben sind. Mustafa hat uns vorhin die gleiche Geschichte erzählt, wie bei den Pyramiden. Nein, das waren damals keine Sklaven die das gebaut haben, denn der Pharao hat die Arbeiter mit einem Frühstück, einem Mittagessen und einer Tüte Datteln bezahlt.

Über so was kann ein deutscher Gewerkschaftler vermutlich nicht lachen. Wer sich damals diesem freiwilligen Dienst entziehen wollte, ist vermutlich beim Übersetzen der Fähre von Luxor zum Westufer versehentlich in den Nil gefallen und den Rest kann man sich denken. Wahrscheinlich sind diese Felsen hier unten nicht nur mit Schweiß, sondern auch mit Blut getränkt.

Gerade in der riesigen Grabkammer kommen mir Gedanken zum Thema Statik. Mein Onkel, der mit dem Weinkeller, hat ein ziemlich großes Wohnzimmer und auch wenn er das gerne anders gebaut haben wollte, bestand der Baustatiker auf eine tragende Säule mitten im Raum. Hier unten gibt es keine tragenden Elemente, da wurde einfach ausgehöhlt und fertig. Naja, jetzt hat das über 3000 Jahre standgehalten, dann wird das auch nicht ausgerechnet jetzt einstürzen.

Da es hier unten nicht sonderlich viel zu sehen gibt, bin ich nach weniger als zehn Minuten auch schon wieder draußen. Es ist total verrückt. Da trittst du aus einem tief im dunklen Berg gelegenen Grab in die ägyptische Sonne und es kommt dir vor, als ob du eine kalte Dusche nimmst. Okay, das klingt jetzt ein wenig übertrieben, aber ich empfinde das so. Ich will nicht wissen, wie hoch die Temperaturen da unten sind, aber gefühlt ist es in der Sonne deutlich kühler, obwohl es fast schon 11 Uhr ist und das Thermometer sicherlich schon wieder an die 35 Grad reicht. Egal, das nimmt mir auf keinen Fall die Motivation für die letzten beiden Gräber.

Das dritte „Pauschalgrab" auf der Eintrittskarte ist vergleichbar mit dem ersten und deswegen bin ich auch verhältnismäßig schnell wieder raus. Das lag aber hauptsächlich daran, dass ich hier schon von weitem Horst und Robbie durch die Gänge schimpfen hörte, warum es hier unten nichts zu Trinken gäbe, wo es doch dermaßen heiß ist. Wo Robbie und Horst sind, ist auch Vroni nicht weit und nach dem gestrigen Erlebnis habe ich keine Lust auf eine Konfrontation.

Besonders schön an diesem Grab empfand ich allerdings die Reliefs und die Farben an der Decke der Grabkammer, aber das sollte erst der Appetizer sein. Das, was mich jetzt im Grab Ramses VI erwartet, haut mich um. Dieses Grab schlägt alle anderen um Längen und diese Pracht und Farbenvielfalt sprengt jegliche Vorstellungskraft. Wie soll man so etwas beschreiben? Ich kann das nicht, das muss man einfach gesehen haben. Wenn ich daran denke, wie so ein Grab damals ausgesehen haben muss, als Ramses VI hier begraben wurde, dann sprengt das wirklich alles, was man sich vorstellen kann oder was jemals von Hollywood verfilmt wurde. So eine irre schöne und riesige Grabkammer, gefüllt mit Schätzen, muss ein Anblick gewesen sein, der nicht nur die Grabräuber begeistert hat. Ich frage mich die ganze Zeit, wie es die Ägyptischen Baumeister und Künstler geschafft haben, dass die damals verwendeten Farben heute noch diese Leuchtkraft besitzen? Die Farben sind über 3000 Jahre alt und hier laufen seit Jahrzehnten Millionen von Menschen durch dieses Grab und trotzdem sieht es teilweise so aus, als ob die Farbe noch nicht mal richtig trocken wäre. Phantastisch! Der Gang zur Grabkammer ist gefühlt über 100 Meter lang und er ist deutlich größer und höher als die der anderen Grabkammern. Ich kann mich hier unten einfach nicht sattsehen und ich bin froh, dass ich den größten Teil unseres Zeitbudgets hier verbringe.

Irgendwann ist dann aber auch diese Zeit vorbei und ich treffe unsere Truppe wieder einmal bei der Cafeteria. Da jeder Reiseleiter den gleichen Treffpunkt vorgibt, finde ich hier nicht einmal einen freien Stehplatz im Schatten.

Es ist jetzt deutlich voller als am frühen Vormittag. Auf gut Deutsch: Es wimmelt nur so vor Touristen. Das Schlimme ist, dass alle paar Minuten ein „Jalla, jalla" erklingt und sich jeder der Anwesenden erst einmal orientieren muss, ob die eigene oder eine andere Reisegruppe gemeint ist. Das Gewimmel hat für mich den Vorteil, dass ich mich verdrücken kann, denn ich habe noch immer keine große Lust auf die Konfrontation mit Elvira, geschweige denn mit der „Zicken-Clique" oder dem Rest der Bande. Nach so vielen Tagen auf engstem Raum brauche ich bald eine Auszeit.

Das hat nicht unbedingt was mit unserer Reisegruppe zu tun, aber wenn du so eine Nähe nicht gewohnt bist, wird es mit der Zeit zur Belastung. Ich bin mir sicher, dass es einigen aus unserer Gruppe genauso geht, denn ich sehe eine Menge Pärchen zu zweit im Abseits stehen und jeder scheint darüber froh zu sein. Es dauert nicht lange, dann hören wir ein „Jalla, jalla" in dem uns vertrauten Tonfall und wenig später sitzen wir wieder in unseren Elektro-Carts und lassen uns die 200 Meter zum Busparkplatz bringen. Ich bleibe dabei, das ist idiotisch!

Elvira tut so, als ob nie was gewesen wäre und damit meine ich, als ob nie was zwischen uns gewesen wäre. Jetzt, nachdem sich meine Anspannung über den Besuch der Pharaonen-Gräber etwas gelegt hat, kommen meine ganzen Verschwörungstheorien wieder aus den Ecken gekrochen. Vielleicht ist es besser, wenn ich die nächsten zwei Tage einfach mal die Füße stillhalte.

In zwei Tagen sind wir in unserer Hotelanlage am Roten Meer und dann habe ich sicherlich mehr Möglichkeiten ein ungestörtes Gespräch mit Elvira zu führen, wenn sie bis dahin nicht schon von sich aus auf mich zukommt.

Jetzt steht aber erst einmal unsere „Rheumadecken-Verkaufs-Veranstaltung" beim ägyptischen Teppich-Händler in der Alabasterfabrik an. Muss das sein? Ich habe darauf überhaupt keinen Bock, aber der halbe Bus ist regelrecht euphorisiert und fast alle wollen unbedingt was kaufen. Was soll`s, auch das geht vorbei.

24.
Die Alabaster-Show

Kaum hat sich unsere Gruppe am Eingang der Alabaster-Fabrik versammelt, wird Mustafa als „guter Freund" herzlich begrüßt und mich beschleicht der Verdacht, dass Mustafa uns nicht ganz uneigennützig hierhergebracht hat. Warum sollte es ausgerechnet in Ägypten auch anders sein, als sonst überall in der Welt? Kein Reiseleiter lebt vom Gehalt allein und auch dieser Laden hier muss kräftig schmieren, damit die Regale leer gekauft werden und der Laden ordentlich brummt. Da jeder von uns schon vorher wusste, wie das hier läuft, juckt es auch keinen.

Was uns jetzt allerdings dargeboten wird, ist eine „Gaga-Show" der Superlative. Bisher hockten eine Handvoll verstaubte Handwerker mit ihren bunten Gewändern bewegungslos auf dem Boden und lächelten uns lediglich schüchtern an, aber das sollte sich schlagartig ändern. Die ganze Szenerie erinnert mich an Kindheits-Erlebnisse aus dem Europa-Park oder dem Phantasia-Land. Da fährst du mit irgendeiner Bahn um die nächste Ecke und dann fangen wie auf Knopfdruck überall Figuren an zu zappeln, es wird laut, hektisch, bunt schrill und du verlierst den Überblick. Ein paar Minuten später ist die Fahrt zu Ende und du denkst dir, ja, das war jetzt völliger Blödsinn, hat aber Spaß gemacht. Der Chef oder sollte ich besser „Showmaster" sagen, brüllt in gebrochenem Deutsch einen bescheuerten Spruch nach dem anderen und die Jungs hauen auf Kommando auf Steine, fangen an zu singen, sagen ein Gedicht auf oder lachen hysterisch.

Das haben die vermutlich über Jahre hinweg einstudiert und es ist dermaßen perfekt inszeniert, dass es nichts mehr Menschliches hat. Trotzdem hat es einen hohen Unterhaltungswert und obwohl jeder weiß, dass die ganze Show nur dazu dienen soll, dass wir im Laden gleich viel Geld ausgeben, finden wir es toll.

Okay, da können sich die „Rheumadecken-Verkäufer" in der tiefsten Eifel was abschauen. Weiter geht`s, die nächste Reisegruppe wartet schon hinter uns. Während wir in die Fabrik geführt werden, höre ich von hinten alles nochmal in Holländisch. Ich denke mir, es gibt uncoolere Möglichkeiten Sprachen zu lernen und so betrachtet trägt dieses überzogene Kasperle-Theater sogar zur Völker-verständigung bei. Keine Ahnung, warum das hier „Alabasterfabrik" genannt wird, denn es handelt sich lediglich um einen riesigen Verkaufsraum, in dem überall Nippes aus diesem teuren Gestein rumsteht. Statuen mit Pharaonenköpfen, Statuen mit Krokodilköpfen, Statuten mit Katzenköpfen, Statuen mit Widderköpfen, Pyramiden in allen Größen, bunte Blumenvasen und im Grunde genommen alles, was wir im Tal der Könige an den Wänden gesehen haben, eben nur aus Alabaster. Ich gebe zu, hier gibt`s echt wunderschöne Sachen und in erwische mich dabei, wie ich einen Blick in meine Geldbörse werfe, um zu checken, was ich mir leisten kann. Ich habe meine Geldbörse noch nicht wieder weg-gesteckt, da stürmen zwei Verkäufer gleichzeitig auf mich zu und erklären mir voller Begeisterung, dass sie alle Kreditkarten akzeptieren und wenn ich mehr als 1.000 Ägyptische Pfund ausgeben will, gibt es 20% Rabatt auf alles.

Mich beschleicht der Eindruck, die kriegen hier eine fette Provision. Plötzlich wird es hektisch, denn der eine zerrt mich nach links und der andere nach rechts. Ich komme mir vor wie ein Gefangener aus diesen alten Sandalenfilmen, den sie in einer riesigen Arena vor sensationsgierigen Menschen an vier Pferde binden und auseinanderziehen, bis alle Gliedmaßen blutig im Sand liegen. Schlagartig verliere ich die Lust etwas zu kaufen und versuche meine letzten Kräfte zu mobilisieren, um mich aus diesen Würgegriffen zu befreien.

„Wenn du mich nicht gleich loslässt, haue ich dir eine von deinen Pyramiden über den Schädel!" höre ich mich brüllen. Mein Gott, warum lasst ihr mich nicht einfach an den Regalen entlanglaufen, bis ich was gefunden habe, was mir gefällt? Normalerweise bin ich friedlich wie ein Lämmchen und es muss viel passieren, bis ich mal laut werde, aber wenn man mir körperlich kommt, flippe ich irgendwann aus und dieses Irgendwann ist jetzt!

Durch mein lautes Gebrüll ist der Chef auf uns aufmerksam geworden und jetzt wird leider alles noch schlimmer. Die arabische Sprache an sich klingt für ein deutsches Ohr grundsätzlich schon etwas „rau" und wenn ich in Ägypten Männer auf der Straße miteinander reden höre, könnte man meinen, die streiten sich, was aber laut Mustafa wirklich nur an der Aussprache liegt. Jetzt kommt allerdings alles zusammen, denn was der Chef seinen beiden Verkäufern zu sagen hat, klingt nicht nach einer Einladung zum Abendessen. So, wie die Beiden mit ihren hängenden Köpfen, fast wie geprügelte Hunde vor mir stehen, tun sie mir schon wieder leid.

Dieser extrem laute und aggressive Tonfall ihres Chefs lässt vermuten, dass die Beiden nach Feierabend mindestens ausgepeitscht werden oder vielleicht droht noch eine schlimmere Strafe. Gottseidank gibt es im Nil keine Krokodile mehr. Die ganze Situation ist mir megapeinlich, aber ich konnte vorhin nicht anders.

Endlich ist der Chef mit seiner Ansage fertig und die Beiden ziehen mit hängenden Schultern ab. Im selben Moment dreht er sich zu mir um und ich blicke in ein „Honigkuchen-Pferdchen-Grinsbacken-Gesicht", so wie ich diesen Gesichtsausdruck gerne nenne, wenn mich einer dermaßen übertrieben schleimig anlächelt. Normalerweise wäre das jetzt der ideale Zeitpunkt einen guten Rabatt für mich auszuhandeln, aber ich traue mich dann doch nicht. Wie selbstverständlich führt mich der Chef jetzt persönlich durch diesen riesigen Verkaufsraum und endlich lässt man mir die Ruhe, die ich schon die ganze Zeit so gerne gehabt hätte. Mehr aus Schuldgefühl, als aus Überzeugung, gehe ich eine halbe Stunde später mit einer kleinen blauen Pyramide und einem gelben Krokodil aus Alabaster aus dem Laden und weil ich mich wegen der Bestrafung der Verkäufer ein wenig schuldig fühle, habe ich auch nicht mehr nach einem Rabatt gefragt. Na toll! Jetzt habe ich gegen meine ursprüngliche Überzeugung dann doch zwei vollkommen bescheuerte Nippes-Figuren zu überteuerten Preisen gekauft. Das nenne ich Verkaufsgeschick! Wahrscheinlich war das vorhin auch nur einstudiert, wie das Kasperle-Theater am Eingang.

Da hast du von den Einheimischen manchmal den Eindruck, sie könnten einem Kamel nicht mal einen Eimer Wasser hinstellen, ohne was zu verschütten, aber dann ziehen sie dich dermaßen raffiniert über den Tisch. Ich habe in Ägypten schon einiges lernen dürfen und man sollte die Menschen niemals unterschätzen. So bin ich jetzt wenigstens nicht der Einzige, der ohne eine vollgestopfte Plastiktüte zurück in den Bus steigt. Da man das wertvolle Alabaster vor Transportschäden schützen muss, haben es die Verkäufer dick mit Zeitungen eingepackt und jetzt müssen wir uns alle überlegen, wie wir das ganze Zeugs in unseren Koffern oder Taschen verstauen wollen, denn in fünf Tagen sitzen wir wieder im Flieger zurück nach Deutschland.

Wenn ich mich im Bus so umschaue, dann gehöre ich zu denen, die sich im Laden offensichtlich zurückgehalten haben. Yvonne und Lea scheinen besonders auf Alabaster abzufahren, denn sie haben mit ihren Einkaufstüten zwei Sitze im Bus blockiert und ihre Augen strahlen um die Wette. Ich mag Menschen, die sich für etwas begeistern und sich darüber freuen können. Im Nachhinein finde ich es ein wenig schade, dass Yvonne, Lea und ich uns gleich zu Beginn der Reise so in die Wolle geraten sind. Irgendwie mag ich die Beiden, auch wenn sie sich seit Tagen als Rädelsführer der Zicken-Clique aufspielen. Manchmal entsteht im Leben wie zufällig eine Gruppendynamik, die im Grunde genommen keiner so beabsichtigt hat, die sich aber nicht mehr umkehren lässt. Ich habe keine Ahnung, wer letztendlich dafür gesorgt hat, dass ich zum Feindbild wurde.

Seit gestern hat sich sogar Elvira wieder in den Kreis der möglichen Verdächtigen gemogelt. Auch wenn ich es nicht will, so denke ich doch jede freie Sekunde darüber nach, warum mich Elvira in einem Moment so umgarnt und mich in einem anderen regelrecht links liegen lässt. Ich kann mich an eine Situation in einem Vier-Augen-Gespräch mit meinem Vater erinnern, in dem er mir leicht angetrunken beichtete, er würde die Frauen einfach nicht verstehen, egal, wie viel Mühe er sich auch geben würde. Mit „Frauen" meinte er natürlich explizit meine Mutter, aber mein Vater ist nicht der Typ Mann, der die Konfrontation sucht und deswegen spricht er gerne in Verallgemeinerungen. Vielleicht liegt diese Unfähigkeit in der Familie und mein Vater hat mir seine Gene einfach nur weitergegeben?

Bei meinen Kumpels gelte ich als Frauenversteher, aber wohl nur deswegen, weil ich es schaffe mich mit den meisten Frauen in meinem Umfeld länger als zehn Minuten zu unterhalten, ohne dass die sich gelangweilt wegdrehen. Manchmal wirst du auch schon mit Kleinigkeiten zum „Hero" gekürt. Meine Mutter hat mir vor ein paar Monaten direkt ins Gesicht gesagt, dass ich endlich erwachsen werden sollte und der entscheidende Schritt wäre, weniger bei meinen alten Kumpels abzuhängen. Das wäre schlecht für meine Entwicklung, sagt meine Mutter. Ich sollte mir ein anderes Umfeld suchen, sagt meine Mutter. Als ich meinen Vater daraufhin fragte, ob er das auch so sieht, sagte er mir nur, ich solle die Zeit mit meinen Kumpels genießen, denn diese schöne Zeit wäre früher vorbei als mir lieb ist, wenn ich erst einmal verheiratet wäre.

Wie soll ich mich in diesem Leben nur zurechtfinden, wenn jeder was anderes sagt? Meine Mutter, Chantal und noch ein paar andere Frauen unterstellen mir, ich wäre unreif. Meine Kumpels und mein Vater sagen mir, wenn auch nicht direkt, dass ich trotz meiner Unreife ein guter Typ bin und ich es genau richtig mache. Die meisten Männer in unserer Reisegruppe beneiden mich um meine Freiheit und meinen eher lockeren Lebensstil und die meisten Frauen sehen in mir den unreifen Möchtegern, der den Sprung in die Erwachsenenliga noch nicht geschafft hat und sich lediglich vor der Verantwortung drücken will. Also was nun? Nüchtern betrachtet, ist die kleine Lisa mein größter weiblicher Fan in der Reisegruppe, aber die ist noch nicht einmal in der Pubertät. Merle, mit ihren 15 Jahren, findet mich die ganze Zeit schon gnadenlos uncool, aber die findet derzeit offensichtlich alles uncool, die zählt also nicht. Die älteren Damen in unserer Gruppe sehen mich eher als das „Jungchen" auf dem Weg zu einem Mann und verdrängen dabei, dass ich in weniger als einem Jahr bereits meinen 30. Geburtstag feiere. Wahrscheinlich sind die meisten von ihnen auch Mütter und wenn sie selbst Söhne haben, behandeln sie diese sowieso ihr ganzes Leben lang wie Kinder, denen sie noch ihre Schuhe zubinden müssen. Selbst meine Mutter spürt noch hin und wieder diesen Reflex, mir mit etwas Spucke und einem Taschentuch Krümel aus dem Gesicht zu wischen. Die Meinungen dieser Frauen sollten, wie die von Lisa und Merle, nicht in die Bewertung meiner Person einfließen. Bleiben tatsächlich nur noch Yvonne, Lea, Chantal, Elvira und Maria übrig.

Maria hat grundsätzlich an allem was zu mäkeln und somit habe ich keine Chance gut wegzukommen. Yvonne und Lea sind aufgrund ihrer Homosexualität bei der Beurteilung von Männern nicht ganz neutral und nach den vielen kleinen Missverständnissen zu Beginn der Reise sicherlich auch etwas voreingenommen. Ich kann meinen Seelenfrieden und mein emotionales Wohlbefinden jetzt doch nicht nur von der Meinung von Chantal und Elvira abhängig machen? Außerdem ist das völliger Quatsch, seine Selbsteinschätzung außen vor zu lassen und sich lediglich so zu sehen, wie das andere von außen tun. Je mehr ich darüber nachdenke, desto wütender werde ich. Hauptsächlich wütend auf mich selbst, weil ich mir so viele Gedanken darüber mache, wie ich auf andere Menschen wirke. Warum ist es mir gegenüber den Männern meistens völlig egal, was die von mir denken und bei den Frauen nicht? Guckt mich eine Frau schief an, fange ich an zu zweifeln, suche den Fehler bei mir und will ab sofort alles besser machen. Guckt mich ein Mann schief an, denke ich nur, „Arschloch, kümmere dich um deinen eigenen Scheiß!" und weiter geht`s im Takt. Jetzt bin schon fast 30 Jahre auf dieser Welt, aber bisher hat mir noch kein Mensch vernünftige Antworten auf diese wirklich elementaren Fragen gegeben. Sowas lernst du nicht in der Schule und meinen Vater brauche ich das auch nicht zu fragen, denn der sucht selbst schon über 50 Jahre nach Antworten.

Was mich seit gestern ziemlich nervös macht ist die Tatsache, dass Elvira ständig neben Chantal sitzt und die beiden auf mich plötzlich wie beste Freundinnen wirken.

Ja, ich weiß, ich soll mich nicht so wichtig nehmen, aber ich werde den Verdacht nicht los, dass die beiden Frauen ständig über mich tuscheln. Immer wieder diese verstohlenen Blicke zu mir rüber und dann dieses wissende Lächeln. Manchmal habe ich den Eindruck, dass Elvira Chantal gerade alles brühwarm erzählt, was sie die letzten Tage mit mir erlebt hat und offensichtlich bietet das eine Menge Anlass darüber zu grinsen. Mein Selbstbewusstsein geht gerade mächtig „den Bach runter".

Gottseidank werden meine gefährlichen Gedankenspiele unterbrochen, denn wir müssen wieder alle raus aus dem Bus und nehmen unsere Fähre über den Nil zu unserem Hotel. Meine Lieblingsrentner Marianne und Albert scheinen intuitiv zu spüren, dass ich ein wenig moralische Unterstützung brauche und wollen mich in ein belangloses Gespräch verwickeln. Kaum sind wir auf dem Boot, ertönt in höchster Lautstärke „Could you be loved" von Bob Marley aus den Lautsprechern und bei diesem Krach ist an Konversation nicht mehr zu denken. Die ganze Schiffsbesatzung singt mit und der Kapitän zeigt stolz auf seine Bob Marley Fahne, die er quer über das Boot gespannt hat. Bob Marley hat so viele tolle Lieder geschrieben, aber warum muss der Kapitän ausgerechnet jetzt dieses Lied spielen, das genau von dem handelt, was mich die ganze Zeit beschäftigt? Idiot! Da die Überfahrt weniger als fünf Minuten dauert, ist der Spuk auch schnell wieder vorbei und weil wir unterbrochen wurden, bleibe ich erst einmal in der Nähe von Marianne und Albert, die mir gerade so etwas wie ein Gefühl von Sicherheit vermitteln.

Kaum am Hotel angekommen, suchen wir uns einen schattigen Platz im Außenbereich des Restaurants und führen unseren Plausch in entspannter Atmosphäre fort. Die Zicken-Clique hat sich wahrscheinlich am Pool verabredet und so kann ich unauffällig ein wenig Abstand halten. Marianne hat selbst zwei erwachsene Söhne und vermutlich spürt sie genau, was gerade in mir vorgeht. Sie ist allerdings viel zu höflich, um mit der Tür ins Haus zu fallen, aber es dauert keine zehn Minuten und schon sind wir mitten im Thema.

Bisher habe ich die Beiden als sehr besonnen, ruhig und zurückhaltend empfunden, aber wenn man erst einmal ihr Vertrauen gewonnen hat, drehen sie richtig auf und zeigen ihr wahres Ich. Wenn ich früher geahnt hätte, wie empathisch und einfühlsam die Beiden sind und dass sie mir so viele gute Gedanken mit auf den Weg geben können, hätte ich dieses Gespräch bestimmt viel früher gesucht. Man soll die Menschen eben nicht nach dem ersten Eindruck beurteilen. Ich dachte, ich würde bei den Beiden ein wenig Ruhe und Ablenkung finden, aber mich erwartet genau das Gegenteil. Offensichtlich hat Albert in seinem Leben vor seiner Marianne viele Erfahrungen mit Frauen gemacht und auch, wenn man zwischen den Zeilen heraushören kann, dass es nicht immer gute waren, so versteht er es ausgezeichnet sie wohlwollend zu erzählen und mit positiven Botschaften zu schmücken. Diese Fähigkeit hätte ich auch gerne, aber vielleicht kommt das noch im Alter. Mir fällt auf, dass Marianne bei all den Erzählungen vollkommen ruhig und unaufgeregt nebendran sitzt und zu den Verflossenen ihres Mannes sogar ein paar witzige Anekdoten beisteuert.

So eine Gelassenheit wäre bei meinen Eltern undenkbar. Mein Vater würde sich erst gar nicht trauen und wenn ihm was rausrutscht, würde meine Mutter niemals so unaufgeregt reagieren. Es geht offensichtlich auch anders und ich empfinde es als sehr wohltuend. Natürlich lässt sich Marianne auch nicht nehmen, von ihren alten Liebschaften zu erzählen und ich schaue den Beiden fasziniert zu, wie sie sich dabei immer wieder verliebt anblicken und herzhaft über die alten Geschichten lachen. Die Beiden sind wirklich mit sich im reinen und haben wohl schon ganz oft über ihre Empfindungen anderen Menschen gegenüber gesprochen. Da wirkt nichts peinlich oder aufgesetzt und es scheint keine Tabus zu geben. Für mich ist das eine neue Erfahrung, denn ich habe die „Alten" aus meinem Umfeld bisher anders wahrgenommen. Wahrscheinlich kommt diese Geisteshaltung mit der Zeit, wenn man über viele Jahre gegenseitig Vertrauen spürt und weiß, man gehört zusammen, egal wie viele Stolpersteine einem das Leben noch in den gemeinsamen Weg wirft.

Albert ist der Überzeugung, dass man nicht immer alles hinterfragen muss, gerade wenn es um die Partnerwahl geht. Er hätte vor seiner Marianne über ein Dutzend Freundinnen gehabt und bei keiner hat es ihn „aus den Socken gehauen". Er meint, irgendwann steht eine Frau vor dir und dann brauchst du nicht mehr darüber nachzudenken, ob es die Richtige ist. Sie ist es, wenn sie dir nicht mehr aus dem Kopf geht und er betont dabei ausdrücklich den Kopf und nicht seine Lendengegend.

„Wenn mich Albert damals nur wegen meines Körpers gewollt hätte, wären wir wahrscheinlich niemals zusammengekommen", lässt mich Marianne zwischendurch wissen und ich bekomme eine Ahnung davon, dass sie schon damals nicht unbedingt eine kleine Kleidergröße hatte. Schon wieder lächeln sie sich an, als ob sie sich gerade erst verliebt hätten. Hat mich Elvira jemals so angelächelt? Habe ich Elvira jemals so angelächelt? Wer von mir will denn unbedingt mit Elvira zusammen sein? Mein Herz? Mein Kopf? Mein Schwanz?

So, wie mich die Beiden gerade anschauen, wissen sie ganz genau, welche Fragen ich mir in diesem Moment stelle, auch wenn ich darüber kein Wort verliere. Marianne erzählt mir dann noch die sehr unterschiedlichen Lebensgeschichten von ihren beiden Söhnen. Der eine hat die Frau seines Herzens geheiratet und der andere die Frau, die ihm mit allem, was ihr der liebe Gott an äußerlichen Reizen geschenkt hat, solange „wuschig" gemacht hat, bis er ihrem Charme erlegen ist. Wie die Geschichten ausgegangen sind, kann man sich denken. Zwischenzeitlich wären ihre Söhne aber beide glücklich, wenn auch über Umwege. Albert meint, es gäbe sowieso keinen direkten Weg zum Glück und wer nicht bereit wäre einen Umweg in Kauf zu nehmen oder zu warten, der hätte sein Glück auch nicht verdient.

Je mehr ich den Beiden zuhöre, desto mehr komme ich zu der Überzeugung, dass sowohl Elvira als auch ich, uns mehr von unserer Körpermitte haben leiten lassen und weniger vom Herzen.

Mein Kopf hat mich ja schon vom ersten Augenblick an gewarnt, aber wenn du so dermaßen ausgetrocknet bist, stürzt du dich in jedes Gewässer und fragst nicht nach der Wasserqualität.

Wahrscheinlich hat Elvira dieses Missverständnis früher als ich erkannt und hat sich deswegen zurückgezogen. Okay, sie wollte es und ich wollte es und jetzt wollen es unsere Lenden vermutlich immer noch, aber wenn erst einmal der Kopf dazwischenfunkt, stört das zusehend die Libido. Dann ist es wohl besser, ich hake es als amouröses Abenteuer ab und versuche meine erotischen Fantasien besser in den Griff zu bekommen. Nach diesen Erkenntnissen fühle ich mich bedeutend besser und so plätschert der restliche Nachmittag mit weniger belastenden Themen dahin. Für mich ist es eine vollkommen neue Erfahrung auf dieser Tour, miteinander lachen zu können, ohne vorher etliche Dosen Sakkara-Bier intus zu haben. Wir sind auch so gut drauf und der Abend kann kommen.

25.
Luxor bei Nacht

Wie so oft bei Gruppenreisen, finden sich beim Abendessen wieder die üblichen Grüppchen zusammen. Nachdem ich meinen inneren Frieden wiedergefunden habe, gehe ich mit den Mädels spürbar entspannter um. Die Zicken-Clique kann mir nicht mehr wehtun und meine omnipräsente Feindseligkeit verblasst immer mehr im Nebel der Vergangenheit. Ich sehe nur noch einen großen Tisch mit Frauen, die nicht müde werden sich gegenseitig ihre Geschichten zu erzählen und dabei viel lachen. Nebenan sitzt die „Sakkara-Fraktion" beim allabendlichen Saufgelage und einen Tisch weiter die Patchwork-Familie. Die kleine Lisa sitzt aufmerksam auf ihrem Stuhl und saugt offensichtlich jeden bescheuerten Trinkspruch vom Nebentisch auf, zumindest lassen das die immer wiederkehrenden Kicher-Anfälle vermuten. Ihr kleiner Bruder Luca springt andauernd vom Stuhl, um die leeren Bierdosen vom Nebentisch einzusammeln, mit denen er voller Eifer versucht einen großen Turm zu bauen. Natürlich klappt das nicht sonderlich gut und alle paar Minuten scheppern dutzende Bierdosen über den Boden, was wiederum Hilde und Hannes sichtlich nervt, die das Chaos einen Tisch weiter mit pikiertem Gesichtsausdruck beobachten. Unsere „snobistischen Nordlichter" sitzen wie so oft mit den neunmalklugen Botanikern an einem Tisch, denn offenbar will sich sonst keiner zu ihnen gesellen. Waltraut und Johannes kümmern sich wie jeden Abend aufopferungsvoll um die etwas verwaiste Lehrerin Johanna, die seit Tagen erfolglos Anschluss sucht.

Die Beiden zelebrieren ihre christliche Nächstenliebe auf eine natürliche Art, wie ich sie sonst noch nie erlebt habe. Johanna fühlt sich augenscheinlich wohl in ihrer Gesellschaft. Johanna merkt man deutlich an, dass sie normalerweise sehr zurückgezogen lebt. Sie lediglich als introvertiert zu bezeichnen wäre noch ziemlich schmeichelhaft. Hin und wieder schaffen es die Beiden sogar sie zum Lachen zu bringen und offensichtlich macht sie das stolz. Sehr gut, denn so haben alle was davon.

Ich sitze, wie schon den ganzen Nachmittag, bei Marianne und Albert und wenig später kommt auch Mustafa zu uns an den Tisch. Eigentlich wollte er uns nur kurz darüber informieren, dass wir am nächsten Morgen um 9 Uhr im Bus sitzen sollen, damit wir noch vor dem Sonnenuntergang in unserer Hotelanlage am Roten Meer ankommen, aber wie so oft, hat er sich dann doch „festgequatscht". Er gibt mir den Tipp, nach dem Abendessen nochmal zum Luxor-Tempel zu laufen, der angeblich nur wenige Gehminuten von unserem Hotel entfernt liegt. Mustafa hat die letzten Tage mitbekommen, dass ich gerne fotografiere und er meint, die Tempelanlage wäre im Dunkeln wunderschön beleuchtet und ein kleiner Spaziergang würde sich lohnen. Um ein gutes Fotomotiv muss man mich nicht lange bitten. Ich lasse die Drei am Tisch zurück und ziehe umgehend los.

Ich bin noch keine drei Schritte auf dem Gehweg unterwegs, da höre ich schon von allen Seiten die üblichen Freundschaftsbekundungen:

„Hallo mein Freund! Wohin willst du? Ich fahre dich zum Basar! Ganz billig! Sonderpreis für meinen guten Freund! Komm, steig ein!"

Wie auf Kommando fahren von allen Seiten Pferdekutschen auf mich zu und jeder Kutscher wirbt lautstark um einen Fahrgast. Erst jetzt fällt mir auf, dass ich um diese Zeit offensichtlich der einzig erkennbare Tourist auf dieser ewig langen Straße bin und deswegen konzentrieren sich alle auf mich. Ich habe großen Respekt vor Pferden und mag diese Tiere, aber wenn du plötzlich von mehreren Pferden regelrecht umzingelt wirst, dann empfindest du sie nur noch als Bedrohung. Als ob das nicht schon schlimm genug ist, fangen die Kutscher auch noch an sich gegenseitig zu beschimpfen, denn jeder will natürlich der erste gewesen sein und hat damit ein Anrecht auf mich als seinen Fahrgast. Während sich alle gegenseitig anschreien, stehe ich von Pferdekutschen eingekesselt ohnmächtig dazwischen und versuche mit ängstlicher Stimme zu erklären, dass ich die 100 Meter bis zum Tempel wirklich nur laufen will, mehr nicht.

Jeder dieser Kutscher hat wie einstudiert mindestens ein Dutzend Argumente parat, warum ich trotzdem unbedingt mit ihm irgendwohin fahren soll und es würde doch so gut wie nichts kosten. Ich frage mich die ganze Zeit, woher die überhaupt wissen, dass ich Deutscher bin? Schon bevor ich meinen Mund zum ersten Mal aufgemacht habe, sprachen die schon alle deutsch mit mir. Wahrscheinlich sind die deutschen Touristen die einzigen, die zu so später Stunde freiwillig durch die Gegend laufen.

Naja, vielleicht haben die mich auch nur an meinen Wandersandalen und meinem Rucksack erkannt. In diesem Tumult fangen jetzt auch noch die Pferde an zu wiehern und deswegen muss ich regelrecht schreien, dass mich die Kutscher auch nur annähernd verstehen. Egal, welche Argumente ich auch vorbringe, sie werden ignoriert. Keiner von denen kann sich vorstellen, dass ein Mensch gerne zu Fuß gehen will, wenn er sich doch in eine bequeme Kutsche setzen kann. Auf der einen Seite kann ich gut verstehen, dass die Kutscher gerne noch was verdienen wollen, bevor sie gleich zu ihren Familien nach Hause kommen, aber warum soll ich mich durch die Gegend fahren lassen, wenn ich gefühlt nur noch 50 Meter vor dem beleuchteten Luxor-Tempel stehe? Ich spüre, wie ich ganz langsam meine Selbstbeherrschung verliere und sich in meine lautstarken Argumentationen das eine oder andere Schimpfwort mischt. Ich will diese Menschen nicht beleidigen, aber versuch mal ruhig und höflich zu bleiben, wenn dein Kopf zwischen einem halben Dutzend Nüstern steckt und jeder Kutscher sein Pferd immer dichter an dich herantreibt.

Zu allem Überfluss halten jetzt auch noch mehrere Taxis in direkter Nähe und hupen wie blöde. Aus heruntergelassenen Fenstern höre ich in aktzentfreiem Deutsch ganz viele Gründe, warum Pferdekutschen doof sind und Taxis toll sind und weil natürlich jeder das tollere Taxi hat, kriegen sich die Taxifahrer auch in die Wolle. Ich denke nur. „Beam me up, Scotty!" Mit letzter Kraft schiebe ich den gutmütigsten Gaul zur Seite, ducke mich weg und sprinte los.

Es ist nicht so, dass ich Todesangst habe, aber was zu viel ist, ist zu viel. Dummerweise sind die Straßen in Luxor hell erleuchtet und deswegen kannst du dich nirgends verstecken, also renne ich wie ein Irrer und schlage Haken, ohne dass es irgendeinen Sinn hätte. Plötzlich sehe ich vor mir einen dieser unzähligen Straßen-Kontrollpunkte und die verheißen bewaffnete Hilfe. Wie immer steht hier nicht nur ein startbereites Polizeiauto, sondern es sitzen auch mindestens zwei bis unter die Zähne bewaffnete Soldaten daneben. Obwohl die Jungs den Tumult in Sichtweite genau beobachten konnten, hat es sie nicht gejuckt. Auch jetzt starren sie stoisch geradeaus und ich habe das Gefühl, dass sie eher mich erschießen, als dass sie mich vor den Kutschern und den Taxifahrern beschützen. Verdammt, wäre ich doch nur im Hotel geblieben. Die Kutscher und Taxifahrer haben sich zwischenzeitlich dermaßen festgebissen, dass es wohl noch keinem aufgefallen ist, dass ihr vermeintlicher Fahrgast abgehauen ist.

Ich nutze die Gelegenheit, um schnell ein paar schöne Fotos von der beleuchteten Tempelanlage zu machen. Die wuchtigen Säulen des Luxor-Tempel strahlen in goldgelbem Licht und irgendwie erinnert mich dieser Anblick an den Parthenon-Tempel auf der Akropolis in Athen. Manchmal muss ich mir in Erinnerung rufen, wie alt diese Tempel hier in Ägypten sind, denn der Tempel in Luxor wurde über 1.000 Jahre früher gebaut als das Wahrzeichen von Athen. Wenn es den Karnak-Tempel ein paar Kilometer weiter nicht gäbe, dann würden hier ganz bestimmt viel mehr Touristen rumrennen, denn sehenswert ist diese Tempelanlage allemal.

In meinen Augenwinkeln sehe ich auf der linken Seite den Beginn der „Allee der Sphinxe", wie diese Verbindungs-straße zwischen den beiden großen Tempeln in Luxor genannt wird. Diese Allee haben sie erst viel später gebaut, irgendwann so um 400 vor Christus und weil die Ägypter damals nicht wussten wohin mit all ihrer Schaffenskraft, haben sie diese knapp drei Kilometer lange Straße mit über 1.200 Sphinx-Statuen flankiert. Wie gerne hätte ich mir das in Ruhe angeschaut, aber nicht weit von mir höre ich immer noch das Geschrei der Kutscher und Taxifahrer. Kaum habe ich meine Kamera wieder in den Rucksack gepackt, wird es plötzlich stockdunkel, es ist Punkt 22 Uhr. Ab diesem Moment geht nichts mehr.

Gottseidank keine Pferdebisse, aber dafür schöne Fotos gemacht. Das Glück hat mich offensichtlich nicht ganz verlassen. Ich muss mich jetzt entscheiden: Entweder ich verstecke mich hinter dem Polizeiauto, bis die Kutschen und Taxis verschwunden sind oder ich suche mir eine Alternativ-Route zurück zum Hotel. Ich habe gestern gesehen, dass es unten am Nil eine Art tiefergelegte Uferpromenade gibt, an der nicht nur die Nil-Kreuzfahrt-schiffe anlegen, sondern wo es auch hunderte von kleinen Shops gibt, die jetzt um diese Uhrzeit aber bestimmt schon geschlossen haben. Hier könnte ich möglicherweise unbemerkt zurück zum Hotel laufen. Schnell wie ein Wiesel renne ich zur anderen Straßenseite und verschwinde im Dunkeln. Kaum bin ich die Treppenstufen zum Nilufer heruntergerannt, werde ich von einer gespenstischen Stille empfangen.

Hier unten liegen sie also, die berühmten Nil-Kreuzfahrtschiffe, die ich in den letzten Tagen zu Dutzenden gesehen habe. Im Grunde genommen sehen sie alle gleich aus und sie erinnern mich sehr an die Fluss-Kreuzfahrtschiffe in Deutschland, nur etwas breiter und mit mehr Stockwerken. Hinter den Glasfassaden sieht man vereinzelt die Silhouetten der Fahrgäste und ich stelle mir gerade vor, wie meine Reise verlaufen wäre, wenn ich eine Nil-Kreuzfahrt gebucht hätte?

Wahrscheinlich ankern die Schiffe in der Nähe der gleichen Sehenswürdigkeiten, die sich auch unsere Reisegruppe angeschaut hat. Im Grunde genommen spielt sich das Leben hier schon seit Jahrtausenden links und rechts des Nils ab und so betrachtet, ist das Schiff ein ideales Reisemittel. Allerdings wollte ich nicht auf die unzähligen Eindrücke der Menschen und Alltagsszenen verzichten, die ich all die Tage vom Busfenster aus beobachten konnte. Verhüllte Frauen, die ihre Einkäufe vom Markt nach Hause tragen, kleine fröhliche Kinder, die neben alten Männern auf Eselskarren sitzen und das frisch geschnittene Zuckerrohr zur nächsten Fabrik fahren oder die Bauern, die ihre Äcker heute noch so bewirtschaften, wie mir das mein Opa von seinen Großeltern erzählt hat. Das alles siehst du nur, wenn du auf den Straßen unterwegs bist und manchmal im Stau stehst. Okay, das ist manchmal nervig und die Fahrerei zieht sich hin und wieder bis zur Schmerzgrenze, aber deswegen bin ich doch nach Ägypten geflogen.

Die Bilder von den Pyramiden und den Tempeln hätte ich mir auch in einem Bildband oder im Internet anschauen können, aber dieses Gewimmel in den Straßen, dieser Geruch und diesen Lärm sollte man live erleben. Naja, mit dem Lärm ist das so eine Sache. Im Moment bin ich sehr froh darüber, dass diese tiefergelegte Promenade eine Oase der Stille ist. Man hört bestenfalls das Glucksen einer Schiffspumpe oder das Klirren von Geschirr aus einem offenen Fenster der Bordküche. Vereinzelt begegnen mir Touristen, die sich zu später Stunde in ihre Schlafkabinen zurückziehen oder nochmal frische Luft schnappen wollen, aber ansonsten bin ich hier unten fast alleine unterwegs. Ich denke mir, nur gut, dass weder die Kutschen, noch die Taxis hier runterkommen können.

Von wegen. Die Ägypter sind definitiv schlauer und geschäftstüchtiger als ich es mir bisher vorstellen konnte. Plötzlich tritt ein Mann aus einer dunklen Ecke und läuft neben mir her. Mein erster Gedanke ist natürlich, gleich werde ich ausgeraubt und daher balle ich intuitiv meine Fäuste, um mich möglichst gut wehren zu können. Wie so oft, ist mein Argwohn unbegründet und es entwickelt sich ein nettes Gespräch. Der Mann spricht, wie die meisten Menschen hier, ein halbwegs gutes Schul-Englisch und kennt natürlich auch ein paar deutsche Worte. So erfahre ich, dass er Taxifahrer ist und er mit dem geringen Einkommen seine Familie kaum ernähren kann. Ich frage ihn aus Höflichkeit nicht, wie viele Frauen und Kinder er ernähren muss, aber es scheinen deutlich mehr zu sein, als er verkraften kann. Obwohl mir sofort klar ist, worauf unser Gespräch hinausläuft, plaudern wir eine Weile und es ist mir nicht einmal unangenehm.

Solche Begegnungen wünsche ich mir häufiger, denn so erfährst du viel über das alltägliche Leben der Menschen. Wie willst du auch mit einem Händler ein ungezwungenes Gespräch führen, wenn er dir unentwegt seine Waren vor die Nase hält? Ich warte die ganze Zeit darauf, dass er mir anbietet, mich mit seinem Taxi zum Hotel zu fahren, aber mit jedem Meter, den wir nebeneinander herlaufen, verringern sich seine Chancen. Als er mich dann endlich fragt und ich ihm den Namen meines Hotels nenne, winkt er traurig ab, denn wir beide wissen, dass ich nur die Treppe nach oben steigen muss und ich bin dort angekommen. Ich wünsche ihm für sein Leben von Herzen viel Glück, vielleicht sogar noch die eine oder andere Tour für diesen Abend und lasse ihn unbekannterweise Grüße an seine Ehefrauen und die vielen Kinder ausrichten. Er lächelt mich an, aber über ein paar Ägyptische Pfund für eine Taxifahrt hätte er sich bestimmt mehr gefreut.

Irgendwie bin ich jetzt in melancholischer Stimmung und denke die letzten Meter bis zum Hotel ständig darüber nach, wie es sich für mich anfühlen würde, wenn ich dieser Taxifahrer wäre. Könnte ich so gelassen und freundlich bleiben, wenn zuhause hungrige Kinder schreien? Würde ich auch so aufopferungsvoll um jeden Kunden kämpfen und meine Konkurrenten auf der Straße anbrüllen, nur damit ich nicht mit leeren Händen nach Hause komme? Je mehr ich darüber nachdenke, desto trauriger macht es mich und ich bin heilfroh, als mich Robbie, Horst und Vroni beim Betreten der Hotellobby noch auf ein Bier an die Bar einladen. So komme ich wenigstens auf andere Gedanken.

Nach dem dritten Sakkara-Bier und unzähligen peinlichen Lebensgeschichten falle ich gegen Mitternacht völlig erschöpft ins Bett. Alles nicht so schlimm, denn morgen kann ich notfalls im Bus schlafen. Mustafa meint, die Fahrt würde über zehn Stunden dauern. Na dann, gute Nacht.

26.
Fahrt zum Roten Meer

Ist das nicht herrlich? Ich sitze beim Frühstück, begrüße jeden Einzelnen meiner Mitreisenden mit einem netten Kopfnicken und ich schaffe es sogar meinen bisherigen Feinbildern ein Lächeln zu schenken. Zum ersten Mal fühle ich mich auf dieser Reise so richtig frei und unbeschwert. Es ist mir vollkommen egal, ob und was Elvira oder die anderen Mädels gerade über mich denken. Die können ihre Köpfe noch so oft zusammenstecken und aufreizend zu mir rüber grinsen, es macht mir nichts mehr aus. Mein Herz wacht jetzt über mein Untergeschoss und das ist gut so. Seit mein Kopf meine Libido unter Kontrolle hat, lebt es sich deutlich entspannter. Zum ersten Mal während dieser Reise sitze ich alleine an einem Tisch und ich spüre, dass ich nicht mehr die vermeintliche Sicherheit in der Gruppe mit anderen Menschen brauche. Ich komme gerade sehr gut alleine mit mir klar und das habe ich zum größten Teil Marianne und Albert zu verdanken, die mir gestern mehr als nur einen faulen Zahn gezogen haben.

Manchmal frage ich mich, ob die Weisheit tatsächlich ein Privileg des Alters ist oder ob man sie mit ein wenig Übung auch früher erlangen kann. Mein Vater behauptet: „Die ersten weißen Haare sind die Vorboten der Weisheit und dann wirst du ruhiger". Allerdings hat er schon seit vielen Jahren weiße Haare, regt sich aber trotzdem immer noch viel zu viel auf. Vielleicht liegt es auch daran, dass die Haare noch nicht ganz weiß, sondern eher hellgrau sind. Wenigstens hat er noch Haare in seinem Alter.

Was ist eigentlich mit den Glatzköpfen? Haben die mit dem Haarausfall möglicherweise jede Chance auf Weisheit verspielt? Jetzt, da mir meine sexuellen Fantasien nicht mehr ständig mein Hirn blockieren, kann ich mich endlich wieder den existenziellen Fragen widmen.

In wenigen Minuten wird uns Mustafa wieder mit seinem „Jalla, jalla" rufen und dann geht`s ab Richtung Meer. Die letzten Tage haben sich meine Gedanken unentwegt um Elvira gedreht und natürlich hatte ich das eine oder andere amouröse Abenteuer am Strand auf meiner To-Do-Liste. Das Thema ist jetzt aber durch und ich freue mich umso mehr auf das Schnorcheln im Meer oder lange Strandspaziergänge. Viel mehr kannst du am Roten Meer bekanntlich auch nicht machen, außer dir einen dicken Bauch anzufuttern, denn angeblich gibt es dort rund um die Uhr leckere Buffets. So betrachtet, wäre ein wenig Horizontal-Gymnastik eine gute Möglichkeit gewesen überschüssige Kalorien abzubauen. Mensch Basti, hör auf dich zu quälen. Ich kann nur hoffen, dass weder ich, noch Elvira, vor lauter Langeweile wieder damit anfangen. Nur, weil wir Beide keine Lust auf rhythmische Wassergymnastik haben und sonst nicht wissen, was wir mit unserem Tag anfangen sollen. Ob es tatsächlich Menschen gibt, die Sex nur aus Langeweile haben? Darüber sollte ich jetzt besser nicht nachdenken.

Da wir unsere gepackten Koffer und Rücksäcke bereits vor dem Frühstück vor unsere Hotelzimmertüren gestellt haben, haben die Bediensteten alles Gepäck schon im Bus verstaut. Wir brauchen bloß einzusteigen.

Da die Mädels wie immer die Rückbank einnehmen, setze ich mich nach vorne, direkt hinter Mustafa, damit ich ihn während der Fahrt mit all meinen Fragen löchern kann. Auf der Landkarte sieht die Fahrstrecke verhältnismäßig kurz und entspannt aus. Mein erster Eindruck ist, wir fahren maximal 3-4 Stunden bis zum Meer und dann noch `ne halbe Stunde Küstenstraße bis nach El Quseir. Dieser erste Eindruck sollte sich im Nachhinein als Irrtum herausstellen, denn die Straßen im Landesinnern sind alles andere als gut ausgebaut und wenn du als Busfahrer keinen Achsenbruch riskieren willst, musst du hin und wieder abbremsen oder im Schritttempo fahren, was wiederum extrem Zeit kostet.

Bis vor Antritt der Rundreise hatte ich von El Quseir noch nie etwas gelesen. Angeblich ist das die älteste Stadt Ägyptens am Roten Meer, aber trotzdem kennt man in Deutschland fast nur Hurghada und Sharm El Sheikh. Die deutschen Reisekataloge sind voll mit „All-Inclusive-Billig-Pauschalreisen" und die dort angepriesenen Hotels stehen in der Regel in der Nähe von Hurghada. Wahrscheinlich wollen die meisten Touristen nur futtern und in der Sonne braten. Ich habe mir vor dem Urlaub extra eine neue Taucherbrille gekauft, denn wenn ich schon am Roten Meer bin, will ich auch Schnorcheln. Aber bevor wir das Meer zu sehen bekommen, quälen wir uns stundenlang über Straßen, die man mit so einer lädierten Asphaltdecke in Deutschland ganz sicher schon längst gesperrt hätte. Unser Fahrer kennt die Strecke natürlich in- und auswendig und fährt entsprechend vorsichtig.

Das gibt mir ein vermeintliches Gefühl von Sicherheit, aber es nervt schon gewaltig, wenn der Bus gefühlt alle 1000 Meter fast zum Stehen kommt, weil die Ägypter überall diese künstlichen Bodenwellen gebaut haben. Da kannst du eben nicht einfach so drüber brettern.

Das gibt mir Gelegenheit, mir die Menschen links und rechts am Straßenrand in Ruhe zu betrachten. Als Mitteleuropäer mit einem vernünftigen Einkommen hast du eine Erwartungshaltung an dein Leben, das nichts mit dem zu tun hat, was du hier in Ägypten auf dem Land vorfindest. Mit viel Fleiß und Arbeit kannst du dir hier gerade mal einen Esel kaufen und kannst stolz sein, wenn du deiner Familie eine bescheidene Unterkunft bieten kannst, die nicht ganz so aussieht, als ob sie in den 70er Jahren im letzten Ägypten-Krieg von einer Fliegerbombe getroffen worden wäre und man hätte sie nie wieder richtig aufgebaut. Manche Behausungen sehen aus wie seit Jahrzehnten zerfallene Lehmhütten ohne Fenster und du kannst dir selbst mit viel Fantasie nicht vorstellen, dass da Menschen drin wohnen. Dann treten plötzlich die Bewohner mit sauberen, leuchtend bunten Gewändern aus irgendwelchen unscheinbaren Öffnungen ans Tageslicht, steigen auf ihr Fahrrad und fahren vermutlich zur Arbeit. Zwischen all den „Trümmern" spielen Kinder und die sind augenscheinlich alles andere als traurig. Nicht nur die Kinder winken unserem Bus lächelnd hinterher, sondern auch viele Erwachsene und manchmal schäme ich mich dafür, dass ich im vollklimatisierten Luxus-Bus sitze und mir diese Menschen von oben herab betrachte, während ich denke: „Wie kann man hier nur leben?". Puuh, das geht mir echt an die Nieren.

Ich war bisher noch nicht in so vielen anderen Ländern und wenn, dann meistens in Österreich oder in Italien, aber diese Länder sind mit Ägypten nicht im Ansatz vergleichbar. Ich stelle mir gerade vor, in welche Gesichter ich in Deutschland manchmal blicke, selbst dann, wenn ich durch eine blitzsaubere, schicke Vorstadt-Reihenhaus-Siedlung fahre. Wenn wirtschaftlicher Wohlstand tatsächlich die Basis für ein glücklicheres Leben ist, dann müssten die hier alle mit hängenden Schultern und tränennassen Gesichtern durch die Gegend schleichen.

Je mehr ich aus dem Fenster schaue, desto mehr komme ich ins Grübeln. Jetzt habe ich auf dieser Tour tatsächlich schon drei wichtige Erkenntnisse erlangt, die ich mit nach Hause nehmen darf. Geld allein macht nicht glücklich, mit dem Alter kommt die Weisheit und lass dich nicht von deinem Schwanz leiten, sonst mutierst du schnell zum willenlosen Schoßhündchen. Im Grunde genommen ist das alles nicht neu und ich habe es bestimmt auch schon mal irgendwo gelesen, aber wie immer ist es was ganz anderes, wenn du es selbst erlebt hast.

Das ist doch genauso wie bei vielen Dokus, die im Fernsehen laufen. Da willst du zum Beispiel eine Dokumentation über die Naturschönheiten in Namibia sehen und dann zeigen sie dir fast während des ganzen Films nur irgendwelche Menschen bei der Arbeit, beim Essen zubereiten oder sonst einem Blödsinn machen. Ich will die Wüsten, die Berge und die Tiere sehen, aber der Rest interessiert mich nicht.

Hier in Ägypten wollte ich zuerst auch nur die Pyramiden, die Tempel und den Nil sehen und jetzt beobachte ich diese Menschen hier in ihrem Alltag und es fasziniert mich. Wenn du mitten drin bist, bekommt das eine völlig andere Priorität. Ein Land oder eine Kultur haben immer mehr zu bieten als das, was man landläufig unter Sehenswürdigkeiten versteht. Jedes Gesicht erzählt mir eine andere Geschichte und was ich unterwegs zu sehen bekomme, wird mich noch lange beschäftigen.

So vergeht Stunde um Stunde und es wird niemals wirklich langweilig. Seit mehreren Minuten fahren wir an einer ewig langen Schlange Traktoren entlang, deren Anhänger bis in den Himmel hoch mit Zuckerrohr beladen sind und die alle darauf warten, ihre Ernte bei der Zuckerfabrik abzuliefern. Endlich kommt auch die Fabrik ins Sichtfeld und ich erschrecke zutiefst. Das ganze Fabrikgelände ist dermaßen von pechschwarzen Rauch-schwaden eingenebelt, dass man kaum weiter als 50 Meter gucken kann. Ich dachte zuerst, die Fabrik würde brennen, aber der ganz Rauch kommt lediglich aus zwei großen Schornsteinen, die nicht aufhören wollen, den Himmel zu verdunkeln. Bei uns regen sich alle über die unsichtbare Feinstaubbelastung in den Innenstädten auf, aber hier setzt sich der Dreck mehr als überdeutlich in deiner Lunge und in deinen Klamotten fest. Ich kann nur hoffen, dass die Abgase gefiltert werden und der Rauch nicht giftige Stoffe enthält. Mehr als ein Hoffnungs-schimmer ist es aber nicht, denn ich kann mir beim besten Willen nicht vorstellen, dass die hier Rußfilter oder etwas in der Art verwenden. Oh Mann, was für ein Leben. Mehr und mehr bin ich froh darüber in Deutschland zu leben.

So langsam müssten wir das Meer sehen können, denn wir sind schon weit über die geplante Fahrzeit hinaus. Endlich taucht vor uns eine Art Autobahnkreuz auf, das darauf schließen lässt, dass wir die Küstenstraße erreicht haben. Tatsächlich sieht man hinter den Häusern das Meer leuchten und es ist ein wohltuender Kontrast zum teilweise doch sehr dreckigen Hinterland. Jetzt sollten wir bald da sein, denn so langsam geht auch die Sonne unter.

Eigentlich wollte ich Mustafa so viele Fragen stellen, aber ich war während der Fahrt dermaßen abgelenkt und so in meinen Gedanken, dass ich es schlichtweg vergessen habe. Mustafa ist schon ganz hibbelig, weil er wie jeden Tag während des Ramadans auch heute nichts gegessen hat, seit die Sonne aufgegangen ist. Seine innere Uhr sagt ihm, dass er in spätestens zwei Stunden endlich wieder futtern und trinken darf und das lässt ihn merklich unruhig werden. Die ganzen Tage war er mit uns in irgendwelchen Tempeln unterwegs und war tagsüber durchgängig abgelenkt, aber die lange Fahrt hier scheint ihn echt zu belasten. Da hockst du rund zwölf Stunden hungrig auf deinem Sitz und betest vor dich hin, während deine Gäste alle paar Stunden mal auf die „Pipibox" einer Raststätte dürfen und sich am Stand nebenan was Leckeres zwischen die Zähne schieben. Hier eine Portion Kebab, dort ein Schokoriegel, dann zur Abwechslung ein Eis und immer wieder was Kaltes zu trinken. Er steht nebendran, guckt traurig und hofft, dass die Sonne bald untergeht, damit er wieder zu Kräften kommt. Keine leichte Zeit für Mustafa. Endlich taucht ein Schild am Straßenrand auf: Noch 30 Kilometer bis El Quseir!

27.
Absturz

Ich hätte es mir denken können, so unvorbereitet kommt das jetzt nicht. Unsere Hotelanlage liegt, wie die meisten am Roten Meer, ganz schön weit außerhalb, sozusagen im „Nirvana"! Wenn es in diesem Meer keine hübschen bunten Fische und Korallen gäbe, würde hier vermutlich nicht ein einziges Hotel stehen. Der Strand sieht auf den ersten Blick ganz schön trostlos aus. Auf den zweiten leider auch. Schon vor dem Aussteigen wird mir klar, dass wir diese Hotelanlage die nächsten drei Tage vermutlich nicht verlassen werden, nicht deswegen, weil man uns nicht rauslassen würde, sondern weil es hinter dem Hotelzaun nichts mehr zu sehen gibt. Das bedeutet, dass ich Elvira und den Mädels kaum mehr aus dem Weg gehen kann und das bedeutet wiederum, dass mein Testosteronspiegel durch die tägliche „Pool-Bikini-Show" unter Hochdruck leiden wird.

In solchen Ländern wie Ägypten ist das für die Männer sowieso nicht ganz einfach. In den Städten und auf den Straßen vermummen sich die Frauen und selbst die hübschesten Touristinnen tragen aus Rücksichtnahme gegenüber der Religion und Kultur lange Röcke, bedecken sich die ansonsten nackten Schultern und offenherzige Dekolletés sieht man schon gar nicht. Kaum trittst du hinter die Mauer eines Hotels, reißen sich die Frauen alles vom Leib, was gerade noch so erlaubt ist und der Kontrast könnte nicht größer sein.

In Deutschland macht es mir echt nichts aus, wenn ich am Badesee liege und überall die weiblichen Reize empfangen darf, selbst in der Fußgängerzone gehört im Sommer nackte Haut zum alltäglichen Stadtbild. Nach ein paar heißen Sommertagen in der Stadt guckst du als Mann schon nicht mehr genau hin. Hier in Ägypten beschleunigt dein Testosteron von Null auf Hundert in einer Millisekunde. Eben noch bodenlange Röcke, Kopftücher und bis zum Hals zugeknöpfte Blusen und dann das. Schon auf dem Weg zu meinem Hotelzimmer muss ich aufpassen, dass ich vor lauter Gucken nicht versehentlich über meine Füße stolpere. Das laute Fluchen von Robbie, der direkt hinter mir läuft, lässt Schlimmes erahnen. Ganz offensichtlich hat er sich weniger unter Kontrolle.

So wie es aussieht, ist er über eine kleine Mauer gestolpert, die den Weg begrenzen soll und jetzt liegt er wie eine Schildkröte auf dem Rücken und strampelt mit seinen Beinen. Das sind diese Momente, in denen fiese Mitmenschen gerne ihr Handy zücken, ein Video drehen und anschließend auf 100.000 Likes bei YouTube hoffen. Auch wenn mir Robbie gerade echt leidtut, so wie er hilflos vor sich hin strampelt, muss ich dennoch hemmungslos lachen. Ich habe mich kaum unter Kontrolle und offensichtlich muss ich in diesem Moment einfach mal Dampf ablassen. Da hat sich die letzten Tage ganz schön viel aufgestaut und das muss jetzt raus. Da Robbie etwas mehr als nur korpulent ist, scheint er aus eigener Kraft nicht mehr auf die Beine zu kommen.

Mein Gott, was bin ich doch für ein Idiot! Wenn ich da liegen würde und ein anderer würde sich über mich totlachen, müsste der um sein Leben bangen. Mit wenigen Schritten bin ich bei ihm und reiche ihm meinen ausgetreckten Arm, sodass er sich an mir hochziehen kann. Naja, das mit der Schwerkraft ist so eine Sache und den Faktor „Masse" darf man niemals unterschätzen. Jetzt liegen wir mehr oder weniger beide ineinander verkeilt auf dem Rasen und nun ist es Robbie, der wie blöde anfängt zu lachen. Was für ein Bild! Zwei rollige Junggesellen liegen mitten in der Hotelanlage rücklings auf dem Rasen und lachen sich die Lunge aus dem Leib, während aus allen Ecken Menschen herbeiströmen, die in diesem Moment nicht wissen, ob was passiert ist oder ob wir einfach nur Spaß haben. Während sich mehrheitlich besorgte Frauen über uns beugen, flüstert mir Robbie ins Ohr:

„Hast du die Möpse von der Rothaarigen gesehen?" Anstatt ihn zurechtzuweisen, dass man so eine Bemerkung in Gegenwart der betreffenden Dame unterlassen sollte, höre ich mich nur sagen: „Der Hammer!" In diesem Moment beschließen Robbie und ich für den Rest der Reise Freunde zu werden. Wir können uns nicht nur für die gleiche Dinge begeistern, sondern haben beide auch diesen schrägen Humor, den die meisten Frauen einfach nur als peinlich oder kindisch empfinden. Da wir beide allerdings Singles sind und wir diese Menschen hier nach unserer Abreise vermutlich nie wieder treffen werden, ist es uns völlig egal, was man über uns denkt. So gesehen hat es auch Vorteile alleine zu reisen.

Nachdem ich Robbie unter Einsatz aller Kraftreserven wieder in die Vertikale gewuchtet habe, lädt er mich sofort auf ein Bier ein. Da unser Gepäck vom Personal zu unseren Hotelzimmern gebracht wird, schlagen wir den direkten Weg zur Bar ein. Normalerweise trinke ich vor dem Abendessen keinen Alkohol, aber wenn Robbie in deiner Nähe ist, hast du keine Chance dich zu wehren. Hoffentlich sind Vroni und Horst nicht eifersüchtig und machen uns nachher eine Szene, weil wir hier ohne sie anfangen. Meine Mutter hat mich schon als Jugendlicher davor gewarnt, ich solle niemals Alkohol trinken, wenn ich in der Sonne sitze, aber wer hört schon auf seine spaßbefreite Mutter.

Im Nachhinein hätte ich mal besser auf sie gehört und vor allem hätte ich nicht den Ehrgeiz entwickeln sollen, bei der Trinkgeschwindigkeit von Robbie mitzuhalten. Keine Stunde später standen fast ein Dutzend Bierdosen auf unserem Tisch, so genau weiß ich das nicht mehr. Als Robbie plötzlich wie ein junger, unternehmungslustiger Springbock aufsteht und mich in den Speisesaal zum Abendessen schleppen will, verweigert mein Körper jegliche Funktionen. Wie macht der das bloß? Ich bin fertig mit der Welt und will nur noch in mein Bett, obwohl ich panische Angst davor habe, weil ich genau weiß, dass ich ganz übel Karussell fahren werde. Scheiß Alkohol!

„Lass den Waschlappen hier liegen", höre ich eine weibliche Stimme sagen. Ich bin mir nicht sicher, ob es die beleidigte Vroni, die unbarmherzige Maria, die „Null-Bock" Merle oder die unterkühlte Hilde war, die mir hier den emotionalen Gnadenstoß versetzen will.

Egal, ich habe es verdient. Warum musste ich mich auch darauf einlassen? Der Abend ist gelaufen. Jetzt liegt mein Kopf auf diesem mit Bier verschmierten Tisch und so wie es aussieht, will den „Waschlappen" niemand ins Bett bringen.

„Armer schwarzer Kater!" Habe ich das eben nur geträumt oder hat das wirklich jemand gesagt? „Komm, pack mit an!" Wieder diese Stimmen. Ich bin so besoffen, dass ich auch diese Stimmen nicht zuordnen kann. Plötzlich spüre ich überall Hände an meinem Körper, auch an Stellen, an denen man einen Mann normalerweise nicht einfach so anfassen darf, aber offensichtlich brauchen meine Helfer jeden erdenklichen Halt um mich hochzuwuchten. Ich ergebe mich meinem Schicksal und während ich durch den geistigen Nebel ein Frauengesicht zu erkennen glaube, ahne ich bereits, welcher Spießrutenlauf mir am nächsten Tag droht. An den Rest des Abends kann ich mich nicht mehr erinnern. Ich glaube das nennt man „Blackout"!

28.
Morgengrauen

Es gibt Momente im Leben, in denen will man sterben. Also nicht wirklich, aber zumindest so lange, bis der Kopf aufhört zu platzen. Klingt sehr martialisch, aber ich fühle mich immer noch so, als ob die Einzelteile meines Hirns über den gesamten Boden meines Hotelzimmers verstreut wären und ich zu kraftlos bin, sie aufzulesen. Was bin ich nur für ein Trottel! Seit ich zum ersten Mal eine Dose Sakkara-Bier getrunken habe weiß ich, dass nach spätestens einem halben Liter dieser hochprozentigen „Migräne-Brühe" Schicht im Schacht sein sollte, aber nein, ich wollte ja meinen neuen besten Kumpel Robbie nicht vergraulen und habe jede Einladung lallend angenommen. Boah, brummt mir der Schädel. Ich bin heilfroh, dass ich erst hier am Roten Meer abgestürzt bin und nicht während der Rundreise, denn in diesem Zustand hätte ich keinen einzigen Ausflug überlebt. Am besten, ich drehe mich gleich wieder auf die Seite und schlafe durch bis zum Abendessen. Ein heftiges Klopfen an meine Zimmertür lässt mich aufschrecken und mein erster Gedanke ist: Das Zimmermädchen kommt.

„Basti?" Nee, das Zimmermädchen kann es nicht sein, denn woher sollte sie meinen Namen kennen? „Basti, mach auf!" Ich denke nur: Lasst mich bitte in Ruhe! „Basti, ist alles in Ordnung mit dir?" Das ist ganz klar eine Frauenstimme, aber keine die ich eindeutig zuordnen kann. Elvira ist es auf jeden Fall nicht, denn die hat mich noch nie Basti genannt.

Für Maria klingt es eindeutig zu freundlich. Es ist aber definitiv eine jüngere Stimme, also fallen die vielen netten alten Damen aus unserer Gruppe weg. Chantal? Warum sollte ausgerechnet sie nach mir schauen wollen? Das ergibt keinen Sinn! Vroni? Kann ich mir nicht vorstellen, denn die ist bestenfalls sauer auf mich, weil ich ihren Robbie den ganzen Abend in Beschlag genommen habe. Bleiben nur Merle und ihre „Stiefmutter in spe" Charlotte, aber warum sollte ausgerechnet eine von denen nach mir schauen, die haben sich doch die ganze Zeit nicht für mich interessiert?

„Komm schon Basti, mach die Tür auf!" Lisa! Das ist die kleine Lisa! Natürlich ist sie das, aber warum sie? Mit letzter Kraft ziehe ich meinen fast leblosen Körper über den Rand meines Bettes und versuche meine Füße so nebeneinander zu stellen, dass ich beim Versuch aufzustehen nicht gleich wieder umfalle. „Ja, ja, ich komme!", höre ich mich rufen, aber es klingt mehr nach einem kraftlosen Gewinsel. Keine Ahnung, wie ich es letztendlich bis an die Tür geschafft habe, aber jetzt steht Lisa kopfschüttelnd vor mir und schaut mich an wie damals meine Mutter, wenn sie mich beim Rauchen erwischt hat.

„Junge, Junge, was hast du dir nur dabei gedacht?" Mensch Lisa, halt die Klappe und hör auf mich zu nerven, sage ich natürlich nicht, sondern denke es nur. Wie kann eine so kleine Göre nur so erwachsen daherreden? Jetzt fehlt nur noch ihr kleiner ätzender Bruder:

„Guck mal Schwesterchen, da ist der Mann mit den sieben Hobbys: Sex und Saufen!" Ich hätte es mir denken können, dass sie ihren kleinen Bruder im Schlepptau hat. Woher kennt dieser Knirps solche blöden Sprüche? Wenn ich wieder nüchtern bin, muss ich unbedingt mal mit seiner Mutter sprechen.

„Lasst mich in Ruhe, bitte! Wenn ihr mir was Gutes tun wollt, dann bringt mir eine Flasche Wasser!" Ich bin mir sicher, die beiden haben mich verstanden, aber entweder nutzen sie die Situation aus und genießen noch ein wenig meine Hilflosigkeit oder sie warten auf ein üppiges Trinkgeld, bevor sie sich bewegen.

„Elvira hat gesagt, du bist ein armer Wicht. Was ist ein Wicht?" Tja, so schlau ist der Kleine dann doch nicht, aber mir schwant Übles. Wahrscheinlich stand die ganze Reisegruppe gestern Abend im Halbkreis um meinen Tisch und alle haben nach Herzenslust gelästert, während ich mehr oder weniger bewusstlos über dem Tisch hing. Lisa und Luca haben sich dabei ganz sicher nicht zurückgehalten und wollen jetzt bestimmt noch ein wenig nachlegen.

„Lasst mich in Ruhe Kinder! Wenn ihr mir kein Wasser holen wollt, dann macht euch vom Acker!" Allein der Gedanke an weitere Konfrontationen mit den anderen macht mich wütend und die Kinder sollten mir jetzt besser aus den Augen gehen.

„Elvira hat aber auch gesagt, dass es ihr leidtut" höre ich Lisa sagen.

„Wieso tut es ihr leid?" Lisa schaut mich lange mit ihren großen Kinderaugen an: „Woher soll ich das wissen? Frag sie doch selber, sie wartet vor der Tür!" Kaum gesagt, dreht sie sich um, schnappt sich ihren kleinen Bruder und schon sind die beiden aus meinem Sichtfeld.

„Alles gut bei dir?", höre ich Elvira zaghaft flüstern. Normalerweise hätte ich mich über ihren Anblick gefreut, aber wenn du aussiehst wie ein verwahrloster Penner, dem beim Versuch zu Sprechen die Spucke aus dem Mund sabbert, dann ist dir der spontane Besuch der ehemals Angebeteten alles andere als angenehm. Elviras Gesichtsausdruck kann man in diesem Moment mit viel Wohlwollen als besorgt oder mitfühlend interpretieren, aber definitiv nicht als verständnis- oder liebevoll.

„Was willst du?" Mein Unterton ist eindeutig zu aggressiv, aber mir ist nicht nach Gesellschaft und ich habe absolut keinen Bock auf tiefgründige Gespräche.

„Ich dachte nur, ich schau mal nach dir. Mir kam es gestern so vor, als ob du wegen mir so viel getrunken hast." Am liebsten hätte ich jetzt erwidert: „Na klar, weil ich dich im Vollsuff besser ertragen kann", aber wenn du emotional so negativ geladen bist, solltest du besser die Klappe halten. Es wäre Elvira gegenüber ungerecht, denn letztendlich haben wir beide Fehler gemacht und haben uns was vorgegaukelt. Das darf ich ihr und will ich ihr auch nicht alleine in die Schuhe schieben, obwohl sie es aufgrund ihrer Lebenserfahrung hätte ahnen können, wie das ausgehen wird. Soll ich mich jetzt für meinen Ton entschuldigen oder soll ich die harte Linie durchziehen?

Wenn ich jetzt weich werde, dann laufe ich Gefahr, dass wir uns wieder in den Arm nehmen und dann geht es dort weiter, wo wir vorgestern aufgehört haben. Das macht es nur noch schlimmer. Bleibe ich hart, tut es mir hinterher bestimmt leid und ich mache mir Vorwürfe. Verdammt! Wenn Elvira die Kleinen nicht vorgeschickt hätte, dann hätte ich sie ganz bestimmt nicht ins Zimmer gelassen und ich müsste jetzt keine Entscheidung treffen. Elvira schaut mich lange an und ich schaffe es nicht ihrem Blick auszuweichen. Auch wenn keiner von uns was sagt, so ist uns beiden klar, dass wir uns besser nicht mehr in den Arm nehmen sollten und so nehmen wir einfach nur still Abschied.

Während Elvira die Tür leise hinter sich zuzieht, höre ich von draußen Lucas Stimme: „Na, hat der arme Wicht keine Eier in der Hose?" Es braucht nicht mehr viel und der Kleine kriegt von mir `ne Abreibung, die sich gewaschen hat. Solche Kinder haben jedes Recht auf Welpenschutz verspielt. Während ich so darüber nachdenke, kann ich schon wieder lächeln. Oh Mann, hat der eine große Klappe! Selbstverständlich würde ich den Kleinen niemals schlagen, aber wenn der erst einmal volljährig ist, sollte er sich vor weniger rücksichtsvollen Menschen besser in Acht nehmen. Lisa schiebt natürlich auch noch ein paar Kommentare hinterher, aber durch die verschlossene Tür kann ich nicht alles verstehen und das ist gut so. Ich nehme mir vor noch ein paar Stunden liegen zu bleiben und am späten Nachmittag einen Strandspaziergang zu machen, wenn mich bis dahin die Beine wieder anständig tragen.

29.
Am Strand

Gottseidank baut sich der Alkohol im Blut mit der Zeit ab und so kann ich nach fast 15 Stunden Bettruhe meine Arme und Beine wieder halbwegs zufriedenstellend koordinieren. Bevor ich mich heute Abend in den Speisesaal traue, brauche ich einen klaren Kopf. Über Umwege laufe ich mehr oder weniger unbemerkt Richtung Strand und kaum angekommen, bin ich in meinem Element. Schon als kleiner Junge habe ich voller Begeisterung Muscheln gesammelt, aber damals war ich darauf angewiesen, dass mir meine Onkels und Tanten ein paar Muscheln aus Italien oder aus anderen Urlaubsländern mitgebracht haben.

Das, was mir hier am Strand begegnet, versetzt mich allerdings in Ekstase. Meine Tanten haben mir immer erzählt, wie lange sie damals suchen mussten, bis sie ein paar hübsche Muscheln im Sand gefunden haben, aber hier siehst du vor lauter Muscheln keinen Sand. Ich traue mich nicht auch nur einen Schritt zu gehen, denn ich will keine dieser Millionen von Muscheln und kleinen abgestorbenen, versteinerten Korallen zertreten, denn eine ist schöner als die andere. Instinktiv bücke ich mich und fange an zu sammeln was mir zwischen die Finger kommt. Schnell kommen meine Hände an ihre natürlichen Grenzen und ich fange an mir die Muscheln in meine Badehose zu stopfen. Hoffentlich sieht mich keiner, denn eine mit dutzenden Muscheln ausgebeulte Badehose ist ein aufregender Anblick und das meine ich sprichwörtlich.

Alle paar Meter finde ich noch schönere und noch größere Muscheln und irgendwann bleibe ich resigniert stehen und frage mich, was ich da überhaupt tue? Noch eine Muschel mehr in der Hose und die Schwerkraft sorgt für ungewollten Nudismus. Wenn mich jemand so in der Hotelanlage sieht, dann sorge ich ganz sicher für den zweiten Shitstorm, noch bevor der erste abgeebbt ist. Es ist besser, wenn ich später nochmal mit einer Tasche oder einem Rucksack zurückkomme. Die Muscheln werden ganz bestimmt auch morgen noch hier liegen, also rolle ich meine Badehose nach vorne auf und schütte meine gesammelten Exponate wieder zurück auf den Strand.

Plötzlich ertönt ein Schrei. Verdammt nochmal, müssen Clarissa und Johannes ausgerechnet jetzt hier auftauchen? Während ich krampfhaft versuche eine hartnäckig verkeilte Koralle direkt unter meinem besten Stück herauszupulen, muss ich mir von Clarissa im vorwurfsvollsten Ton anhören, ich wäre nicht nur ein unbeherrschter Alkoholiker und sexsüchtig, sondern offensichtlich auch noch ein perverser Exhibitionist. Das nenne ich schlechtes Timing! Johannes nimmt es glücklicherweise mit Humor, aber das tut er nur, um Clarissa zu ärgern. Meine kläglichen Versuche die Situation zu erklären werden im hektischen Geschrei Clarissas erstickt und es dauert nicht lange, da ergreifen die beiden die Flucht. Ich kann mir lebhaft vorstellen, wie schnell das jetzt die Runde macht. So wie ich Clarissa bisher erlebt habe, wird sie alles bis ins letzte Detail schildern und ich kann nur hoffen, dass sie wenigstens mein Gemächt und das Drumherum nicht genauso bildhaft beschreibt, wie diese Palme am Philae-Tempel.

Wenn es ganz schlimm kommt, wird Johannes ihr wie so oft widersprechen und die beiden streiten solange in der Öffentlichkeit, bis es auch der letzte deutschsprachige Gast im Hotel mitbekommen hat, wie es in meiner Badehose aussieht und zur Krönung muss ich mir dann wieder einen blöden Spruch vom kleinen Luca anhören.

Ich muss unbedingt meine Haut retten und zwar jetzt sofort. So schnell mich meine Badelatschen tragen, renne ich Clarissa und Johannes hinterher und gottseidank bleiben sie auf halber Strecke zum Hotelpool stehen und warten auf meine Erklärung. So wie es aussieht, hat Johannes schon ein wenig Vorarbeit geleistet und Clarissa hat sich wieder einigermaßen beruhigt. Unser Gespräch verläuft dann doch verständnisvoller und vernünftiger als ich hoffen durfte und dann habe ich die beiden zum Abschluss gefragt, ob ich mich für ihr Entgegenkommen mit irgendwas erkenntlich zeigen könnte.

„Lass uns ein Bier trinken gehen!", zwinkert mir Johannes zu, aber ich bin mir nicht sicher, ob er tatsächlich Alkohol trinkt oder ob er nur wieder seine Frau provozieren will. Bevor ich was darauf erwidern kann, fangen beide an zu lachen und ich habe das Gefühl, dass meine Geschichte wenigstens nicht die ganz große Runde machen wird. Vielleicht sollte ich mich heute Abend zu den Beiden an den Tisch setzen, dann behalte ich wenigstens die Kontrolle über die Gesprächsthemen.

30.
Unter Wasser

Der Abend gestern war entspannter als ich dachte. Natürlich haben mich einige auf meinen Alkoholexzess angesprochen, aber mehrheitlich schwappte mir Mitgefühl und Verständnis entgegen und nur vereinzelt etwas Hohn und Spott. Wahrscheinlich haben sie anders über mich gesprochen, als ich noch nicht in Hörweite saß, aber das ist jetzt nicht mehr so wichtig.

Heute steht der langersehnte Tauchausflug auf dem Programm und mein Kreislauf ist zwischenzeitlich wieder so stabil, dass ich voller Vorfreude dabei sein kann. Ein paar Leute aus unserer Gruppe waren wohl schon öfters Schnorcheln und während wir in der Lobby auf die Bootsbesatzung warten, kursieren bereits spannende Geschichten aus vergangenen Urlauben. Da ist die Rede von Muränen, deren Mäuler und „toten" Augen unter Wasser noch viel größer und gruseliger erscheinen als ohne Taucherbrille. Offensichtlich waren einige von uns auch schon mit Sauerstoffflaschen in Schiffswracks unterwegs und so steigern sich die Geschichten immer mehr ins Abenteuerliche. Ich freue mich einfach nur darauf bunte Fische zu sehen. Ich gehöre zur „Generation Findet Nemo" und dieser Clownfisch hat meine Sehnsucht nach dem Schnorcheln überhaupt erst ausgelöst. Keine Ahnung, ob es hier im Roten Meer Clownfische gibt, aber alles, was bunter ist als ein Barsch oder ein Karpfen, wird mich begeistern.

Nachdem sich in der Lobby fast 30 Menschen versammelt haben, die offensichtlich alle auf den gleichen Schnorchel-Anbieter warten, schwindet Minute um Minute meine Hoffnung auf ein romantisches Tauchabenteuer mit Nemo. Wenn die alle gleichzeitig vom Boot hüpfen, werden wir uns gegenseitig ersäufen, weil sich unsere Schnorchel und Flossen gezwungenermaßen ineinander verheddern. Oh Mann, das kann ja heiter werden.

Als wir am Anlegeplatz der Tauchboote ankommen, muss ich erschrocken feststellen, dass wohl auch andere Hotels die gleiche Idee hatten und nun hocken hier knapp 100 Menschen dicht gedrängt auf einem halben Dutzend Tauchboote und schieben Frust über diesen Menschenauflauf. Egal, das Rote Meer ist groß und nur weil hier so viele Boote gleichzeitig ablegen, bedeutet das noch lange nicht, dass die auch alle das gleiche Ziel haben. Nach einer halben Stunde Fahrt wird mir klar, dass ich mich getäuscht habe und es kam, wie es kommen musste. Nachdem die Schiffe in einem großen Kreis Anker geworfen haben, springen wie auf Kommando Menschenmassen kopfüber ins Meer und von oben betrachtet sieht es aus, als ob man Schlachtreste in ein „Piranha-Becken" wirft. Die Wasseroberfläche brodelt und überall schlagen die Taucher hektisch mit ihren Armen und Flossen, um sich Platz zu verschaffen. Ich traue mich nicht ins Wasser, noch nicht. Chantal, Yvonne und Lea haben sich für mich überraschend sofort todesmutig in die Fluten gestürzt. Offensichtlich suchen sie doch das Abenteuer und den Nervenkitzel.

Ich sitze jetzt mit Merle zusammen auf dem Boot und wir betrachten uns dieses Chaos kopfschüttelnd aus der sicheren Distanz. Ein paar von unserer Gruppe sind auf einem anderen Boot und einige von uns sind erst gar nicht mitgekommen. Den Älteren ist Schnorcheln zu anstrengend und zu gefährlich und wenn ich das hier sehe, weiß ich auch warum. Elvira ist mit Maria ebenfalls im Hotel geblieben, aber ich denke das liegt an mir. Robbie und Horst haben gleich abgewunken. Sie haben gelesen, dass die Jagd auf Wale in vielen Staaten der arabischen Welt noch erlaubt ist und wollten sich nicht unnötig in Gefahr bringen.

Nachdem es an der Wasseroberfläche zwischenzeitlich etwas geordneter zugeht, springen Merle und ich ebenfalls ins Wasser. Wir haben uns kurz vorher versprochen aufeinander aufzupassen und somit habe ich einen richtigen „Buddy", so nennt man die Tauchpartner, die im Team gemeinsam runtergehen. Kaum habe ich meine Taucherbrille unter die Wasseroberfläche gedrückt, eröffnet sich mir eine Unterwasserwelt, die ich bisher nur aus Dokumentar- oder Tierfilmen kenne. Ich war mal als Kind in einer dieser Sea-World-Aquarien, aber das ist alles „Pille-Palle" gegen die Realität. Wow! Ich fange unbewusst an zu zählen, aber nach über 20 verschiedenen Fischarten verliere ich den Überblick und ich genieße nur noch die Vielfalt der Korallen und allem, was sich dazwischen bewegt. Die weiter oben angesiedelten Korallen leuchten im Sonnenlicht in allen möglichen Rot-, Gelb- und Lilatönen, aber weiter unten wird es ziemlich düster.

Da wir beim Atmen alle auf unsere Schnorchel angewiesen sind, bleiben wir natürlich an der Wasseroberfläche und gottseidank haben sich die vielen Menschen zwischenzeitlich etwas verteilt, sodass wir uns einigermaßen entspannt bewegen können. Hin und wieder tauschen Merle und ich Blicke aus, aber so wie es aussieht, läuft alles bestens.

Plötzlich kommt Bewegung in die Szenerie, denn einer der Tauchlehrer gibt unter Wasser hektisch Signale. Keiner weiß warum, aber alle schwimmen auf die Stelle zu, auf die er zeigt, denn man könnte ja was verpassen. Weiter unten sehe ich eine große Meeresschildkröte schwimmen. Naja, schwimmen tut sie nicht gerade, es sieht eher so aus, als ob sie der Tauchlehrer da unten am Meeresboden angekettet hat. Natürlich wollen alle die Schildkröte aus der Nähe sehen und was jetzt kommt, sollte jeden Tierschützer auf die Palme bringen. Ohne Rücksicht auf Verluste drängen sich dutzende Taucher in nächster Nähe direkt über der Schildkröte. Spätestens jetzt erhärtet sich mein Eindruck, dass die Schildkröte entweder schon tot ist und deswegen nicht flüchten kann oder sie ist tatsächlich festgebunden. Ich würde mir am liebsten eine Harpune vom Boot schnappen und diese Idioten um mich herum nacheinander wegschießen, aber ich kann nur hilflos zuschauen. Plötzlich hebt die Schildkröte ihren Kopf und krabbelt ganz gemächlich über den Meeresboden davon. Oh Mann, die ist vielleicht cool geblieben. Wahrscheinlich muss sie dieses Theater jeden Tag ertragen und bekommt dafür vom Tauchlehrer zur Belohnung anschließend ein Bündel frische Algen ins Maul gestopft.

Obwohl ich erst 20 Minuten im Wasser bin, habe ich genug für heute und Merle scheint es genauso zu gehen, denn wir steigen fast zeitglich wieder zurück ins Boot.

31.
Merle

Ich hätte nie gedacht, dass ich mit diesem „Grufti-Pubertier" mal ein gutes Gespräch führen würde, aber ich habe mich auch hier, wie so oft, getäuscht. Wahrscheinlich ist sie die ganze Zeit nur so verschlossen und so unnahbar, weil sie keinen Bock auf Patchwork-Familie hat und schon gar nicht auf diese überdrehten neunmalklugen Kiddies ihrer „Stiefmutter in spe". Sie erzählt mir unaufgefordert, dass sie diese Reise viel lieber nur mit ihrem Vater zusammen gemacht hätte, aber der meinte, es wäre wichtig, dass sie sich alle mal richtig beschnuppern. Merle hängt noch sehr an ihrer Mutter, aber was willst du machen, wenn die Mutter viel zu früh stirbt. Sie spricht andauernd von diesem „beschissenen K-Wort", als ob sie sich geschworen hat, niemals in ihrem Leben das Wort Krebs auszusprechen.

Meine Großmutter ist auch an Krebs gestorben, aber das ist etwas anderes. Mein Vater hat mir mal erklärt, dass es wichtig ist, dass die natürliche Reihenfolge eingehalten wird. Erst der Opa, dann der Vater, dann du und erst viel später deine Kinder. Alles andere ist unerträglich. Auch wenn mir so ein Schicksal gottseidank bisher erspart geblieben ist, kann ich Merle gut verstehen, zumal sie gerade mal 12 Jahre alt war als ihre Mutter verstorben ist. Oh Mann, das muss echt hart gewesen sein. Da wundert es mich nicht, dass sie ein wenig aus der geplanten Umlaufbahn geraten ist.

Hinter dieser scheinbar coolen und rotzigen Fassade verbirgt sich eine hochsensible, junge Frau, die in diesem Moment sehr glücklich darüber ist, mit einem Fremden über ihr Schicksal und ihre Gefühle sprechen zu können. Wie gerne hätte ich dieses Gespräch in Ruhe weitergeführt, aber nach einer knappen halben Stunde hören wir die Schiffe hupen und das ist das Zeichen für die Taucher wieder an Bord zu kommen.

Dieses Gespräch wird uns dennoch bleiben und es macht mich ein wenig traurig, dass ich erst jetzt, wo unsere gemeinsame Reise sich dem Ende neigt, diesen Draht zu ihr gefunden habe. Obwohl sie erst 15 Jahre alt ist, strahlt sie eine Reife aus, die ich bei vielen Frauen in meinem Alter manchmal vermisse. Ich empfinde es als sehr wohltuend, mich mit einer jungen Frau ungezwungen zu unterhalten, ohne dass sich irgendeine erotische Stimmung dazwischen keilt. Ich glaube, wir beide hätten das auch geschafft, wenn Merle ein paar Jahre älter wäre. Es ist nicht immer das Alter oder das Aussehen, da zählen ganz andere Eindrücke, die ich leider nicht immer benennen kann. Es ist dann einfach so, und so wie es war, war es gut! Während unsere Boote wieder Richtung Hafen fahren, sitzen wir schweigend nebeneinander und schauen auf's offene Meer hinaus. Manchmal braucht es eben keine weiteren Worte.

32.
Zurück nach Kairo

Wenn sich eine Reise dem Ende neigt, geht gefühlt alles doppelt so schnell vorbei. Der letzte Abend in El Quseir ist schnell zusammengefasst. Während sich gestern die Teilnehmer unserer „Taucher-sucht-Nemo-Expedition" beim Abendessen voller Begeisterung gegenseitig die Geschichten erzählt haben, die der jeweils andere natürlich genau gleich erlebt hat, saßen die anderen mehr oder weniger in sehr viel kleineren Gruppen als sonst oder sogar nur paarweise an den Tischen. Bei mir hat sich die letzten beiden Tage immer mehr der Eindruck festgesetzt, dass viele unter uns mit den Gedanken schon wieder zuhause sind.

Da saßen Marianne und Albert alleine an einem Zweier-Tisch und sprachen offensichtlich über ihre Enkelkinder. Gleich einen Tisch weiter waren Waltraut und Johannes in den Vorbereitungen ihres nächsten Bibelkreises vertieft und selbst Yvonne und Lea saßen weit abseits und steckten ihre Köpfe zusammen, ohne dass auch nur ein einziges Wort nach außen drang. Ich saß natürlich bei unseren Botanikern am Tisch, aber nicht, weil ich die beiden so herzerfrischend sympathisch fand, sondern weil ich sie den ganzen Abend mit meinen strafenden Blicken daran erinnern musste, dass sie die „Eine-Koralle-klemmte-unter-seinem-Pullermann" Geschichte nicht wieder in allen Ausschmückungen quer über den Tisch erzählten. Clarissa hielt sich aber zurück, denn zum ersten Mal saß die Patchwork-Familie bei uns am großen Tisch.

Ich war ein bisschen stolz, als Merle an diesem Abend, wenn auch nur zögerlich, mit ihrer zukünftigen Stiefmutter sprach. Ihr Vater quittierte das wohlwollend mit einem glücklichen Lächeln und selbst Lisa und Luca waren für ihre Verhältnisse ausgesprochen friedlich.

Johanna, unsere etwas spröde Lehrerin, saß mehr oder weniger teilnahmslos dazwischen und beobachtete die Menschen am Tisch mit ihrem typisch strengen Blick. Jetzt sitzen Johanna und ich seit knapp zwei Wochen im gleichen Bus und wir haben es nicht geschafft, uns mehr als nur „Guten Morgen" oder einen Halbsatz zu sagen. Naja, manchmal springt der Funke einfach nicht über und genau betrachtet, hat man sich auch nicht wirklich viel zu sagen. Maria und Elvira saßen, wie auch zu Beginn der Reise, wie siamesische Zwillinge in einer abgelegenen Ecke des Speisesaals, als ob sie überhaupt nicht zu uns gehören würden.

Naja, man gehört ja nicht automatisch zusammen, nur weil man zwei Wochen gemeinsam unterwegs ist. Mit meinen beiden Kollegen im Büro arbeite ich auch schon fast drei Jahre zusammen, aber deswegen sind wir noch lange keine Freunde geworden und so ähnlich ergeht es mir auf dieser Ägypten-Rundreise. Ja, da waren ein paar wirklich nette Begegnungen und damit meine ich nicht nur die heißen Nächte mit Elvira. Marianne und Albert sind mir irgendwie ans Herz gewachsen, vielleicht auch nur deswegen, weil sie sich aus allem rausgehalten haben und immer ein freundliches Wort parat hatten, auch wenn ich nicht danach gefragt habe.

Vroni, Horst und ganz besonders Robbie werde ich im Leben nicht vergessen, denn dafür haben sie einfach viel zu viele Eindrücke hinterlassen, wenn auch nicht immer gute. Merle werde ich nach dem gemeinsamen Tauchausflug in sehr guter Erinnerung behalten und das, obwohl sie sie mich die ganzen Tage zuvor mit eiskalten Blicken und einer Extraportion Ignoranz abgestraft hat. Ich sag nur: „Harte Schale, weicher Kern".

Luca und Lisa werden ebenfalls unvergessen bleiben, denn solche Kaliber werden mir wahrscheinlich oder besser gesagt, hoffentlich, nie wieder begegnen. Wenn ich später mal eine Familie gründen sollte und hätte solche Kinder, würden die vermutlich das Kommando übernehmen, bevor sie aus der Grundschule kommen. Mich würde es nicht wundern, wenn bei denen zu Hause jeden Tag die Herbert Grönemeyer CD läuft und die beiden singen zusammen „Gebt den Kindern das Kommando, Kinder an die Macht".

Naja, da wäre dann noch Elvira, aber trotz der ziemlich unglücklichen Entwicklung der letzten Tage wird sie für immer ein wichtiger Teil meines Lebens bleiben. Nicht nur, weil sie meine erste ältere Frau war, mit der ich was hatte, sondern weil ich mit ihr zusammen lernen durfte aufzuhören, wenn es am schönsten ist. Klingt irgendwie doof, aber wenn du bewusst eine Entscheidung triffst, die für alle Beteiligten richtig ist und man sich anschließend trotz der Entbehrungen gut damit fühlt, dann hinterlässt das einen bleibenden Eindruck. Ich glaube, dass es auch für Elvira wichtig und richtig war, zumindest hoffe ich es.

Nach dem letzten Frühstück in unserer Hotelanlage machten wir uns heute Morgen auf den Weg zurück nach Kairo und die Fahrt zieht sich ohne Ende. Jetzt steuern wir zum dritten Mal eine dieser unzähligen Rastplätze an der Küstenstraße an, weil immer irgendeiner unbedingt auf's Klo muss. Offensichtlich haben einige von uns Magen-probleme, wie man das gerne unter vorgehaltener Hand nennt. Horst und Robbie würden von der „Scheißerei" sprechen und ich glaube, das trifft es besser.

Beim gestrigen Tauchausflug gab es auf den Booten zur Mittagspause ein paar Häppchen und ich vermute, da war wohl nicht alles so, wie es hätte sein sollen. Gottseidank waren Merle und ich so in unser Gespräch vertieft, dass wir nichts davon gegessen haben. Während sich die halbe Gruppe verbal um die wenigen Toilettenschüsseln prügelt, bleibt mir etwas Zeit, durch die Halle zu schlendern. Irgendwie sehen diese Raststätten alle gleich aus. In der einen Ecke prall gefüllte Regale mit unzähligen Chipstüten in allen Geschmacksrichtungen, daneben die obligatorischen Kühlvitrinen mit Softgetränken und alkoholfreiem Bier und natürlich dürfen die Eistheken nicht fehlen. Alles abgepackt, versteht sich. Ich kann mich nicht daran erinnern irgendwo auf unserer Reise eine normale Eisdiele gesehen zu haben, wie sie bei uns in Deutschland an jeder Ecke zu finden ist. Naja, das mit den Salmonellen dürfte bei dieser Hitze hier schon ein Problem sein. Dafür gibt`s hier mehrere Imbisstheken, hinter denen die üblichen Kebab-Gerichte, Burger, Pizza und das gewohnte Fast-Food zubereitet wird. Bei jedem dieser Zwischenstopps muss ich mich gegen den Reflex wehren, mir einen dieser Kebab-Teller zu bestellen.

Ich erleide regelrechte Höllenqualen. Der Geruch in deiner Nase schreit: „Will ich haben" und wenn ich dann an meinem Bauch runterschaue, schreit die Vernunft: „Lass es!".

Apropos Schreie, aus irgendeinem Nebenraum höre ich Schreie, die auf mich den Eindruck machen, da wird gerade jemand ganz übel ausgeschimpft. Diese Aggressivität in der Stimme lässt mir die Nackenhaare aufstellen. Diese Atmosphäre lässt alle Besucher der Raststätte innehalten und auch ich versuche zu ergründen, worum es bei diesem Streit geht. Vorsichtig schaue ich durch die halb offenstehende Tür des Nebenraums, aus dem die Schreie nach außen dringen und ich traue meinen Augen nicht. Hinter der Tür verbirgt sich ein prall gefüllter Gebetsraum und das, was wir alle als „Schimpfen" empfunden haben ist nichts anderes, als eine Predigt vom Imam, der seine Gemeinde offen-sichtlich auf den rechten Weg bringen will. Ich stelle mir gerade vor, wie die Gemeinde unserer katholischen Kirche zuhause reagieren würde, wenn sie von unserem Pfarrer in so einem Ton angeschrien wird. Dass die arabische Sprache etwas rauer klingt, ist ja bekannt, aber ganz ehrlich: Das hier macht mir Angst! Den anderen geht es offensichtlich genauso und so hat plötzlich keiner mehr Lust auf Kebab oder sonst was und wir machen uns ziemlich betroffen schnell wieder aus dem Staub.

Nachdem wir stundenlang am flachen Ufer des Roten Meeres entlanggefahren sind, tauchen plötzlich bizarre Felsspitzen vor uns auf und die Straße schlängelt sich kurvenreich durch bizarre Gebirgslandschaften.

Wow, solche Panoramen hätte ich hier nicht erwartet. Nach jeder Kurve offenbaren sich wunderschöne Blicke in tiefe Schluchten, auf deren Grund entweder heller Wüstensand oder das tiefblaue Meer leuchtet. Eigentlich hatte ich meinen Fotoapparat schon weggepackt, aber bei solchen Motiven drücke ich alle paar Meter mein Kameraobjektiv an die Scheibe, um wenigstens ein paar wackelfreie Fotos zu schießen. So schnell, wie die Berge gekommen sind, sind sie auch wieder verschwunden und jetzt fahren wir durch die gewohnt langweilige Steppenlandschaft.

Plötzlich greift Mustafa zum Mikrofon und beginnt, uns was über „Neu-Kairo" zu erzählen. Ich habe davon gehört, mich aber nie damit beschäftigt. Dieses „Ei" hat wohl der inzwischen abgesetzte Staatspräsident Mubarak seinen Landsleuten um das Jahr 2000 ins Nest gelegt. Wie so oft haben die Ägypter ihre autokratisch veranlagten Staatsoberhäupter nach einer bestimmten Leidenszeit aus ihrem Palast gejagt, aber offensichtlich hat keiner daran gedacht, dieses Projekt hier zu stoppen. Rund 50 Kilometer vor den Toren des altehrwürdigen Kairos, haben die hier eine supermoderne Stadt in die Wüste gebaut, die mich auf die Entfernung ein wenig an Dubai erinnert, aber mit deutlich weniger spektakulären Wolkenkratzern. Trotzdem steht hier das höchste Gebäude Afrikas und weil alles so neu und so schick ist, ziehen natürlich die ganzen reichen Ägypter hierhin. Da Geld bei diesem städtebaulichen Großprojekt offensichtlich eine untergeordnete Rolle spielt, wurde ein riesiger Kanal gebaut, der Wasser aus dem weit entfernten Nil in diese Wüstenstadt bringt, damit die

Reichen unter ihren Palmen und zwischen blühenden Blumenbeeten sitzen können. Im Grunde habe ich nichts dagegen einzuwenden, denn solche Städte sind zwar nicht immer sinnvoll, aber man findet sie auf der ganzen Welt. Mich irritieren allerdings zwei Gedanken, die mir unentwegt durch den Kopf gehen: Was passiert mit dem „alten" Kairo, wenn immer mehr von den gutverdienenden Ägyptern hierherziehen und warum bauen die um „Neu-Kairo" eine hohe Mauer, wie sie Donald Trump gerne an der mexikanischen Grenze sehen würde?

Im Grunde genommen kann man es sich denken, denn wenn sich die Bevölkerung geografisch in Arm und Reich aufteilt, müssen sich die Reichen irgendwann vor den Armen schützen und genau das signalisiert mir diese mindestens vier Meter hohe Mauer. Die Wachtürme verstärken diesen Eindruck und manchmal überkommt mich das Gefühl, wir würden an den Außenmauern einer Gefängnisanlage entlangfahren. Das alles macht mich gerade ziemlich traurig. Ausgerechnet am letzten Tag verwischt sich der so positive Eindruck dieses Landes, das in meinen Augen arm und manchmal primitiv erscheinen mag, das aber auf eine Hochkultur zurückblicken darf, wie sie kein anderes Land auf diesem Planeten zu dieser Zeit hatte. An „Neu-Kairo" könnte dieses Volk zerbrechen und das lässt mich etwas frustriert zurück.

Während wir langsam den Stadtrand des „wahren" Kairos erreichen und wir wieder in das vertraute Chaos dieses Molochs eintauchen, denke ich mit Wehmut zurück an die vielen eindrucksvollen Tempelanlagen, an die majestätischen Pyramiden, die Sphinx, die in echt viel größer ist, als ich sie aus dem Asterix-Heftchen in Erinnerung habe, an die Pracht der Pharaonengräber im Tal der Könige, an die wunderschönen Dünen und Palmen an den Ufern des Nil und natürlich an das glasklare Wasser und die bunten Fische im Roten Meer.

Über die Muscheln und die versteinerten Korallen am Strand darf ich niemanden was erzählen, denn wenn es jemand mitkriegt, dass ich mir gestern noch zwei Handvoll der schönsten Muscheln und abgestorbenen Korallen in meine Schmutzwäsche im Rucksack eingewickelt habe, dann kriege ich Ärger. Ein paar aus meiner Reisegruppe haben mir unentwegt Horror-Geschichten von ägyptischen Gefängnissen erzählt und wie viele Touristen dort jahrelang einsitzen müssen, weil sie verbotenerweise Muscheln und Korallen aus dem Land schmuggeln wollten.

Aber wo würde ich hinkommen, wenn ich immer auf andere Menschen hören würde? Nirgends! So viele Menschen haben mich vor dieser Gruppen-Rundreise gewarnt, aber trotzdem war ich hier und ich habe keinen Tag bereut.

Epilog

Während ich zuhause am Esszimmertisch meine Urlaubsfotos sortiere, sortiere ich auch meine Gedanken. Natürlich gibt es mir jedes Mal einen kleinen Stich ins Herz, wenn ich Elvira auf einem der Fotos sehe und manchmal denke ich darüber nach, wie es gekommen wäre, wenn wir einfach weitergemacht hätten? Hätte es am letzten Tag am Flughafen ein tränenreiches Geständnis gegeben, weil Elvira niemals die Absicht hatte, mehr als nur Sex mit mir zu wollen? Oder würde sie in diesem Moment neben mir sitzen und mich zärtlich küssen, weil wir zwischenzeitlich zusammengezogen sind? Hätten wir es trotz des Altersunterschiedes geschafft, im Alltag Gemeinsamkeiten zu finden, die uns verbinden? Hätten wir die Chance auf gemeinsame Kinder gehabt?

Ich muss mir diese Fragen nicht mehr stellen, denn wir haben seit der kurzen und wenig emotionalen Verabschiedung am Flughaben keinen Kontakt mehr gehabt und ich glaube, es ist besser so. Ich werde Elvira als „heißen Feger" in guter Erinnerung behalten und wenn einer meiner Kumpels jemals wieder über ältere Frauen ablästern sollte, springe ich auf, wie ein kampfbereiter Tiger.

Lustigerweise hat sich ausgerechnet Chantal bei mir gemeldet. Das hätte ich nicht gedacht, denn ich hatte während der ganzen Reise den Eindruck, dass sie mich irgendwie langweilig oder sogar doof findet. So kann man sich täuschen.

Da sie nicht ganz so weit von mir weg wohnt, haben wir uns am letzten Wochenende auf ein Glas Wein getroffen, aber danach hatte ich den Eindruck, dass sie mich immer noch doof findet. Vielleicht hätte ich an dem Abend nicht so viel über Elvira erzählen sollen.

Merle schickt mir regelmäßig Nachrichten über WhatsApp und ich freue mich jedes Mal, wenn ich sie auf einem der Fotos lächeln sehe. Letztens hat sie mir sogar ein Gruppenbild mit den beiden „Gremlins" geschickt. Ich bin gespannt, wie es mit der Patchwork-Familie weitergeht, denn mit Lisa und Luca klarzukommen, ist eine Mammutaufgabe.

Mustafa hat mir gestern seine Kontaktdaten per Email geschickt, denn er wäre hin und wieder in Deutschland und man könnte sich ja mal treffen. Das klang für mich eher nach einer unverblümten Anfrage für eine kostenlose Übernachtungsmöglichkeit, aber Mustafa ist ein guter Typ und deswegen wäre das für mich okay.

Spaßeshalber habe ich Yvonne und Lea auf Instagram gesucht und siehe da, ich habe sie tatsächlich gefunden. Die Beiden betreiben sogar einen eigenen YouTube-Kanal, auf dem sie Ratschläge geben, wie sich homosexuelle Frauen gegen heterosexuelle Männer wehren können. Ich habe letztens mal reingeschaut und irgendwie hatte ich den Eindruck, dass ich in ihrem aktuellen Video mehr als einmal als Negativbeispiel herhalten musste. Wenigstens haben die Beiden weder meinen Namen, noch meinen Wohnort genannt.

Egal, ich habe ihnen trotzdem ein „Like" gegeben. Sollen die Beiden glücklich werden.

Von den anderen habe ich nichts mehr gehört und gesehen. Horst wird zwischenzeitlich wieder unter dem Pantoffel seiner Frau stehen, Robbie wird seine Bierchen jetzt wieder alleine auf seiner Couch trinken, Vroni wird hoffentlich bald bei den Anonymen Alkoholikern vorbeischauen, Clarissa und Johannes werden durch die Museen dieser Republik ziehen und sich gegenseitig belehren bis der Arzt kommt und was Hilde und Hannes machen, ist mir egal.

Marianne und Albert habe ich versprochen sie zu besuchen, wenn ich im Herbst in ihrer Gegend bin. Die Beiden sind für mich so etwas wie Oma und Opa und davon kann man nicht genug haben.

Maria wird mir vermutlich ewig im Kopf rumspuken und zwar immer dann, wenn ich herzhaft in eine Schweinshaxe beiße. Unvergessen ihr Blick, als ich mir am ersten Abend meinen Teller mit Kebab vollgeladen habe. Wenn Blicke töten könnten, hätte ich niemals die Pyramiden gesehen. So aber hat sich mein Traum erfüllt.

Nächstes Jahr geht`s übrigens nach Griechenland. Ich habe mir zur Vorbereitung schon Asterix bei den Griechen gekauft...

Wenn Ihnen dieses Buch gefallen hat, dann gibt es neben weiterer LiLa-Reiseabenteuer (z. B. „Manni auf Abwegen" - sein Selbstfindungstrip durch Namibia) noch mehr guten Lesestoff von Markus Zang.

Wie wäre es z. B. mit einem seiner sehr unterhaltsamen „Wuscheltier-Kurzgeschichten-Bücher"?

Sie finden im Anschluss ein paar Leseproben. Viel Spaß!

Freuen Sie sich außerdem schon jetzt auf ein neues LiLa-Reiseabenteuer (kommen Sie mit in den Süd-Westen der USA; geplante Veröffentlichung 2023).

Jetzt aber viel Spaß bei den ausgewählten Leseproben seiner „Wuscheltier-Kurzgeschichten"!

Los geht`s...

Alice im Wunderland

Der Tag hatte schon so merkwürdig angefangen. Normalerweise hält mir heutzutage kein Mann mehr die Tür auf. Seitdem sich einige Frauen öffentlich darüber beschwert haben, es wäre eine „männliche Demonstration ihrer Macht über die Frauen", wenn ein Mann ihnen die Tür aufhält, halten sich die meisten Männer verunsichert zurück. Es gibt heutzutage nichts Schlimmeres für einen Mann, als wenn er als Chauvinist gebrandmarkt wird. Mein Vater war ein Chauvinist, mein Großvater war ein Chauvinist, alle meine Onkels waren Chauvinisten. Keiner von denen wusste, wie man das schreibt, aber sie wussten ganz genau, was sie taten und bis vor zwanzig Jahren waren die auch noch stolz drauf. Einige von ihnen sind übrigens heute noch stolz drauf und trauern den guten alten Zeiten nach, in denen sich ein Mann noch als Mann zeigen durfte.

Das Bild des Mannes, wie ich es als kleines Mädchen sehen sollte, war stark, zupackend, entscheidungs-kräftig, allwissend und manchmal auch galant, so wie Gary Grant in diesen alten Hollywood-Filmen. Ich weiß noch, wie sich mein Vater immer über diese „Weicheier" aufgeregt hat. Meine Mutter fand Gary Grant, James Stewart und Gregory Peck immer ganz toll, sie hat diese Männer regelrecht angehimmelt. Je mehr sie meine Mutter anhimmelte, desto „männlicher" wurde mein Vater. Da wurde aus stark und zupackend auch manchmal laut und aggressiv. Dieses Männerbild hat mich geprägt und jetzt hält mir dieser Typ die Tür auf. So ein Weichei!

Aber das war erst der Anfang. Es ist Montag. Montags hat kein Mensch gute Laune, wenn er ins Büro kommt. Wenn du fünf Tage Arbeit vor der Brust hast, dann hast du keine gute Laune, höchstens, wenn die Wirkung der sonntäglichen Cannabis-Plätzchen noch nicht nachgelassen hat. „Guten Morgen Frau Schneider, wie war ihr Wochenende, sie sehen heute aber besonders flott aus, hübsches Kleid, neue Frisur?" Hä? Ich komme mir vor wie in einer Folge von „Versteckte Kamera". Das würden die Kollegen doch niemals freiwillig sagen, aber das hier ist noch viel krasser. Diese „zuckersüßen" Bemerkungen kommen von meinen Kolleginnen. Frauen! Frauen sagen sowas nicht über andere Frauen und schon gar nicht, wenn Männer in der Nähe sind. „Sie sehen heute aber besonders flott aus!" Damit lenken sie doch die ganze Aufmerksamkeit auf eine Konkurrentin. Warum machen die das? Warum heute? Aber es wurde noch merkwürdiger.

Ich hatte gleich am Vormittag einen Termin beim Chef. Ich mag meinen Chef nicht besonders. Er ist zwar kein Chauvinist der alten Garde, aber er kann es nicht ganz unterdrücken. „Er lässt mich spüren, was er von mir denkt und merkt dabei nicht, wie sehr er mich kränkt". Das klingt wie eine Textzeile aus dem Lied „Kleinkrieg" von der Band Marsecco, aber das trifft es ziemlich genau. Mein Chef ist so einer, der bei seinen Freunden auf dem Golfplatz abfällig von seinen „Tippsen" spricht. Er ist und bleibt ein arrogantes Arschloch. Nur vorhin nicht. Keine Ahnung, was sie ihm in den Tee geschüttet haben, aber er war nett zu mir. Das war mir unheimlich.

Er hat mir sogar einen Sitzplatz und einen Kaffee angeboten. Vor lauter Überraschung und Verunsicherung wusste ich erst gar nicht, was ich tun sollte. Ist doch wahr, wieso kann er sich nicht wie ein Arschloch verhalten, wie sonst auch? Dann hätte ich wie immer grimmig gucken können, hätte meinen Marschbefehl abgeholt und mich den ganzen Tag über ihn geärgert, wie sonst auch. Dieser Arsch bringt mir jetzt meinen ganzen Tagesablauf durcheinander. Was ist denn heute nur los?

Aber das dicke Ende kommt ja noch, denn er hat mir eine besser dotierte Stelle angeboten. Das muss man sich erstmal vorstellen? Freiwillig! Er meinte, ich hätte das verdient. Ich wäre überaus fleißig und zuverlässig und für eine Führungsaufgabe geeignet. Er traut mir das zu. Mein Chef traut seiner „Tippse" eine Führungsposition zu? Hä? Ja, ist denn heute schon Weihnachten? Da stimmt was nicht. Ich schaue ungläubig in die Ecken an der Decke meines Büros. Versteckte Kamera? Ganz bestimmt! Oder so eine Folge von diesen „Undercover" Serien bei RTL, bei denen sich anschließend der oberste Boss und mit ihm zusammen drei Millionen Zuschauer über einen lustig machen. Kaum habe ich meinen neuen Arbeitsvertrag in der Hand, geht die Hintertür auf und Oliver Pocher legt mir seine Hand auf die Schulter und sagt lächelnd in die Kamera: „Schalten Sie auch nächste Woche wieder ein, wenn die nächste Tippse verarscht wird!" Ich halte den unterschriebenen Vertrag jetzt schon gefühlte fünf Minuten ungläubig in meiner Hand, aber es öffnet sich keine Tür. Kein Oliver Pocher, kein Guido Cantz, nur mein Chef, der mich immer noch anlächelt.

So, wie der mich angrinst, führt der ganz bestimmt noch was im Schilde. Arschloch! Aber es kommt nichts. Ein warmer Händedruck, ein paar galante, gut formulierte Glückwünsche und auch er hält mir die Bürotür auf. Was ist das nur für ein Tag?

Ich sitze an meinem Schreibtisch und kann es noch nicht wirklich fassen. In meinem neuen Arbeitsvertrag steht eine Zahl, eine Zahl die mich stolz macht. Eine Zahl, die mir sagt, dass meine Leistung wertgeschätzt wird und darunter steht fettgedruckt ein rechtlicher Hinweis: „Aufgrund des Gleichstellungsgrundsatzes erhalten Frauen und Männer für die ausgeschriebene Position die gleiche Vergütung." Ich träume. Ich sollte meine Kollegin bitten mich zu zwicken. Wenn ich das meinem Vater und meinen Onkels erzähle, werden die vom Glauben abfallen, aber das war für heute noch lange nicht alles.

Die nächste Überraschung wartet in der Mittagspause auf mich, genauer gesagt in der Kantine. Normalerweise gehe ich ungern in unsere Kantine, denn es gibt immer wieder die gleiche „Pampe". Nudeln mit Haschee, Haschee mit Reis, Reis mit Schweinefleisch, Schweinefleisch mit Nudeln und hin und wieder verirrt sich ein schleimiges Karotten-Erbsen-Gemüse dazwischen und alles schmeckt nach Maggi. Heute nicht. Ich wollte mit meinen Kolleginnen meine Beförderung feiern und habe sie spontan in die Kantine eingeladen. Keine war so richtig begeistert, aber heute sind alle irgendwie nett zu mir. Ein Blick in die Kantinen-Vitrine und mir verschlägt es fast den Atem.

Drei Sorten frisch gedünstetes Gemüse, eine große Salatbar, vegetarische Fleischbällchen aus Kichererbsen, lebensecht geformte Schweinshaxen aus Tofu, zertifizierte Biokäse-Häppchen, überbackener Blumenkohl und dann stehen da auch noch frisch gepresste Fruchtsäfte. Keine Kohlenhydrate, kein Fett, kein Maggi und keine Östrogene! Von wegen: „Unser täglich Hormonfleisch gib uns heute!" Nichts, nur gesunde Sachen. Selbst meine Kolleginnen sind aus dem Häuschen und haben sich gleich zwei von diesen vorzüglichen Tofu-Schweinshaxen auf den Teller gepackt.

Meine gute Stimmung kennt daraufhin keine Grenzen mehr. Ich habe jeden Anrufer mit meiner guten Laune und meinem Charme um den Finger gewickelt. Selbst die übelsten Nörgler mit berechtigten Reklamationen habe ich weggelächelt. Was für ein Tag und das an einem Montag. Ich fühle mich hier bei der Arbeit so wohl, dass ich überhaupt nicht nach Hause gehen will. Selbst der Gedanke an den drohenden Feierabend kann mir meine Stimmung nicht vermiesen. Mal sehen, was mir der Tag heute noch zu bieten hat?

Ich steige in die U-Bahn und habe sofort einen Sitzplatz bekommen. Heute ist mein Glückstag, ein ganz besonderer Glückstag. Alle drei Fahrgäste in meiner Sitzgruppe haben keine triefenden Nasen oder husten mich an. Sie lächeln vor sich hin und scheinen sich wohl zu fühlen. Keiner von ihnen starrt in sein Smartphone, nein, sie scheinen begierig zu sein, sich mit mir zu unterhalten. Vielleicht wollen Sie, dass ich mein Glück mit ihnen teile?

Ich fange fröhlich an zu erzählen, was mir heute alles passiert ist und alle hören gespannt zu. Einige stellen sogar Fragen, zum Beispiel ob diese Tofu-Schweinshaxen denn auch wirklich schmecken würden? Es versammeln sich immer mehr interessierte Menschen um unsere Sitzgruppe und jeder will am Glück des anderen teilhaben. Ich habe das Gefühl, dass sich in dieser ausgelassenen Stimmung echte Freundschaften entwickeln können und das an einem Montag, in der wie immer überfüllten U-Bahn. Doch die Krönung erwartet mich am Abend. Was für ein Tag!

Stefan rief mich kurz vor Feierabend im Büro an und wollte wissen, ob es mir gut geht. Nein, er wollte nicht wissen, was ich gerade mache oder was die Kollegen wieder mal verbockt haben, nein, er wollte wissen wie es mir geht. Ist das nicht süß? Das macht er sonst nie. Normalerweise erzählt er mir stundenlang von seinen Problemen in seinem Job, oder dass ihm wieder mal sein Meniskus wehtut. Dann legt er auf, ohne dass ich zu Wort gekommen bin und jetzt will er ernsthaft wissen, wie es mir geht, wie ich mich fühle? Stefan ist ein „Schatz". Ich will diesen Abend mit ihm zusammen verbringen, will mit ihm feiern! Wir verabreden uns für 19.00 Uhr und wollen ganz spontan in der Stadt was essen gehen. Wir können uns bei dieser riesigen Auswahl an einladenden Restaurants kaum entscheiden. Überall steht: „Montags geöffnet" und die Restaurants locken mit „Cocktails-Happy-Hour-Angeboten" von 18.00 bis 22.00 Uhr. Stefan und ich gehen letztendlich ins „Brauhaus-Stübl". Ich hatte heute schon so viel gesunde Sachen, da darf ich heute Abend ruhig mal sündigen.

Stefan ist ein Fleischfresser wie er im Buche steht. Ganz egal was, Hauptsache viel. Ich will, dass er heute Abend glücklich ist. Ich will, dass er mit mir glücklich ist. Deswegen das „Brauhaus-Stübl". Wir waren schon lange nicht mehr hier. Überall hängen Fotos von glücklichen Kühen auf saftig grünen Weiden an der Wand. Dazwischen glänzen dutzende von Öko-Zertifikaten im Scheinwerferlicht. Ich wusste gar nicht, dass es so viele Öko-Labels gibt. Fantastisch. Jetzt kann Stefan mit gutem Gewissen so viel essen wie er will. Immer mit der Gewissheit, dass sein Schnitzel ein schönes Leben hatte.

Nach diesem üppigen Essen und dem jeweils dritten Cocktail sind wir glückselig. Wir zahlen die gemeinsame Rechnung über 30 Euro, geben noch 10 Euro Trinkgeld und machen uns auf den Nachhauseweg. Ich habe das Gefühl, dass dieser Abend noch wundervoll enden wird.

Kaum habe ich die Wohnungstür hinter mir geschlossen, reißt mir Stefan voller Leidenschaft mein Kleid vom Leib und plötzlich spüre ich überall seine Hände, seine Zunge und ich erlebe Orgasmen, wie ich sie noch nie erlebt habe. Ich wusste nicht, dass Fleisch aus ökologischer Tierhaltung so geil machen kann. Wir lieben uns so oft, dass ich aufgehört habe zu zählen. Irgendwann schlafen wir dann erschöpft, aber glücklich ein. Was für ein Tag.

Klingelingeling, Klingelingeling, Klingelingeling.

Gäääähn. Scheiß Wecker. Scheiß Montag. Mein Gott, habe ich schlecht geschlafen.

Ich hätte gestern nicht so viel von den Nudeln mit Haschee essen sollen. Mit vollem Magen ins Bett. Das habe ich nun davon.

Ich habe heute Nacht vielleicht einen Scheiß geträumt.

Easy Rider

Dieses laute „Knattern" verheißt nichts Gutes, nicht in dieser ansonsten doch sehr ruhigen Wohngegend. Nachdem die hier wohnansässigen Zahnärzte im letzten Jahr offensichtlich einen Wettbewerb ausgerufen haben, wer sich das teuerste Elektroauto leisten kann, wird es zunehmend ruhiger in unserer Straße. Da will ja keiner auf den unteren Plätzen landen. Die Tesla Vertretung in Frankfurt findet diese Idee übrigens total klasse. Letzte Woche ist allerdings herausgekommen, dass unser Nachbar gegenüber, mit der hiesigen Jaguar Vertretung einen ganz schön „hinterfotzigen" Deal gemacht hat. Die haben ihm den offiziellen Kaufpreis für seinen aufgemotzten „I-Pace" um sage und schreibe 50.000 € höher als den maximalen Listenpreis (inklusive aller Extras) ausgestellt, nur damit er unter die „Top-Ten" kommt. Trotzdem bleibt es ein Elektroauto unter 200.000 €. Darüber können viele Zahnärzte nur müde lächeln. Wer sich mit so etwas auf die Straße traut, stellt sich ein Armutszeugnis aus. Da hat einer wohl wieder zu wenig gebohrt oder hat nicht gelernt, wie man „richtige" Rechnungen schreibt. Aber ich bin froh über diese Entwicklung. Endlich verschwinden die ganzen Porsche SUV`s und 911 von der Bildfläche. Ich habe noch nie verstanden, warum ein einziges Auto vier Auspuffrohre braucht. Meine Frau behauptet, das hängt mit dem „Penisneid" zusammen. Das Auto wäre „der verlängerte Schwanz des Mannes" und wenn im Bett nichts läuft, oder das Leben sonst keine Abenteuer bietet, dann muss man es wenigstens im Auto so richtig krachen lassen. Und jetzt „knattert" es vor meiner Haustür.

Nicht so ein gepflegtes 100.000 € „Oberklasse-Knattern"
aus einem Mercedes-Reihensechszylinder, sondern so
ein wildes, fast schon animalisches Knattern, mit Fauchen
und mit Feuerblitzen aus einem Auspuff, der
wahrscheinlich größer ist als ein Ofenrohr. Eben noch
wütende Schläge wie aus einer Stahlfabrik um die
Jahrhundertwende, dann eine ohrenzerfetzende
Explosion wie von einem überhitzten Traktormotor und
jetzt folgt eine gespenstische Ruhe. Das muss die
bekannte Ruhe vor dem Sturm sein. Das lässt mich
unruhig werden. In den nächsten 30 Sekunden wird sich
zeigen, ob dieser Sturm an mir vorüberzieht.

„Ding-dong-ding-dong"

Ich habe es geahnt, dieses Knattern will zu mir. Ich kenne
aber Niemanden, der so knattert. Am besten, ich mache
nicht auf.

„Ding-dong-ding-dong"

„Mensch Jochen, mach auf. Ich bin`s!"

Klaus? Seit wann „knattert" Klaus? Klaus fährt doch einen
VW Golf, so einen mit 75 PS Benzinmotor, bei dem man
echt aufpassen muss, dass man beim Fahren nicht
einschläft. Der hat auch nur ein Auspuffrohr. Klaus ist
mindestens so vernünftig wie sein Auto und leidet auch
nicht unter „Penisneid". Klaus ist kein „Knatterer"! Klaus ist
mein bester Freund, mit dem ich seit meiner Schulzeit
durch dick und dünn gehe.

Wir sind so „dicke", wie Asterix und Obelix, wobei ich gottseidank als Asterix durchgehe. Klaus ist trotzdem ein super Typ, ein toller Familienvater, ein treuer und liebevoller Ehemann und ein absolut zuverlässiger Freund, aber warum „knattert" er jetzt? Ich werde es herausfinden.

„Sag mal Klaus, wie siehst du denn aus?"

Ziemlich erschrocken stehe ich im Hausflur und schaue auf etwas, das ungefähr so aussieht wie eine Mischung aus „Old Shatterhand" und „Darth Vader". Wenn ich genauer hinschaue, ist es wohl eher ein „kackbrauner" Lederkombi im Vintage-Look und ein alter, schwarzer Wehrmachtshelm. Normalerweise würde ich bei so einem Anblick die Tür zuwerfen, die Rollläden runterlassen, mich im Keller verstecken und den Notruf wählen, aber unter diesem Überbleibsel aus dem zweiten Weltkrieg grinst mich ein sehr vertrautes Gesicht an. Ich frage mich, wie Klaus an so einen Helm gekommen ist? Er ist überzeugter „Grün-Wähler", trägt ansonsten höchstens mal einen alten zerfledderten Strohhut bei der Gartenarbeit und außerdem hat er einen riesigen Schädel. Die Nazis hatten damals doch eher sehr kleine Köpfe, ansonsten wäre da sicherlich einiges anders gelaufen.

„Da guckste, gell?"

Klaus und ich kommen aus dem gleichen „Stall", das sagt man doch so, oder? Auf jeden Fall sind wir unter ähnlichen Verhältnissen aufgewachsen.

Vor 50 Jahren war das hier in dieser Gegend alles noch ein „Flickenteppich" aus kleineren Bauernhöfen, Kuhweiden, Rübenäcker und ein paar Kneipen, in denen man abends Skat spielen und ein gepflegtes Pils trinken konnte. Nachdem in Frankfurt alles aus den Nähten geplatzt ist, sind sie wie die Heuschrecken über unsere Äcker hergefallen und haben hier eine hübsche Reihenhaussiedlung nach der anderen aus dem Boden gestampft. Nur so konnten wir uns als „alter Landadel" später diese Häuser hier leisten. Wenn das der Opa noch erlebt hätte. Mit dem Verkauf von nur zehn Quadratmetern Land haben wir hier mehr verdient als er mit seinen Kühen, Schweinen und Rüben im ganzen Jahr. Auf jeden Fall haben wir mit unseren Großeltern damals noch unter einem Dach gelebt und da konntest du dich dem hessischen Dialekt nicht entziehen. Klaus noch weniger als ich.

„Komm rein mein Lieber, den Helm kannst du hier auf die Vitrine legen. Sei aber so nett und zieh deine Stiefel aus, du kennst doch Sylvia. Wenn die gleich vom Einkaufen zurückkommt, gibt es sonst wieder einen Anschiss."

Au weia, jetzt wird es aber immer „doller". Unter seinem Helm kommen Haare zum Vorschein, deren Farbe ich bei Frauen hin und wieder ganz attraktiv finde, aber bei Männern schon immer als total „schwuchtelig" empfunden habe. Wasserstoffblond. Ein ansonsten unscheinbarer, moppeliger Mittfünfziger mit Tendenz zur Fettleibigkeit sieht jetzt aus wie ein misslungener Klon von Marylin Monroe in einer kackbraunen Wurstpelle mit Fransen dran.

Diesen bescheuerten Helm lassen wir jetzt mal ganz bewusst außen vor. Ich beobachte ihn verstohlen aus der anderen Ecke unseres Hausflures und denke mir, dass es hier einiger Erklärungen bedarf.

Ich hätte nie gedacht, wie lange es dauert solche Motorradstiefel auszuziehen. Ich schwanke gerade zwischen tiefem Mitleid und Lachattacken, so wie er seit knapp zwei Minuten auf einem Bein herumspringt, um diese altmodischen Schnürstiefel abzustreifen. Hoffentlich fällt er dabei nicht gegen die Vitrine, denn da kennt Sylvia keine Gnade. Sylvia ist die „Herrin" im Haus. Jedes Möbel, jede Blumenvase, jedes Bild und sogar die Zeitschriften auf dem Couchtisch sind so arrangiert, wie sie es bei diesem Feng-Shui Seminar gelernt hat. Unser Haus soll offen sein, für das Positive. Und jetzt steht Klaus vor mir, mit dampfenden Socken, schwitzigen, wasserstoffblondierten Haaren und einem glückseligen Blick, der mir nicht nur fremd, sondern auch gespenstig, fast schon etwas wahnsinnig vorkommt. Er grinst mich an und schweigt. Diese Art zu Grinsen kenne ich sonst nur von Sylvia. Da wird solange blöd gegrinst, bis ich endlich frage was los ist und was dann kommt ist absehbar. Stundenlanges Gequatsche über irgendwelche Erlebnisse, die ich weder spannend noch lustig finde und mich nicht im Geringsten interessieren. Ich darf sie dann nicht einmal unterbrechen, denn ich habe sie ja mit meiner Frage offiziell dazu aufgefordert mir alles zu berichten was denn los sei. Klaus ist auch verheiratet, er kennt dieses Spiel, also spiele ich mit.

„Nun sag schon. Was ist los?"

„Ich hab mir `ne Harley gekauft!"

Ich ahne Schlimmes. Wasserstoffblonde Haare, eine Harley und das mit 55 Jahren. Ich habe mal im Wartezimmer eines Urologen in einer Ausgabe der „Mens Health" gelesen, dass Harley Davidson seinen großen wirtschaftlichen Erfolg fast ausschließlich diesem Film „Easy Rider" mit Peter Fonda und Dennis Hopper zu verdanken hat. Zwei alternde „Säcke", denen zu Hause die Decke auf den Kopf fällt, die mal `ne Pause von Frau, Heim und Kinder brauchen und sich deswegen auf ihre Harleys setzen und quer durch die USA „knattern". So oder so ähnlich. Auf jeden Fall sind die damals mit Jeans, Cowboystiefel, Sonnenbrille und wehenden Haaren in die tiefstehende Abendsonne über der Wüste Nevadas gefahren und haben „Born to be wild" von Steppenwolf gehört. Das nenne ich wahre Freiheit.

Heute müssen die freiheitsliebenden Männer ihre Freiheit mit High-Tech-Helmen, Handschuhen, klobigen Stiefeln, maßgeschneiderten Lederkombis, Protektoren und einer allumfassenden Vollkasko-Versicherung schützen. Wenn sie sich dann an der „Autobahntanke" ein alkoholfreies Weizenbier reinziehen, tönen bestenfalls Helene Fischer oder Florian Silbereisen aus den Boxen. Die Zeiten haben sich geändert.

Harley Davidson ist das sicherlich egal. Auf jeden Fall würden die ohne die „Midlife-Crisis" deutscher Männer nur halb so viel verdienen. Ich habe mir oft die Frage gestellt, warum es dann immer eine „Harley" sein muss. Vielleicht liegt das tatsächlich an dem „Knattern".

Dieses Motorrad ist laut, sehr laut. Das will nicht brav und leise sein, das will raus, sich zeigen und die ganze Welt anbrüllen: „Schaut her, hier bin ich!" Wie ein testosterongesteuerter Teenager, der den Mädels an seiner Schule zeigen will, wer das „Alphatier" im Viertel ist. In den späten 70ern war es eine aufgebohrte „Kreidler Florett", die entsprechend Krach gemacht hat, heute ist es eben eine „Harley".

Okay, ich gebe zu, dass sich die anspruchsvollen Zahnarztfrauen in unserer Straße von einem alten, aufgebohrten 50 ccm Moped aus den 70ern sicherlich nicht sonderlich beeindruckt wären, aber so eine „Harley" macht schon was her. Mit dem ganzen üblichen „Firlefanz" kostet so ein Teil auch schon mal 50.000 €, also gerade mal ein Viertel von einem vollausgestatteten Tesla. Damit kommt Klaus nicht annähernd in die Top 100 unserer Siedlung.

Aber dieses „Knattern" ist wichtig. Dieser Motor brüllt wie ein Löwe, der schweigt nicht. Der zeigt allen Menschen, was in ihm steckt, der will keine Rücksicht nehmen. Der darf alles, was wir Männer tief in unserem Herzen hin und wieder auch machen wollen, aber was wir im Laufe der Jahre wohl irgendwie unterdrückt oder verloren haben. Immer dann, wenn auf der Straße eine „Harley" an mir vorbeituckert, muss ich hinschauen. Bei jedem anderen Motorrad bleibt der Kopf unten, hier schaue ich hin. Mit einer „Harley" kriegst du Beachtung, da bist du was Besonderes, in dieser großen, grauen Masse. Was tun wir Menschen nicht alles, um beachtet zu werden? Ich frage mich gerade, wie Sylvia über mich denkt?

Wir haben da schon seit vielen Jahren nicht mehr drüber gesprochen. Vielleicht stellt sie genau in diesem Moment die Einkaufstüten ab, schaut sehnsüchtig einem „Harley-Fahrer" hinterher und denkt sich:

„Was für ein Mann, ein echter Kerl". Hey, was soll die Scheiße? Jahrelang kriege ich von ihr die Ohren vollgeheult, wie wichtig dieses „Schicki-Micki-Sofa" von „Rolf Benz" für ihr Karma ist und dass ihr Glück davon abhängt, dass wir – wie viele unserer reichen Nachbarn – auch mal drei Wochen Luxus-Urlaub auf den Seychellen machen. Ich reiß mir den Arsch auf, um sie glücklich zu machen und jetzt steht sie am Straßenrand und giert so einem „alten Sack" auf einem lauten Motorrad hinterher, nur weil der nach Männlichkeit und Abenteuer riecht. Ich muss diese Bilder ganz schnell wieder aus meinem Kopf kriegen, also zurück zu Klaus.

Klaus riecht aktuell weder nach Männlichkeit, noch nach Abenteuer. Der riecht nach Schweiß und von seinen Socken will ich überhaupt nicht reden.

„Das sehe ich, aber warum hast du dir `ne Harley gekauft?"

...

Wenn Sie wissen wollen, warum sich Klaus eine Harley gekauft hat dann sollten Sie zum Buch: „Wuscheltiere – Kurzgeschichten für Fortgeschrittene greifen...